KB159362

네 눈물을 믿지 마

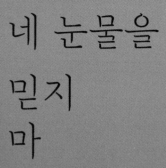

네 눈물을
믿지
마

김이정 소설집

차 례

프리페이드 라이프

이번에도 어김없이 당한 모양이다. 나를 내려준 릭샤는 돈을 받자마자 재빨리 사라져버렸다. 나이가 많고, 눈이 맑다고 그를 의심하지 않은 게 잘못이었다. 그나마 바라나시 가트까지는 걸어서 삼십 분 거리라니 다행이었다. 다시 릭샤를 탈까 생각했지만 길도 익힐 겸 걷기로 했다.

인터넷 카페에서 얻은 정보에 의하면, 릭샤나 택시를 타면 종종 고돌리아 사거리 못 미쳐서 내려놓고 가버리는 경우가 있다고 했는데 내가 딱 걸려든 것이다. 고돌리아부터 메인 가트까지는 차나 릭샤의 통행이 금지돼 있기 때문에 그곳에서 600미터쯤 걸어가야 하는데, 길 모르는 여행객들을 상대로 이런 장난을 치는 릭샤 왈라들이 있으니 꼭 고돌리아를 확인하라고 주의를 준 글이 기억났다. 결국 방심한 탓이었다. 눈 맑은 릭샤 왈라가 해맑게 웃으며 다 왔다고 했으므로 아무 의심 없이 고돌리아인 줄 알았다. 하지만 아무리 두리번거려 도 표지판이 보이지 않아 한 젊은 여자에게 묻고 나서야 내 가 잘못 내렸다는 걸 알게 된 것이다. 바라나시 정션에서 고 돌리아까지 200루피를 달라는 걸, 인터넷 카페에서 본 대로 80루피로 깎은 내게 릭샤 왈라는 보기 좋게 복수를 한 셈이 었다.

벌써 두번째였다. 인도에 도착하자마자 콜카타 공항에서 여행자들의 거리인 서더 스트리트에 갈 때도 똑같은 일을 당 했다. 택시비도 저렴하고 행선지를 미리 말한 후 표를 사기 때문에 바가지를 씌우기 힘들다는 정보에 따라 공항 밖으로 나오자마자 벌 떼처럼 몰려오는 온갖 호객꾼들을 물리치고 노란색 택시가 줄지어 서 있는 곳으로 직진해 무사히 프리페 이드(prepaid) 택시 바우처를 샀다. 일종의 선불 택시였다. 나는 종이에 행선지가 적힌 바우처를 손에 꼭 쥐고 있었다. 기사에게 바우처를 미리 주면 때론 목적지가 아닌 엉뚱한 곳 에 내려주기도 한다고, 인도 여행 커뮤니티의 주의 사항을 되새기고 있었다.

영국 식민지 시대의 낡은 승용차를 저렴한 택시로 바꾼 콜 카타의 프리페이드 택시는 노란색에 남색 줄이 있는 제법 그 럴듯한 외관이었다. 오래된 물건들을 좋아하는 내 취향엔 반짝거리는 도요타 신차보다 훨씬 타보고 싶은 차였다.

하지만 차를 타자마자 불안이 시작되었다. 올드카의 경운기 같은 엔진 소리와 진동은 그러려니 했지만 이십대 초반의 운전수는 곡예에 가까운 운전을 했다. 가늘고 허술하게 붙어 있는 핸들이 곧 뽑혀버리는 게 아닐까 걱정될 만큼 그는 급하게 핸들을 꺾고 브레이크를 밟았다. 목적지인 서더 스트리트까지 무사히 갈 수나 있을지, 불안한 마음으로 운전기사만 쳐다보았다. 그가 나를 어디로 데려가는지조차 알 수 없었다.

콜카타 시내로 접어들자 걸인들이 몰려들었다. 이미 어두워진 거리에서 차가 서행을 하자마자 아기를 안은 젊은 여인과 한 노파가 차로 다가왔다. 차마다 두세 명의 사람들이 달라붙어 구걸을 했다. 에어컨도 없어 창문을 올릴 수 없는 차창 안으로 마른 여자의 손이 쑥 들어왔다. 깜짝 놀라 좌석 뒤로 물러났다. 운전수가 소리를 질렀지만 여자는 물러날 기색이 아니었다. 나는 잔돈이 없다는 핑계로 여자에게 돈을 주지 않고도 마음의 가책을 느끼지 않았다. 그 후로도 두 번 더 사람들의 새까만 손을 맞닥뜨렸다.

운전기사가 내려준 곳은 시장 근처였다. 그는 서더 스트리트라며 거리 초입에 나를 내려주었다. 사람들이 함부로 몸을 부딪고 다니는 복잡한 곳이었다. 나는 네온사인이 켜져 있고 줄지어 선 게스트하우스들을 상상했던 탓에 갑자기 당황했다.

"모던 로지 앞에 내려달라고 했잖아."

바우처를 달라며 손을 내밀고 있는 운전사에게 항의했다.

"이 길로 조금만 걸으면 나와."

그가 손가락으로 오른쪽 길을 가리켰다. 하는 수 없이 땀이 밴 바우처를 그에게 주고 배낭을 꺼내 어깨에 멨다. 택시 문을 닫자마자 차는 쏜살같이 달아나버렸다. 짙은 향신료 냄새가 밴 거리 위로 왈칵, 두려움이 몰려왔다.

어두운 거리의 보도블록 위엔 사람들이 안방처럼 진을 치고 눕거나 모여 앉아 있었다. 그나마 천막이라도 치고 자는 사람들은 나은 축이었다. 천 쪼가리 하나 깔지 않고 보도블록 위에서 자는 가족 단위의 노숙자들도 많았다. 먼지로 뒤덮인 거리와 때에 전 그들의 옷가지가 구분이 가지 않았다.

행인들 중에 가장 젊은 여자를 붙잡고 길을 물었다. 그 역시 인도 커뮤니티에서 얻은 팁이었다. 안전사고가 많은 인도에선 가능하면 여자들에게 길을 물으라고 했다.

"네가 운이 나빴던 거야."

여자가 나를 애처롭게 바라보았다. 서더 스트리트는 도보로 이십 분이나 떨어진 곳이라고 했다. 그제야 젊은 운전수가 내게 심술을 부린 것이란 걸 깨달았다. 도대체 왜 그랬을까. 집시들에게 돈을 안 줘서 그런 걸까, 하지만 그 역시 그들에게 소리까지 지르지 않았던가, 이해가 가지 않았다. 어쩌면 이 근처에 볼일이 있거나 아픈 엄마가 집에서 기다리고 있던 건지도 몰랐다. 여자가 택시를 잡아주었다. 그리고 택시비로 100루피 이상은 절대로 주지 말라고 내게 당부한 후, 기사에게 서더 스트리트 모던 로지까지 데려다주라고 신신당부했다. 비로소 인도에 온 것이 실감났다. 느슨했던 신경이 팽팽히 조여졌다. 잠시만 한눈을 팔아도 어떤 일을 당할지 모를 곳이었다.

바짝 긴장한 채 고돌리아 방향을 향해 걷기 시작했다. 자동차와 오토릭샤, 오토바이 소리에 사람들의 고함과 먼지까지 뒤범벅된 길을 걷는 건 쉽지 않았다. 게다가 통증이 가시지 않는 어깨에 무거운 배낭까지 짊어진 채 아슬아슬하게 비껴가는 오토바이와 자전거를 피하느라 나는 완전히 녹초가 돼버렸다. 차라리 다시 릭샤를 잡아타야겠다고 마음먹을 즈음 고돌리아라는 간판이 눈에 띄었다. 바라나시의 메인 가트인 다샤스와메드까지 600미터라는 이정표가 보였다. 배낭을 고쳐 메고 다시 걷기 시작했다. 소똥과 썩은 과일과 희고 붉은 꽃들, 과자 껍질이 섞여 있는 거리였다. 멍석이나 수레 위로 켜켜이 쌓아놓은 연두색 라임과 보라색 가지들, 흰색 콜리플라워가 인도의 햇살만큼이나 강렬했다.

메인 가트 입구까지 와서야 누군가 나를 따라오고 있다는 걸 깨달았다. 라임을 파는 여인 앞에 한참을 서 있다 다시 몸을 돌릴 때였다. 한 사내아이가 등 뒤에 서 있었는데, 그 아이를 고돌리아의 짜이집 앞에서도 보았던 걸 기억해냈다. 노

랑과 연두의 체크무늬 셔츠가 유난히 눈에 띄는, 열서너 살쯤
돼 보이는 아이였다.

"누나, 게스트하우스."

아이가 뜻밖에도 한국말을 했다. 발음이 어설프긴 했지만
아이는 내가 한국인이란 걸 어느새 알아본 모양이었다. 갑작
스런 한국어에 놀랐지만 곧 고개를 저어 거절의 뜻을 밝혔다.
인터넷 카페에서 평판이 좋은 게스트하우스 이름을 적어 온
터였다. 나는 더 이상 속지 않겠다며 인도인들을 잔뜩 경계하
고 있었다.

가트라고 불리는 긴 계단들이 나왔다. 4킬로가 넘는다는 계
단이 강을 따라 길게 이어져 있고, 가트 뒤론 사원과 성 등 옛
건물들이 빽빽이 들어서 있었다. 건물과 건물들 사이로 좁은
골목길들이 바라나시의 내장처럼 숨어 있다고 했다. 기원전
2000년경부터 아리아인들이 거주를 시작하면서 종교와 철학
의 중심지가 되었고 석가모니 시절에는 카시 왕국의 수도였
다니, 시간이 만들어낸 도시였다.

가트 너머로 드디어 강이 보였다. 힌디어로 강가라고 불리
는 갠지스강이었다. 힌두교의 창조의 신 브라만이 이곳에서
말 열 마리를 불에 태워 신에게 제사 지냈다는 전설 이후로
이 강물에 몸을 담그면 이생의 죄가 모두 씻기고 윤회를 벗어
나, 다시는 태어나지 않는다고 했다. 인도인들은 신성한 강가
에 몸을 담그는 게 일생의 소원이라 했다.

신성한 강은 더럽기 짝이 없었다. 회녹색으로 뿌옇게 변한 강엔 비닐과 종잇조각, 반짝이나 플라스틱 통들이 둥둥 떠다녔다. 가트 주위로 페인트가 반쯤 벗겨진 작은 목선들이 물결을 따라 흔들리고 있었다. 부유물들과 뒤섞인 노란 꽃목걸이들이 강 가장자리로 잔뜩 밀려와 있었다. 힌두의 신들에게 바치는 주황색 메리골드 꽃들이었다. 여전히 익숙해지지 않는 광경이었다.

인도에 도착한 순간 청결을 요구하는 것이 사치라는 생각을 했으므로 더러움에 익숙해지려 노력했다. 길거리에서 사탕수수 음료나 짜이, 볶음국수를 사 먹을 때마다 생각했다. 주방세제에 들어 있는 중금속 따위의 유해성분보다는 흙먼지나 켜켜이 엉겨 붙은 땟자국이 더 낫다고, 끝없이 자신을 세뇌하고 있었다. 하지만 생각과 달리 익숙해지는 건 쉽지 않았다.

메인 가트에 앉아 한참 동안 강 건너편 흰 모래언덕을 바라보았다. 멀리서 보니 모래만큼은 곱고 깨끗해 보였다. 하지만 가까이 가면 그곳 역시 깨끗하긴 어려울 터였다. 나는 배낭을 메고 일어났다. 빨리 방을 잡아 씻고 싶었다. 밤새 타고 온 기차 안에서 양치도 못한 채 내렸는데, 벌써 정오가 다 돼가고 있었다.

내가 걷기 시작하자 서너 계단 뒤에 앉아 있던 아이도 일어섰다. 신경이 쓰였지만 모른 척하기로 마음먹었다. 머리를 동아줄처럼 꼬아 늘어뜨린 힌두 사두들이 희게 회칠한 몸을 드러낸 채 공허한 눈빛으로 지나가는 사람들을 바라보고 있었다. 주홍색 천으로 겨우 아랫도리만 가린 그들 역시 바라나시의 관광 상품 중 하나인지도 모른다는 생각이 들었다. 나 역시 가트를 메운 수많은 관광객 중 하나에 불과하듯이.

나의 인도행은 다분히 충동적이었다. 오십 년 동안 살아오면서 내가 내린 가장 충동적인 결정이었다.

도서관으로 가는 082번 마을버스 안이었다. 여느 때와 다름없이 배낭에 작은 노트북과 도시락을 넣고 도서관으로 가던 중이었다. 바람이 몹시 불어 검정 패딩의 지퍼를 끝까지 올리고도 목도리를 칭칭 동여맨 채 버스에 올랐다. 네 정거장 떨어진 도서관은 걷기엔 애매해, 갈 때는 버스를 타고 올 때는 운동 삼아 걷곤 했다.

늘 비슷한 시간대에 버스를 타기 때문에 버스 기사들이 내 얼굴을 알지도 모른다는 생각을 하면서 그날도 버스에 올랐다. 나이 든 여자가 늘 같은 시간대에 배낭을 메고 다니는 건 흔치 않은 풍경이기 때문이었다.

도서관에서도 마찬가지였다. 몇 년째 같은 도서관을 드나들다 보니 현관을 지키는 경비와 디지털미디어실 사서들이 몹시 낯익었다. 매일 보는 얼굴들이라 모른 척할 수도 없어 애매하게 고개를 숙이고 다니다 보니 그들도 나를 볼 때마다 알은척을 했다. 언젠가부터 하는 수 없이 도서관 직원 모두에게 인사를 하고 다녔다. 그때마다 나를 쳐다보는 그들의 시선이 늘 꼭뒤에 와서 들러붙는 기분이었다. 저 여자는 뭘 하기에 도대체 매일 컴퓨터를 메고 도서관으로 오는 걸까, 그들의 호기심이 늘 의식되었다.

한번은 휴게실에서 자판기 커피를 마시고 있었다. 도서관 청소를 하는 쉰 중반의 여자가 다가왔다. 그녀 역시 화장실이나 로비에서 마주칠 때마다 목례를 하던 사람인데, 내 옆으로 의자를 바짝 당겨 앉으며 은밀히 물었다. 친구 집이 경매에 넘어갈 위기인데 어떻게 해야 하느냐고 했다. 나는 당황했다. 여자는 내가 부동산 중개사 시험을 준비하는 줄 안 모양이었다. 도서관에 오는 나이 든 여자들의 많은 수가 부동산 중개사 시험 준비생이란 건 도서관을 드나든 지 한두 달 만에 눈치챌 수 있었다. 여자들은 물론 나이 든 남자들 역시 수험서를 펴놓고 공부하는 경우를 많이 봤기 때문이었다. 한번은 나보다 십 년은 아래쯤으로 보이는 여자에게서 같이 스터디를 하자는 제안을 받기도 했다.

"죄송하지만 제가 경매는 잘 몰라요."

나는 난감한 표정으로 여자를 보며 얼굴을 붉혔다. 사실 경매로 넘어갈 위기에서 집이 헐값에라도 팔려 겨우 경매를 모면한 적이 있다고 고백할 뻔했다. 그 덕에 나는 경매의 자세한 절차는 알지 못했고 오히려 경매에 대해 공포감만 더 크게 갖고 있었다.

"부동산 공부하는 거 아니유? 난 그거 공부하러 맨날 오는 줄 알았지. 아니 그럼 무슨 공부를 매일 그리 열심히 하시우?"

여자는 급격히 내게 호기심을 보였다.

"네? 아 예, 그저 뭐 좀 하는 게 있어요."

대답을 얼버무리며 식은 종이컵을 들고 일어섰다.

"아이고, 내 친구가 너무 딱해서 좀 물어봐주려고 했지."

여자가 그제야 눈치를 채고 벌떡 일어나 들고 있던 걸레로 유리 탁자를 훔쳤다. 나는 무안해하는 그녀에게 미안해져 급한 듯 화장실로 가서 문을 걸어 잠그고 물을 내렸다. 그녀가 일을 마칠 때까지 기다리느라 스마트폰으로 친구와 긴 문자를 주고받았다. 그녀에게 소설을 쓴다는 말은 차마 할 수가 없었다.

사실 도서관에 와서 내가 매일 하는 것은 소설 쓰기가 아니었다. 매당 만 원짜리 산문이나 책 리뷰, 에세이는 그래도 나은 일이었다. 때론 가난한 집안에서 태어나 자수성가한 중소기업 사장의 자서전을 쓰거나 막장 드라마 대본을 드라마가 상영되기 전에 급히 소설로 재구성하는 일, 혹은 에세이집을 내려는 사람들의 대필을 하는 게 주요 업무였다. 그것도 일거리가 많은 것은 아니었고 간간이 들어오는 일들이 나를 근근이 먹여 살리고 있었다. 몇 년째 도서관에서 그런 일들을 하면서 밥벌이에 열중했다. 도서관은 내 사무실인 셈이었다.

그날도 출근을 하던 중이었다. 버스 안은 따뜻했고 서 있는 사람도 없이 몹시 한가했다. 운전석 바로 뒤 높이 솟은 의자에 앉아 있던 나는 무심코 고개를 들었다. 운전기사 자리 위로 룸미러가 세 개나 달려 있었다. 그중 두번째 룸미러로 무심히 시선을 돌린 나는 갑자기 감전이라도 된 듯 굳어졌다. 룸미러 속엔 내 얼굴이 고스란히 들어가 있었다. 흡사 데드마스크 같았다. 살아 있는 사람이 갖는 어떤 생기도 보이지 않았다. 피가 모두 증발했거나 멈춰버렸을 것만 같은 얼굴, 예기치 못한 곳에서 마주친 내 얼굴에 몹시 당황했다. 애써 미소를 지어보았다. 거울 속 얼굴이 흉하게 일그러졌다. 불행을 피부 이식이라도 한 얼굴이었다.

그날 버스에서 내린 나는 도서관 뒤편의 외진 벤치로 가서 걷잡을 수 없는 혼란에 사로잡혔다. 무언가 크게 잘못돼가고 있다는 생각이 몰려왔다. 추위가 맹렬한 도서관 뒷산을 두 번이나 오르내렸다. 도대체 어디서부터 잘못된 것일까. 운동화 발자국마다 억울하다는 기분이 끈질기게 달라붙었다. 노트북 좌석을 예약한 시간보다 한 시간이나 늦게 도서관으로 들어간 그날 새로 도착한 메일함의 땡처리 비행기표를 예약했다. 마침 중국에서 갈아타는 인도행이 반값에 나온 게 하나 있었다. 이틀 후에 출발하는 티켓이었다.

아이는 집요했다. 예약한 게스트하우스가 있다고 했음에도 눈이 동굴 입구처럼 깊은 아이는 계속 뒤를 따라왔다. 적잖이 귀찮았다. 가트를 따라 빠르게 걸었지만 아이는 몇 걸음 뒤에서 소리 없이 따라오고 있었다. 아무래도 예약을 하지 않은 여행자란 걸 아이가 눈치챈 모양이었다.

등에 진 배낭이 참을 수 없이 무거워지고 있었다. 왼쪽 목부터 손끝까지 전선이라도 연결된 듯 통증이 번지고 있었다. 목 디스크에 걸린 몸으론 30리터짜리 배낭도 무리였다. 한쪽으로 심하게 기울어진 어깨를 봤는지, 아이가 배낭을 들어주겠다고 했다. 나는 결국 고개를 끄덕이고 말았다.

아이는 제 몸엔 너무 큰 배낭을 가뿐히 메고 가트를 지나 좁은 골목으로 들어섰다. 좁고 가파른 계단 양쪽으로 게스트하우스들이 밀집해 있었다. 일본어와 한국어도 보였다. 미로 같은 골목길을 지나 아이가 마침내 한 집으로 들어갔다. 모나리자라는 이름의 게스트하우스였다. 와이파이도 잘 터지고 시설이 좋은 곳이라고 했던 집은 좁고 가파른 계단 때문에 짐을 메고 올라가기가 쉽지 않아 보였다. 거기까지 배낭을 갖다준 아이 때문에 하는 수 없이 하루치의 방값을 계산했다. 다행히 내가 정한 숙소의 상한선인 300루피였다.

계산을 마치자 현관 입구에 그림자처럼 서 있던 아이가 내게 소개비를 달라고 손을 내밀었다. 얼마를 줘야 할지 몰라 10루피짜리 세 장을 건넸다. 아이의 얼굴이 처음으로 환해졌다. 게스트하우스 주인은 손을 내미는 아이에게 동전 한 닢도 주지 않았다. 외면한 채 쳐다보지도 않는 주인에게 몇 번 말을 건네던 아이가 포기했는지 돌아서 나갔다. 아이가 받을 돈이 도대체 얼마였는지 궁금하기 짝이 없었다.

내가 갚아야 할 돈은 매달 늘어만 갔다. 은행은 단 하루의 연체도 그냥 넘어가지 않고 고리의 이자를 물렸으며, 나는 쌓인 연체 이자를 갚기 위해 또 빚을 져야만 했다. 은행과 카드 회사는 그동안 내가 카드를 돌려가면서 물어온 고액의 현금 서비스 이자를 모두 잊은 듯 내 통장의 1원짜리까지 모두 빼간 뒤 다시 독촉 전화를 걸어왔다. 카드 회사의 전화번호를 볼 때마다 저승사자의 올가미에 걸린 기분이었다. 전화를 받고 나면 탈진해 바닥에 등을 대고 누워 크게 심호흡을 하곤 했다. 그럴 때마다 억울했다. 사실 그동안 내가 낸 이자는 그들이 내게 빌려준 원금보다 훨씬 더 많았다. 그것도 신용 등급이 낮다는 이유로 그들은 내게 27%의 이자를 받고 있었다. 정부까지 나서서 대출을 권하는 저금리 시대의 엄청난 고리 대금이었다.

은행이나 카드 회사의 이자율은 몹시도 불합리했다. 돈이 많아 돈을 빌릴 일이 없는 사람들에겐 아주 낮은 금리를 적용했고, 돈이 없어 돈을 빌릴 수밖에 없는 사람들에겐 갚기도 어려운 높은 금리를 적용했다. 한때 나는 이 시스템을 이해하지 못해 당황했다. 하지만 세상이 합리적이라고 믿은 내 생각이 순진하기 짝이 없다는 걸 깨닫는 데에는 오랜 시간이 걸리지 않았다. 자본의 시스템이야말로 인간의 가장 불합리한 욕망을 기초로 구축된 것이었다.

나는 이제 그들의 돈을 갚지 못하게 되더라도 더 이상 도덕적으로 죄책감을 느끼지 않게 되었다. 이미 원금의 몇 배나 되는 이자를 그들에게 주었기 때문이다. 그들은 나처럼 가난한 사람들 덕에 점점 더 거대한 공룡이 돼가고 있었다.

물에서 흙이 섞여 나왔다. 양은 바스켓에 받은 물은 탁했고 샤워를 하려면 흙이 가라앉을 때까지 기다려야 했다. 온수가 나오는지만 확인하고 수질에 대해서는 생각도 하지 않은 탓이었다. 아니 온수도 너무 차가웠다. 다만 몸이 견딜 정도는 돼 겨우 샤워는 할 만했다.

사실 이곳에서 수질을 따지는 것은 무의미해 보였다. 바라나시 전체가 갠지스강 물로 밥을 하고 샤워를 하며 오물을 처리하고 있으니, 맑은 물이란 정수를 얼마나 했느냐의 차이일 뿐이었다. 나는 샤워를 하고 나서 반쯤 남은 생수로 이를 닦았다. 강물 위를 떠다니던 부유물들이 떠올라 차마 그 물로 입을 헹굴 수 없었다. 아무래도 다른 게스트하우스를 알아봐야 할 것 같았다. 배낭을 메고 다시 3층 아래의 가파른 계단을 내려갈 일이 난감했다.

골목길은 좁고 복잡했다. 차는커녕 겨우 오토바이나 다닐

만큼 좁은 골목길은 여행자들을 위한 상가였다. 게스트하우스는 물론 원색의 알라딘 바지나 가방과 기념품을 파는 가게들과 환전소, 일회용 가루비누나 샴푸를 줄줄이 걸어놓은 생필품 가게들이 즐비했다. 인도 전통 악기점엔 이십대의 서양 청년 하나와 한국 여성 둘이 젬베를 배우고 있었다. 드문드문 힌두교도들을 위한 꽃목걸이나 성물들을 파는 상점들까지 뒤섞여 골목은 바라나시의 내장이라는 비유가 꼭 맞아 보였다.

길모퉁이의 중국 음식점에 들어갔다. 메뉴판 구석에 수제비라는 한글이 보였다. 한국인이 인도 최대의 여행객들 중 하나라는 말을 듣긴 했지만 바라나시에 오니 실감이 났다. 십 분도 안 되는 시간 동안 골목길에서 부딪친 대여섯 명의 한국 사람들을 떠올리며 한글 메뉴를 기이하게 쳐다보았다. 내가 수제비를 주문하자 인도인 주방장이 나와 조금만 기다려달라고 했다. 수제비 한 그릇에 주방장이 뛰어나오는 걸 보니 아무래도 한국인들이 이 집의 주요 고객인 모양이었다.

나의 고객은 65세의 사업가였다. 구술을 받아 적은 초고를 토대로 자서전을 재구성하고 문장을 고쳐주기로 했다. 남자는 중소기업중앙회의 간부를 지낸 이력을 몹시도 자랑스러워했다.

"박 작가, 난 여류 작가는 처음 만나요."

그는 내 책을 들고 날개에 있는 약력과 사진을 오랫동안 쳐다보았다. 그가 내 책을 보고 싶어 한다기에 하는 수 없이 들고 나간 것이었다. 4년 전에 낸 책날개에 붙어 있는 내 약력이 그의 자부심을 한껏 끌어올린 모양이었다. 다섯 권의 소설책을 냈다는 약력이 무참하기만 했다.

"정말 영광입니다!"

처음엔 나를 자신의 타이피스트라도 된다는 듯 고용주로서의 권력을 온몸으로 드러내고 있던 남자는 갑자기 태도가 변해 말이 많아졌다. 하지만 차라리 타이피스트 취급하던 그가 나았다. 그는 나를 추켜세움으로써 푼돈으로 자신의 권력을 과시하고 싶은 욕망을 거침없이 드러내고 있었다.

남자는 자신의 가난한 유년의 추억을 미화하고, 사업을 하면서 저지른 탈세와 뇌물, 조금만 마음에 들지 않아도 사정없이 잘라냈던 감원에 대해 타고난 사업가적 자질이라고 고백하고 있었다. 나는 개의치 않았다. 그가 줄 계약금으로 연체된 카드를 막고, 두 달이나 밀린 가스비를 내야 하고, 여섯 달넘게 밀린 건강보험료를 정리해야 했다.

수긋해진 하오의 햇살을 받으며 가트로 나갔다. 가트는 바라나시 사람들이 모두 나와 있는 것처럼 붐볐다. 번화가인 메인 가트 쪽을 향해 걸었다. 새삼 강을 따라 들어선 긴 가트와 언덕 위에 세운 도시 바라나시가 대단한 건축물이란 생각이 들었다. 몇 백 년은 족히 돼 보였다. 나는 목적지 없이 어슬렁거렸다. 몇 걸음마다 보트를 타라거나 액세서리를 파는 호객꾼들이 따라붙었지만 대꾸도 하지 않았다. 관심을 보이는 순간 그들을 떼기가 어렵다는 걸 인도에 온 지 사흘 만에 깨달은 것이다. 햇빛에 반짝이는 강물을 보며 걷다 보니 장작더미를 쌓아놓은 야적장이 보였다. 버닝 가트라 불리는 화장장인 모양이었다.

주변의 건물들이 유난히 검었다. 불꽃에 그을린 것인지, 페인트칠을 안 한 것이지 구분하기 힘들 만큼 건물들은 저승의 성들처럼 검었고, 창문도 없는 어두운 아가리를 드러낸 채 음험해 보였다. 역한 냄새가 난다며 입구에서 돌아가는 서양 여자 세 명을 지나쳐 나는 가트로 난 길을 따라갔다. 검은 건물의 뒤편엔 장작이 산처럼 쌓여 있었다. 한 인도 사내가 설명을 해주겠다며 접근했다. 그는 처음엔 이곳은 사진을 찍으면 안 된다고 하더니 다시 은밀히 사진을 찍고 싶으면 돈을 내라고 했다. 오른손에 꽉 쥐고 있는 카메라를 본 모양이었다. 그가 미끼라도 던지듯 설명을 이어갔다. 검은 건물은 안에 죽음을 기다리는 노인들이 누워 있는, 호스피스 건물이라고 했다. 빈 건물처럼 조용하고 음산해 보인 이유가 있었다. 죽음이 임박해 오면 노인들은 이곳으로 와서 죽음을 기다린다고 했다. 윤회의 사슬을 끊고 다시 태어나지 않기 위해 이 생에서 마지막 숨을 기다리는 곳. 운이 좋으면 바로 신의 부름을 받기도 하지만 어떤 경우는 몇 달이나 죽음을 기다리며 시체 타는 냄새를 맡기도 하는 모양이었다. 힌디어로 마니까르니까라는 이름의 버닝 가트는 총 열다섯 개도 넘는다고 했다. 빈 곳 없이 모두 화장을 하고 있는 탓에 일대는 거대한 죽음의 축제가 열리고 있는 것처럼 보였다. 가트들이 한눈에 내려다보이는 발코니에서 젊은 한국 여자 둘이 태연히 짜이를 마시고 있었다. 어디서도 울음소리는 들리지 않았다. 유족이 울면 망자가 저승으로 돌아가지 못하고 이승을 떠돌게 된다는 믿음 때문에 화장장에선 누구도 울지 않는다고 했다. 화장터에 여자들이 없는 이유이기도 했다.

중앙 가트에서 기세 좋은 화력으로 타고 있는 시신을 향해 머리를 민 남자 두 명이 흰색의 무언가를 계속 집어 던졌다. 한 서양인이 옆에서 코코넛이라고 하는 걸 보니 코코넛 오일인지도 몰랐다. 굵은 장작이 몇 겹으로 쌓여 있는 걸 보니 살림이 넉넉한 집안인 모양이었다.

왼쪽 가트에는 시신의 발이 삐죽 나와 있었다. 불길이 잦아들고 남은 장작도 거의 보이지 않는 걸로 보아 그의 화장은 거기서 끝날 모양이었다. 장작 몇 개를 사 들고 달려가 미처 못 탄 그의 발치에 놓아주고 싶지만 나는 어쩌지도 못한 채 서서 그 가난한 가트를 바라만 보았다. 잠시 후 흰 천으로 아랫도리만 가린, 룽기를 입은 늙은 화부는 미처 다 타지 않은 시신과 불꽃이 꺼지지 않은 장작을 함께 강으로 쓸어버렸다. 가난한 자들은 자신의 몸뚱어리 하나 제대로 다 태우지 못한 채 강물로 버려졌다.

강변에 시신이 대기 중이었다. 대나무 들것 위에 놓인 시신은 부피가 작고 키도 작은 게 여자인 모양이었다. 메리골드 꽃 장식이 화려하고 반짝이는 금박 종이로 덮여 유난히 눈에 띄었다. 잠시 후 배 한 척이 다가오자 사람들은 들것을 들고 강물에 여러 번 시신의 얼굴을 적셨다. 배는 곧 시신을 싣고 강 한가운데를 향해 나아갔다. 그때였다. 무심히 배를 바라보고 있던 나는 갑자기 숨이 멎은 듯 놀라고 말았다. 눈 깜짝할 새였다. 노를 저어 깊은 곳으로 나간 배 위에서 한 남자가 어떤 사전 의식도 없이 반짝이에 둘러싸인 시신을 강으로 밀어 넣었다. 뱃전에 앉아 순식간에 강물 속으로 시신을 굴려 넣은 것이다. 뱃전에서 일어나지도 않았고 너무나 태연했다. 항아리라도 굴려버리는 것 같은 무심함이었다.

시신을 수장한 후 남자는 뒤도 한 번 돌아보지 않고 다시 떠난 곳으로 돌아왔다. 장작을 살 돈이 없거나 이곳에서 화장할 수 없다는, 아이나 임신한 여자인지도 몰랐다. 수장된 시신은 어디쯤 가고 있을까, 수면을 봤지만 강은 흔적도 없이 무표정했다. 나는 혼자 돌아온 배와 사내를 오랫동안 쳐다보았다.

자서전이 취소되었다고 했다. 중간에 일을 소개한 K로부터 원고를 의뢰했던 남자가 자서전 작업을 취소했다는 소식을 들은 것은 일주일 전이었다. 예상치 못한 건 아니었지만 막상 취소 소식을 들으니 배반감이 몰려왔다. 그토록 호들갑을 떨며 만족해하던 사람이 불과 열흘 만에 취소를 해온 것이다.

"아무래도 샘플 원고를 못 쓰겠다고 한 게 불안했나 봐. 문장도 안 되는 엉터리 작가와 교수라는 사람한테 당한 게 엉뚱하게 너한테 가네."

K가 몹시 미안해했다. 원고는 내게 오기 전에 이미 두 사람이나 거쳤다고 했다. 두 사람 다 문장이 서툴고 그의 마음에 들지 않았던 모양이었다.

화기애애한 대화가 오간 후 자리를 마칠 즈음이었다. 갑자기 자서전 고객은 샘플 원고를 원했다.

"혹시 모르니까, 한 꼭지만 써서 보내주면 안 될까?"

남자의 요구를 알고 있는 K가 내 눈치를 살피며 조심스럽게 말을 꺼냈다. 나는 그 말을 이해하지 못했다. 무얼 더 증명해 보이란 건가, 이미 내 소설책을 그에게 주지 않았던가. 하지만 그는 내 책을 받고도 샘플 원고를 요구하고 있었다.

"이 책으로도 안 되나요?"

나는 한 잡지에 그해의 좋은 책으로 선정되었던 소설집을 바라보며 물었다. 무참했다. 당장 일어나 나가버리고 싶은 걸 간신히 참고 다시 한 번 말했다.

"이 책 읽어보시고 맘에 들면 하시고 아니면 할 수 없지요."

그동안 그와 나눈 이야기들이 무색해져 간신히 말을 마쳤다. 당황한 K가 남자에게 변명을 늘어놓기 시작했다. 돌아오

는 길에 건물 유리에 비친 내 얼굴이 벌겋게 달아올라 있었
다.

나는 매일 마니까르니까 가트에 갔다. 바라나시 좁은 골목
을 하릴없이 걷다가도 더위가 가실 시간이 되면 어김없이 화
장장으로 향했다.

넷째 날이었다. 근처에 또 하나의 버닝 가트가 있다는 걸
새로 옮긴 게스트하우스 주인에게서 들었다. 그가 알려준 대
로 나는 마니까르니까와 반대 방향으로 걷기 시작했다.

빨래터에서 한 사내가 침대 시트 같은 룽기 하나만 걸치고
빨래를 하고 있었다. 인도 남자들이 입는 치마 같은 것이었
다. 주로 아침 일찍 일제히 강가에서 빨래를 했는데 남자는
아침 시간을 놓친 모양이었다. 사내와 10미터도 떨어지지 않
은 곳에선 검은 소 다섯 마리가 강에서 목욕을 하고 있었다.
더위를 피해보려는 것인지 모두 목과 등만 내놓은 채 물속에
서 나올 생각을 하지 않았다. 물에 젖은 검은 털이 진하게 반
짝거렸다. 몇 발자국 떨어진 곳에선 한 청년이 양치질을 하고
있었다.

하리시찬드라 가트라는 화장장이 나왔다. 작고 아담했다.
두 개의 가트에서 화장을 하고 있었다. 사람들도 별로 없고
더구나 관광객은 보이지 않았다.

막 화장을 시작한 시신이 솟구치는 불꽃 속에서 타고 있었

다. 검고 동그란 머리가 삐죽 나와 있었다. 불꽃이 곧 시신의 머리까지 옮겨붙었고 얼마 지나지 않아 머리의 형체가 검은 재에 묻혔다. 화부가 향과 코코넛 덩어리를 던져 넣었다. 불길이 치솟았다. 가트 바로 위에선 검은 새끼 염소 세 마리가 어미젖을 물고 필사적으로 빨아댔다. 화장이 끝나가는 가트를 다른 화부가 정리하고 있었다. 그는 집게로 무언가를 집어내더니 검은 양철 바스켓에 담아 가트 위 계단에 올려놓았다. 숯이었다. 숯을 골라낸 화부는 잿더미를 빗자루로 쓸어버렸다. 그때였다. 한 남자아이가 가트 위쪽에서 뛰어오더니 계단 위의 바스켓을 집어 들었다. 화부가 아이에게 어서 들고 가라는 손짓을 했다. 아이는 숯을 들고 계단을 뛰어가 허름한 골목으로 사라졌다. 아이의 뒷모습을 멍하니 쳐다보던 나는 그제야 그 옷이 낯익다는 걸 깨달았다. 첫날, 나를 모나리자 게스트하우스로 데려다주고 돈 한 푼 받지 못한 그 아이였다. 체크무늬 셔츠가 유난히 눈에 띄던 아이. 나를 보지 못한 걸까. 재빨리 숯을 들고 가는 아이를 보며 나는 왠지 서운했다. 어쩌면 보고도 모른 척했는지도 모른다. 아니면 집에서 쌀을 씻어놓고 숯을 기다리고 있을 엄마를 생각해 마음이 급했는지도 모른다. 나는 한 사내를 태운 나무가 다시 숯이 되어 한 가족의 밥을 끓여 입으로 들어가는 광경을 한참 동안 떠올리고 있었다. 강 건너 백사장으로 핏빛 노을이 지고 있었다.

7년 전, 빚만 잔뜩 나눠 가진 채 이혼을 했을 때 나는 온몸이 팽팽히 부풀어 있었다. 누구든 스치면 벨 듯 날카로웠지만 새로 맞닥뜨린 세계에 대한 도전 의식도 넘쳤다. 게으르기만 했던 삶에 대해 빚을 갚는다 생각하고 일을 하기 시작했다. 푼돈이라도 되는 일을 찾아 부지런히 일했다. 몸은 힘들었지만 내 삶을 스스로 책임진다는 만족감이 충만했다. 소설을 쓰는 게 사치스럽게 느껴졌다.

그러나 목뼈와 허리가 내려앉고 팔과 손에는 통증이 가시지 않았지만 빚은 좀처럼 줄어들지 않았다. 엄마와 아이와의 생활비를 버는 것만으로도 벅찼다. 허파에 바람을 잔뜩 채우고 호기를 부리던 모습은 사라지고 언제부터인가 나는 이젠 정말 가난한 이혼녀에 불과하다는 것을 깨달았다. 팔순 노모는 백화점 화장실에서 휴지를 잔뜩 뜯어서 가방에 넣어 오고, 아들은 식당 주방에서 설거지로 손이 퉁퉁 불어서 돌아왔다. 연체고지서가 쌓여가고 얼굴은 점점 굳어졌다.

그날 082번 버스의 룸미러에 비친 내 얼굴은 피로와 지친 기색만 역력할 뿐 자부심이라곤 그 어디서도 찾아볼 수 없었다. 낭떠러지를 건너는 자의 긴장감조차 보이지 않았다. 살아 있는 사람의 얼굴이라기엔 어떤 욕망도 남아 있지 않았다. 나는 이틀 후 결제해야 하는 계좌의 잔액을 털어 인도행 티켓을 사버렸다. 비행기가 이륙을 하자 휴대폰의 전원을 꺼 배낭 깊숙이 넣어버렸다. 갑자기 무슨 인도냐는 노모의 의심엔 인도에서 한국과 인도 작가들의 세미나가 있다고 거짓말을 했다.

카드 회사에서 전화를 몇 번 했는지 확인도 하지 않았다. 어제는 월세를 입금해야 하는 날이었다. 한 번도 날짜를 어기지 않은 통장의 입금란을 확인한 집주인은 퇴직 교감의 체면을 차리느라 한 주쯤은 참아줄지도 모른다. 아니 이미 그의 정중한 문자가 와 있을지도 모를 일이었다. 나는 그 모든 것들이 이제 아무렇지도 않았다. 닷새에 한 번씩 돈을 막아야 하는, 일정이 빼곡한 달력을 찢어버릴 수도 있다는 걸 여기까지 와서야 비로소 깨달았다. 급격히 궤도를 이탈해가고 있었다.

아이를 다시 만난 것은 바라나시에서의 마지막 날이었다.

"누나, 보트!"

아이는 한국인들을 상대로 보트를 타라고, 호객을 하고 있었다. 서툰 발음이지만 '누나'만은 제대로 했다. 젊은 한국 여자들을 겨냥한 상술이었다.

"싸요, 누나!"

나를 기억하는지 못하는지도 모를 표정으로, 아니 그따위는 전혀 관심도 없다는 얼굴로 아이는 손에 든 꽃불을 내게 내밀었다. 야자 잎으로 만든 접시 한가운데에 작은 코코넛 초를 놓고 메리골드 꽃으로 동그랗게 장식한 '디아'였다. 보트를 타고 나가 어두워진 강에 꽃불을 띄우면 소원이 이루어진다고 했다.

"두 개, 삼십 루피."

아이의 검은 눈이 어둠 속에서 유리처럼 빛났다. 차마 외면할 수 없는 간절한 눈빛이었다. 나는 아이가 내민 꽃불을 받아 들고 지갑을 꺼내기 위해 계단에 앉았다. 에코백 맨 아래에 있는 지갑이 쉽게 손에 잡히지 않았다.

"이름이 뭐니?"

아이는 초조하게 내 가방을 바라보고 있었다.

"고탐."

"고탐?"

나는 아이의 남루한 옷을 바라보며 다시 물었다. 아이가 고개를 끄덕였다.

"고타마 싯다르타?"

버닝 가트의 숯을 집어내던 비쩍 마른 남자를 떠올리며 재차 확인했다. 남자는 눈은 물론 코와 입매까지 아이와 꼭 닮아 있었다. 신분이 세습되는 불가촉천민인 아버지는 아들에게 싯다르타의 이름을 붙여준 모양이었다. 아이가 자랑스럽게 고개를 끄덕이며 내 옆에 앉았다. 그새 두 손엔 새로운 디아를 들고 있었다.

"너는 네 자신이 좋니?"

느닷없이 튀어나온 말이었다. 전혀 예상치도 못한 말이 갑자기 튀어나왔다. 그것도 아이가 전혀 알아들을 수 없는 한국 말이었다. 아무리 생각해도 난데없는 일이었다. 한시라도 빨리 지갑에서 돈을 꺼내주기만 기다리고 있는 아이에게 나는 엉뚱한 걸 묻고 있었다. 아이가 초조한 표정으로 나를 바라보더니 다시 한 번 단호하게 말했다.

"삼십 루피."

때가 잔뜩 묻은 10루피짜리 세 장을 꺼내 아이에게 주었다. 아이는 재빨리 디아를 바닥에 내려놓고 돈을 받아 주머니에 넣었다. 재규어처럼 빠른 동작이었다.

"그런데 말이야, 나는 내 자신이 전혀 마음에 들지 않는데 이렇게 계속 살아야 하는 걸까."

나는 다시 생각지도 않은 말들을 아이에게 묻고 있었다. 그냥 중얼거림에 가까웠다. 디아를 장식하고 있는 메리골드는 석양을 받아 더 고혹적인 빛깔이 되었다.

"아무래도 내 생은 미리 받은 선불을 다 써버렸나 봐. 프리페이드 택시처럼 나를 아주 낯선 곳에 내려놓고 가버렸어."

프리페이드 택시 운전수와 릭샤 왈라가 내려준 낯설고 소음 가득한 거리들이 떠올랐다. 연체고지서와 결제일이 빼곡한 달력들과 함께. 아이가 말을 알아듣지 못한다는 게 무엇보다 안심이 되었다.

그때였다. 행여 떨어뜨릴세라 두 손으로 디아를 꼭 받치고 있던 아이가 갑자기 나를 향해 힌디어로 말을 건넸다. 낮은 소리였지만 무언가 또렷하게 이야기를 하고 있었다. 무슨 말인지 전혀 알아들을 수 없었지만 아이의 표정은 간절했다.

"그래, 너도 그리 좋아 보이진 않아. 학교에서 공부해야 할 나이인데."

다시 한국말로 아이에게 말을 건넸다. 이번엔 제법 대화라도 하듯 아이의 눈을 보았다.

아이도 힌디어로 다시 말을 이어갔다. 전보다 두 배 더 길었다. 아이의 말을 알아들었다는 듯이 나는 고개를 끄덕였다.

"난 말이다, 내 현실에 최선을 다하는 게 도덕이라 생각했어. 그런데 요즘 난 내가 짐승처럼 느껴져. 생존 본능만 남은 짐승 말이야."

이번엔 아이도 내 말을 알아들었다는 듯 고개를 끄덕이며 다시 힌디어를 한참이나 쏟아냈다. 겨우 알아들은 말은 바바, 한마디였다. 아빠라는 말이었다. 그때였다. 강가에 배를 대놓고 있던 보트 주인이 아이를 불렀다. 아이는 순식간에 긴장된 표정이 되더니 디아를 받쳐 들고 보트 주인에게 달려갔다. 주로 한국 사람들을 상대로 보트 장사를 하는 사람이었다. 장기 거주자에게 한국말을 배웠다며 제법 유창한 한국어를 구사했다. 아이는 보트 앞에 모인 한국인들에게 디아를 팔기 시작했다. 어느새 디아는 값이 내려 두 개에 20루피라고 했다. 나는 아이에게 산 디아 두 개를 들고 보트에 올랐다. 대학생으로 보이는 한국인 다섯 명이 이미 보트에 앉아 있었다. 나는 맨 뒷자리에 앉았다. 네 명을 더 채워 보트가 출발했다.

보트는 강 건너 모래사장에 일행을 내려준 후 삼십 분간 자유 시간을 주었다. 등 뒤로 노을이 질 때까지 나는 모래 언덕에 앉아 강물을 바라보았다. 흰 천으로 머리를 감싼 소 한 마리가 떠내려가고 있었다. 소 역시 윤회의 고리를 끊고 다시는 생명으로 태어나지 않게 될 것이다. 보트 주인이 모래사장으로 흩어진 사람들을 불렀다.

어둠이 내리기 시작하는 강으로 보트가 소리 없이 나아갔다. 메인 가트에선 힌두교 예배 의식인 뿌자가 시작돼 화려한 불빛이 하나씩 켜지고 있었다. 보트가 강 한가운데에 멈추어 섰다. 보트 주인은 그곳에서 디아를 띄우라고 했다. 사람들이 제각기 들고 있던 디아에 불을 붙여 강물 위로 띄워 보내기 시작했다. 나도 뱃전에 내려놓았던 디아 하나를 들어 불을 붙였다. 유속이 느린 강물 위에 가만히 디아를 내려놓았다. 꽃불이 강을 따라 천천히 흘렀다. 강 건너편 어디엔가 있을 고탐을 위한 꽃불이었다. 디아를 살 때부터 마음먹은 것이었다.

다음 디아에 불을 붙였다. 메리골드 꽃이 짓눌려 있었다. 손가락으로 가만히 꽃잎을 편 뒤 두 손으로 강물에 띄웠다. 배를 타기 전 보트 주인이 고탐을 부르는 바람에 끝내 하지 못한 말을 나는 속으로 중얼거렸다.

'자신을 잃은 삶이야말로 가장 부도덕한지도 몰라. 어떻게든 나를 회복하기 위해 애쓸 거야.'

꽃불 두 개가 검은 강 위로 나란히 흔들리며 떠가고 있었다. 어느새 여기저기 모여든 배에서 떠내려 보낸 꽃불로 강물은 붉은 꽃밭 같았다. 오른편 가트에선 여전히 화장장의 장작불이 축제의 불꽃처럼 타오르고 있었고, 왼편에선 뿌자를 위한 노란 조명들이 강물 위로 쏟아져 내렸다. 바라나시의 마지막 밤이었다.

하미
연꽃

호아

노란 매화꽃이 일곱 송이 남아 있었다. 아침마다 불단 옆 매화 화분 아래로 가 바닥을 확인하는 게 이젠 습관이 돼버렸다. 밤새 비가 내린 어제는 열 송이도 넘게 떨어졌는데 오늘은 딱 한 송이만 떨어져 있었다. 낙화기에 접어든 꽃들은 거미줄 같은 비에도 꽃대를 툭툭 떨어뜨리곤 했다. 일곱 송이나마 남아 있는 게 장하기만 했다. 새해의 전령처럼 섣달 말이면 어김없이 피기 시작한 노란 매화를 하루라도 더 붙잡아두고 싶은 마음이 아침마다 꽃송이를 세게 만들었다. 어릴 적부터 매화꽃이 다 떨어지면 무언가 불길한 일이 일어나지 않을까 불안했다.

"이 노란 매화가 피어 있는 동안은 나쁜 운이 들어오지 못한단다."

매화 화분을 갖은 정성으로 키우던 할아버지의 말이 머릿속에 박힌 탓이었다. 꽃을 좋아해 손녀인 내 이름도 꽃이라는 뜻의 호아라 지었다고 했다. 할아버지는 살아생전 그 누구에게도 절하지 않았고 오직 이 노란 매화 앞에서만 예를 갖추었다는 옛사람을 떠올리게 했다. 노란색은 복을 가져오고 붉은색은 행운을 가져온다며 설 무렵이면 노란 꽃과 노란 금귤이 달린 화분을 집 안에 들이고, 붉고 노란 등을 주렁주렁 내걸던 시절이었다. 그 정성 덕인지 할아버지는 전쟁이 일어나기 한 해 전에 잠이 든 채 세상을 떠나 이 난리를 겪지 않아도 되었다. 할아버지가 그랬던 것처럼 나는 매화나무 가지를 하나하나 만져보았다. 가지가 유난히 가늘었다. 전쟁은 사람이나 꽃이나 황폐하게 만드는 건 마찬가지였다.

미군들이 이주시킨 전략촌에서 돌아오자마자 나는 매화꽃을 피우는 데 온 정성을 쏟았다. 매화마저 없으면 이 시간을 견딜 수 없을 것 같았다. 매화꽃이 부적이라도 된다는 듯 나는 화분에 쌀뜨물과 퇴비를 주고 잔가지를 정리했다. 마침내 노란 꽃잎이 새의 부리처럼 뾰족하게 나오던 날, 나는 아껴둔 향을 피우고 불단에 엎드려 기도를 올렸다. 모든 게 무너지고 부서지는 전쟁터에서는 새로 태어나는 어린것들만 봐도 눈시

울이 시큰거렸다.

음력 새해가 지난 지 스무나흘이 되었다. 전략촌에서 돌아
와 처음 맞는 설이라고 잠시 들떴지만 전선은 오히려 더 치열
해지고 있었다. 처음엔 남과 북의 군사 당국이 설을 맞아 며
칠 동안 휴전을 한다고 했다. 남편 따이도 휴가를 나올지 모
른다고 했다. 하지만 그를 위해 어렵게 준비한 새해 폭죽은
터트리지 못했다. 처음 포 소리가 들려올 땐 옆 동네에서 터
트리는 폭죽 소리인 줄 알았는데 곧 멀리서 쏘아대는 대포 소
리라는 걸 알아챘다. 따이의 휴가는 포성과 함께 날아가버렸
다. 비교적 후방에 있던 그의 부대가 지난해 군사분계선의 서
쪽 끝자락으로 이전한 후부터는 휴가가 불가능해졌다.

포격 소리가 들릴 때마다 나는 불단으로 가서 기도를 했다.
마당 오른쪽에 따이가 만들어놓은 작은 불단이 있었다. 손으
로 하는 것은 무엇이든 빼어나게 만드는 따이는 불단도 남다
르게 꾸몄다. 집안 대대로 내려오던 불상에 흰 대리석을 다듬
어 근사한 지붕까지 새로 얹은 불단은 마을 사람들의 부러움
을 샀다. 나는 그가 그리울 때마다 아끼고 아낀 향과 꽃을 불
단에 바쳤다. 다행히 포성이 쉬지 않는 들판에서도 들꽃은 어
렵지 않게 구할 수 있었다.

"걱정 마. 꼭 살아서 돌아올 테니."

입대를 하면서 약속한 따이의 말을 나는 믿었다. 아니 믿을

수밖에 없었다. 그에게 무슨 일이 벌어지고 있는 것인지 알수 없었지만 마을 옆에 주둔하고 있는 한국군들을 보면서 따이의 상황을 짐작했다. 내가 할 수 있는 일이라곤 매일 아침그를 위한 기도밖에 없었다.

따이는 아이의 출산을 보지도 못하고 입대를 할 수는 없다며 한동안 호이안에서 가죽 공장을 하는 친척집에 숨어 지냈다. 가죽 가방과 신발을 만들며 시간을 보냈지만 결국 전쟁터로 끌려가고 말았다. 그의 입대 후 태어난 아이는 아직 이름도 없었다. 이름을 지어달라는 내게 그는 제대를 할 때까진이름을 짓지 말자고 했다. 일찍 이름을 지으면 귀신이 잡아간다는 미신 때문이었다. 지난해 태어난 마을의 아이들 셋 모두아직 이름이 없었다. 전쟁이야말로 가장 강력한 귀신이어서사람들은 이름 짓기를 주저하고 있었다.

"손가락이 아기 같지 않게 참 기네."

어제도 빵을 나눠주던 한국 군인이 갑자기 팔에 안은 아기의 손가락을 쓰다듬었다. 비닐에 든 빵을 잡는 아기의 손가락을 본 모양이었다. 그때마다 나는 안심했다. 따이가 한국군과같은 편인 남베트남군이라는 게 얼마나 다행인지 몰랐다. 혹시라도 그들과 싸우고 있는 인민해방군이라면 나와 가족들은동네를 떠나야 했을 것이다. 한국군들도 따이가 남베트남군이라는 걸 알고부터는 우리에게 더 친절했다. 그들은 며칠 전부터 갑자기 마을 사람들에게 빵과 쌀을 나눠주었는데 내겐 하나씩 더 주었다.

"나도 돌이 지난 딸이 있는데……"

서 하사라는 군인이 빵을 주면서 아기를 얼렀다. 아기를 바라보는 시선엔 한국에 있다는 아이에 대한 그리움이 잔뜩 묻어 있었다. 이젠 제법 친해져서 스스럼없이 인사를 하고 다니는 사람이었다. 그는 일찌감치 결혼을 해서 아기가 있다고 했다. 한번은 내가 아이를 업고 양팔이 휘어져라 물을 나르는데 뛰어와 번쩍 들어다 주기도 했다.

오늘따라 그들은 분주하게 움직이고 있었다. 아침부터 전투복 차림으로 무장을 한 채 바삐 오가는 게 작전이라도 나가는 모양이었다. 새해 들어 부쩍 공세가 격렬해졌다고 했다. 총성과 포성이 자주 들려왔다. 그때마다 어디선가 총알이나 포탄이 따이의 몸을 스치고 있는 게 아닌가 두려웠다.

시어머니의 불안감은 요즘 들어 부쩍 심해졌다. 그녀는 잠시라도 밖에 나갔다 올 때면 늘 같은 말로 내 표정을 살폈다.

"별일 없지?"

그녀는 끊임없이 안전을 확인해야 마음을 놓았다.

시어머니가 작은 대나무 바구니를 들고 서둘러 마당으로 들어왔다. 새벽부터 나가더니 새우를 구해 온 모양이었다. 호이안에 다녀오는 길이라 했다. 최근 들어 전투가 격렬해지면서 호이안까지 가는 일은 좀체 없었다. 새우는 핑계였고 전선의 소식이 궁금했던 것이다.

"거기도 통 소식을 모른단다라."

시어머니는 가끔 호이안의 가죽 공장에 가서 소식을 얻어 오곤 했다. 그늘을 걷어내지 못한 시어머니가 마당 한쪽에 앉아 새우를 다듬기 시작했다.

갑자기 새우만두를 만든다고 했다. 새우만두를 좋아하는 나를 위해 어제는 종일 쌀가루로 만두피를 만들고 오늘은 새벽부터 새우를 구해 왔다. 전쟁터에서 부릴 호사는 아니었다. 아무래도 불안을 떨쳐내려는 몸부림 같았다.

시어머니의 불안은 늘 개미로부터 시작되었다. 한동안 뜸하던 개미가 다시 보이기 시작한 것은 며칠 전이었다. 시고모 집에서 모처럼 돼지고기를 삶았다고 주먹만큼 가져왔는데 점심때 먹으려고 코코넛 바가지 속에 넣고 뚜껑을 덮어두었다. 두 시간도 지나지 않아 고기를 썰려고 뚜껑을 열자 고기가 온통 개미로 뒤덮여 있었다. 작고 투명한 갈색 불개미 떼가 마치 옷처럼 고기를 덮고 있었다. 작은 고기 부스러기들을 입에 물고 줄지어 오가는 개미 떼가 그악스럽기 짝이 없었다. 시어머니는 비명을 지르며 개미가 들러붙은 고깃덩어리를 불 속으로 던져버렸다. 모처럼 생긴 고깃덩어리였는데도 상한 고기라도 그랬을까 싶게 아무 미련 없이 던져버렸다. 시어머니는 개미를 싫어할 뿐만 아니라 무서워했다. 닭은 물론 핏물이

뚝뚝 떨어지는 생고기도 아무렇지 않게 다루는 시어머니가 이상하게도 그 작은 개미를 무서워했다.

"개미가 극성이면 안 좋은 일이 생긴다는데."

어제는 채반에 펼쳐놓은 만두피에 작은 불개미들이 몰려왔다. 일렬로 줄지어 몰려온 불개미 떼를 보자 시어머니는 또 비명을 질렀다. 마른 만두피나 국수에는 좀처럼 들러붙지 않는 개미들이 이상하게 까맣게 몰려와 있었다. 시어머니는 종일 채반 옆에 앉아 개미들이 줄지어 다니는 길을 발로 뭉개고 우회로를 만들어 다시 접근하는 개미 떼는 한 마리 한 마리씩 일삼아 죽였다.

시어머니의 개미 공포증은 이중적이었다. 개미를 싫어하다 못해 무서워하면서도 한편으로 그녀는 개미를 누구보다 잔혹하게 죽였다. 그녀의 손등 위엔 개미가 수시로 기어 다녔다. 시어머니는 그때마다 개미를 잡아 가는 다리가 부러질 만큼만 살짝 눌렀다. 개미가 무섭다고 하면서도 손가락 사이에서 몸부림치는 개미들의 그 미세한 감각을 즐기는 걸로 보였다. 그것도 모자라 시어머니는 잡은 개미들을 모아 냄비 뚜껑 위에 얹었다. 그리고 엄지손톱으로 개미들을 한 마리씩 톡톡 눌러 죽였다. 개미알 터지는 소리가 양철 뚜껑을 울리며 크게 들려야 비로소 시어머니는 만족했다. 개미를 죽이는 그녀의 잔혹한 방법이었다.

"아버지가 돌아가신 후부터였던 것 같아. 어머니가 갑자기 개미를 저렇게 죽이기 시작했어."

전쟁 초기, 소를 먹이러 들판에 나갔다가 돌아오는 길에 아군인지 적군인지도 알 수 없는 총에 머리를 맞고 죽었다는 시아버지. 생전 누군가를 향해 모진 소리 한 번 해본 적 없는 시어머니는 그때부터 개미를 손톱으로 눌러 죽이기 시작했다고 했다.

나는 늘 개미가 생기지 않게 각별히 애썼다. 그러나 내 눈에는 보이지도 않는 개미가 시어머니의 몸엔 수시로 달라붙었다. 그녀는 자다가도 자주 비명을 질렀다. 그때마다 팔이나 발가락 사이의 연한 살 위를 개미가 기어 다니고 있었다. 오직 개미에게만 예민하게 반응하는 시어머니를 이해할 수 없었다.

"어서 밥 먹자. 제대로 된 음식을 먹어본 지가 언젠지도 모르겠다."

마당 귀퉁이에 씨를 뿌려둔 향채들이 먹기 좋을 만큼 자라 있었다. 매일 뜯어 먹어도 새잎들이 돋아나는 게 고마울 뿐이었다. 박하향 진한 초록 이파리들이 작은 대바구니에 소복했다.

지난 설 무렵 집 앞을 지나가는 군인 두 명을 시어머니가 불러 향채가 잔뜩 든 국수를 내놓았다. 서 하사와 박 중사였다.

"도저히 못 먹겠다."

박 중사는 젓가락을 내려놓았다. 그는 고수는 물론 다른 향채도 먹지 못한다고 했다. 서 하사는 어릴 적 고향에서 고수를 자주 먹었다며 박 중사가 남긴 것까지 다 먹어치웠다.

"다 자식들 같아."

시어머니는 군인들이 지나갈 때마다 뭐라도 하나씩 주고 싶어 했다. 땅콩이나 삶은 고구마, 옥수수 같은 것들이 지나가는 군인들의 손에 쥐어졌다. 그들 역시 고향에서 즐겨먹던 것이라며 좋아했다.

아기가 울기 시작했다. 젖을 물리자 바로 울음을 그쳤다. 먹는 것이 부실해도 늘어져 있던 젖은 아기의 울음소리를 듣자마자 단단해지기 시작했다. 아기가 허겁지겁 젖을 빨았다. 그때였다. 군인 두 사람이 성큼 집 안으로 들어섰다. 고수를 못 먹는다는 한국군과 통역이었다. 통역을 데리고 다니는 경우가 드물어 의아했다. 나는 얼른 풀어진 앞섶을 가렸다. 총을 메고 있지만 작전 중일 때는 흔히 보는 광경이어서 놀랍지는 않았다. 명절 무렵부터 군인들은 늘 총을 메고 다니는 것 같았다.

"공터로 모여."

그가 젖을 먹이고 있는 내게서 고개를 돌리지도 않고 집 뒤편의 공터를 가리켰다. 자세가 불편해진 아기가 놓친 젖을 찾아 두 손으로 움켜쥐었다. 나는 아기의 입에 젖꼭지를 다시 대주며 군인들에게서 눈을 떼지 않았다. 박 중사가 야채를 다듬는 시어머니에게 다가가 고갯짓을 했다. 통역이 어서 공터로 가라고 다그쳤다. 그제야 시어머니가 자리에서 일어나 바지에 물기를 닦았다. 나는 아기를 안은 채 시어머니와 함께 울타리랄 것도 없는 집 밖으로 나왔다. 옆집에서도 총 든 군인과 나보다 다섯 살 많은 언니와 그녀의 시아버지가 함께 나오고 있었다.

"또 빵을 줄 모양이야."

같은 울타리를 쓰는 언니의 목소리가 들떠 있었다. 나는 박 중사의 쇳덩이 같은 표정이 마음에 걸렸으나 일말의 기대도 없지 않았다. 그들은 사흘 내내 빵을 주었으니 오늘도 크게 다르지 않을 것 같았다.

공터엔 이미 사람들이 많이 나와 있다. 마당에서 땅콩을 심던 노파가 흙이 묻은 손을 털고 있었다. 여섯 살짜리 손자가 빵을 기다리기 지루해져 할머니의 바짓자락을 붙잡고 빙빙 돌았다. 사흘 내리 빵을 얻어먹은 사람들의 얼굴엔 달콤한 기대감이 감돌았다. 한국도 음력 설을 쉰다고 했다. 새해를 맞아 중대장이 특별히 나눠주는 선물이라며 기름 냄새가 고소한 빵과 쌀을 주었다. 빵은 반미를 만드는 바케트보다 훨씬 기름지고 단맛이 났다. 사람들은 이른 아침부터 환한 얼굴로 인사를 나누며 시끌시끌한데 시어머니만이 불안을 숨기지 못한 채 자신의 몸을 살폈다.

"오늘따라 개미가 왜 이리 그악스럽게 몰려오는지 몰라."

시어머니는 팔꿈치 안쪽의 연한 살을 문 개미를 엄지와 검지로 가만히 비볐다. 사람들이 많아 차마 소리는 지르지 못한 채 내게 나지막이 속삭였다. 그녀는 물을 길러 간 우물에서도 머리카락 사이를 기어가는 개미를 잡아내곤 했다. 세상의 모든 개미가 시어머니에게만 몰리는 것 같았다. 시어머니는 까다만 새우에 개미 떼가 몰려들까 봐 불안해 집 쪽을 자꾸 바라보며 안절부절못했다.

서른 가구의 동네 사람들 대부분이 모인 것 같았다. 집집마다 노인과 아이들, 그리고 여자들이 전부였다. 젊은 남자들은 모두 군대로 갔고 중장년의 남자들은 다낭이나 호이안 등 가깝고 먼 도시로 일하러 떠나거나 노역에 동원돼 마을엔 노인과 여자, 아이들만 남아 있었다. 어쩌다 아프거나 다친 남자들 서너 명이 동네 남자의 전부였다.

사람들이 어지간히 나온 것 같았다. 학교 운동회라도 하는 듯 시끌벅적했다. 방학이라 학교도 가지 않은 아이들은 제멋대로 뛰어다녔다. 나보다 석 달 먼저 아기를 낳은 따이의 사촌 형수도 아이를 등에 업고 다섯 살 된 딸의 머리를 매만지느라 분주했다. 아이의 머리엔 붉은 리본이 달려 있었다.

"이리 모여!"

갑자기 날카로운 음성이 들렸다. 장교인 듯한 한국 군인의 목소리였다. 통역병이 옮긴 말이었지만 내 귀엔 장교의 칼날 같은 목소리만 남았다. 설사 통역을 하지 않았다 해도 충분히 알아들을 수 있는 명령조였다. 무엇보다 쇠꼬챙이처럼 날선 그의 표정이 말해주었기 때문이다.

사람들이 일시에 조용해졌다. 그제야 사람들은 줄지어 서 있는 군인들의 얼굴을 보았다. 빵은 어디에도 보이지 않았고 모두들 긴장한 얼굴의 부동자세였다. 햇빛이 총신에 부딪쳐 반짝 빛났다. 사람들의 얼굴이 어느새 장마철 구름처럼 빠르게 어두워졌다. 아이들도 제 어미나 할머니, 할아버지를 찾아 옷자락을 잡은 채 얼어붙었다. 뒤늦게 나온 사람들 몇도 공터로 모여들었다.

"중대장님의 말씀이 있겠다."

지휘관이 등장했다. 한 번도 본 적이 없는 고위급이었다. 사병들이 일제히 그를 향해 경례를 했다. 이상한 일이었다. 이국의 군인이 왜 마을 사람들을 모아놓고 갑자기 연설을 하겠다는 것인지 이해가 되지 않았다.

"주민 여러분, 요즘 들어 베트콩들의 행패가 무척 심해졌습니다. 여러분들도 항상 경계를 하시고 빨갱이들이 나타나면 바로 저희에게 신고해주시기 바랍니다."

중대장의 목소리는 유난히 카랑카랑했다. 그 목소리만으로도 제각기 떠들던 마을 사람들의 입을 막기에 충분했다. 그는 말이 많았다. 설날 공습 이후 베트콩들의 습격이 빈번해졌고 어제는 멀지 않은 곳에서 한국군 병사가 지뢰 공격을 받았다고도 했다. 통역도 정확하지 않아 알아듣기가 쉽지는 않았지만 대강의 내용이었다. 그는 마을 사람들이 자신의 부하들이라도 된다는 듯 훈시를 계속했다. 지루함을 못 참은 아이들이 다시 움직이기 시작했다. 부드럽고 달콤한 빵을 얻으러 나온 아이들은 제 어미의 옷자락을 끌어당기거나 옆에 서 있던 아이를 집적댔다. 시어머니는 또 개미에게 물렸는지 팔을 긁기 시작했다.

마침내 길고 지루한 중대장의 연설이 끝났다. 빨리 집에 가서 새우를 삶아야겠다는 생각이 들어 나는 시어머니에게 눈짓을 했다. 어쩌면 냄새를 맡은 고양이가 먼저 입을 댔을지도 모를 일이었다. 시어머니 역시 불안이 가시지 않은 얼굴로 고개를 끄덕였다. 나는 팔에 안은 아기를 추켰다. 아기가 빨다 만 젖이 아까부터 흘러내려 앞섶을 적시고 있었다. 그때였다. 갑자기 고막이 터질 듯한 소리가 들려왔다.

총소리였다. 나는 소리가 나는 곳을 향해 고개를 돌렸다. 방금 전까지도 아이들 옆에 서 있거나 중대장을 향해 도열해 있던 군인들과 어디서 튀어나온 것인지 마을 사람들을 에워싼 군인들이 일제히 총을 겨누고 있었다. 믿을 수가 없었다. 총구가 겨누고 있는 곳은 내가 서 있는 곳이었다. 아니 공터로 불려 나온 마을 사람들이었다. 총구가 태양의 흑점처럼 검었다. 연설을 끝낸 중대장이 권총을 빼들고 있다. 총은 그가 쏜 것이었다.

생각할 겨를이 없었다. 나는 일단 도망가야 한다는 본능에 아기를 껴안고 상체를 굽혔다. 시어머니가 내 팔을 꽉 잡았다. 그와 동시였다. 벼락같은 총소리가 연발로 들리기 시작했다. 옆에 서 있던 뒷집 노파가 손주를 온몸으로 감싼 채 쓰러졌다. 볏단처럼 가볍게 고꾸라졌다. 안고 있던 아기가 자지러지듯 울기 시작했다. 나는 가슴으로 아기의 울음소리를 막았다. 그러나 연발로 들리는 총소리 때문에 아기의 울음소리 따윈 더 이상 들리지 않았다. 사람들이 비명을 지르며 우왕좌왕하다가 쓰러졌다. 따이의 사촌 형수가 아이의 손을 잡은 채 쓰러졌다. 피가 분수처럼 튀었다. 시어머니가 나와 아기를 온몸으로 감쌌다. 이마에 피가 튀어 있었다.

일곱 살짜리 뒷집 아이도 제 어미 위로 쓰러졌다. 머리를 정통으로 맞은 모양이었다. 뇌수가 쏟아졌다. 나는 비명을 지르며 아이를 껴안고 주저앉았다. 수류탄이 공터 한복판으로 날아왔다. 사람들이 파편처럼 튀면서 쓰러졌다.

"호아!"

시어머니가 내 이름을 부르며 무너졌다. 시어머니를 관통한 총알이 내 허벅지를 스쳤다. 아기를 안은 채 쓰러졌다. 총알들이 우기의 장대비처럼 쏟아졌다. 누군가 내 몸을 덮쳤다.

아기의 울음소리가 고막을 파고들었다. 수류탄까지 터지고 있지만 소리는 모두 소거되고 세상에 오직 아기 울음만 남은 것처럼 고요했다. 연달아 총알이 쏟아졌다. 모두 죽은 걸까. 고개를 돌리려 했지만 움직여지지 않았다. 도대체 왜 이런 일이 벌어진 걸까. 어제까지만 해도 친절하기만 했던 그들은 오늘 왜 갑자기 사냥꾼이 돼버린 걸까.

"하나도 남기지 말고 다 쏴아!"

날카로운 쇳소리가 환청처럼 들려왔다. 나는 온 힘을 다해 눈을 떠 앞을 바라보았다. 한 군인이 내게 총부리를 겨누고 있었다. 그의 얼굴을 보았다. 서 하사였다. 그의 눈이 몹시 흔들렸다. 자기 아내와 내가 같은 나이라고 반가워했던 이국의 군인, 그가 왜 나를 향해 총부리를 겨누고 있는 걸까.

"안 돼!"

나는 그를 향해 소리쳤다. 순간 귀청을 뚫는 총소리가 들리고 왼쪽 옆구리가 서늘해지기 시작했다. 총을 맞은 모양이었다. 몸 아래에 깔려 있던 아기의 울음소리가 더 이상 들리지 않았다. 사람들의 비명도 들리지 않았다. 총소리가 더 커졌다. 순간 고막이 찢어지는 듯한 소리도 들렸다. 포탄이 터지는 모양이었다. 날카로운 것이 날아와 몸 어딘가에 박히는 것 같았다. 쏟아진 창자에 탄피라도 박힌 것인가. 지독한 통증이 옆구리에서 전해졌다.

나는 눈을 떴다. 그를 보고 싶었다. 나를 쏜 서 하사, 그는 왜 나를 쏜 것일까. 아니 그들은 왜 우리를 쏜 것일까. 통증보다도 먼저 나는 참을 수 없이 그것이 알고 싶었다. 하지만 서늘한 물기가 느껴지던 눈은 더 이상 떠지지 않았다. 그는 물론 공터를 에워싸고 총을 쏘아댄 이국의 군인들도 보이지 않았다. 주위가 캄캄했다. 흑점이 커져 태양이 온통 검고 두꺼운 어둠에 뒤덮인 모양이었다. 나는 온 힘을 다해 눈을 떠보지만 빛 한 점 보이지 않았다.

'호아!'

나를 부르는 소리가 들렸다. 할아버지인지 따이인지 분간이 되지 않는 목소리. 어디선가 노란 매화꽃들이 우수수 지고 있었다.

서 하사

두 시간도 걸리지 않았다. 한 마을을 초토화시키는 데는 두 시간도 채 걸리지 않았다. 아니 두 시간은 135명의 사람을 죽일 수도 있는 시간이란 걸 미처 알지 못했다. 믿을 수 없을 만치 신속하고 잔혹했던 그 시간. 부서지고 찢어진 시간들을 순서대로 꿰맞출 수는 없지만 나는 여전히 그날의 기억들에 갇혀서 헤어나질 못하고 있었다. 밥술을 뜨다가도 나는 갑자기 밥상을 엎어버리고 밖으로 나가 손을 씻곤 했다. 매일 약을 한 주먹씩 먹어도 기억은 사라지지 않았다. 쇠창살과 철문으로 둘러싼 격리 병동에서도 나는 그날의 햇빛과 핏자국을 지워내지 못한 채 비명을 지르곤 했다. 아니 나를 쳐다보던 그 여자의 핏물이 흐르던 눈빛이 그날 이후 한시도 나를 떠나지 않았다.

　중대장의 연설은 따분했지만 오히려 짧게 느껴졌다. 연설이 끝나면 무슨 일이 벌어질지 알고 있었기에 나는 그의 연설이 천일 야화처럼 계속 이어지기만 바랐다. 하지만 연설은 금세 끝나버렸다. 그가 스무 발자국 남짓 걸어가 오른손에 든 권총을 쏘았다. 사격 개시 명령이었다. 주민들을 에워싼 채 풀숲에 숨어 있던 총구에서 총알이 격발되기 시작했다. 나 역시 어깨에 멘 총을 재빨리 내려 사격 자세로 바꾸었다. 아이들까지 모두 나와 있던 마을 사람들이 총소리에 메뚜기 떼처럼 흩어졌다. 며칠 전부터 빵을 나눠준 터라 공터로 모이라는 말을 누구도 의심하지 않았다.

　방아쇠에 닿은 손가락이 떨렸다. 처음이었다. 전쟁터에 온 지 여섯 달이 지났지만 눈 앞에 보이는 사람을 조준하고 있는 것은 난생처음이었다. 파병 후 지원 부대에 배속돼 어쩌다 사격 지원을 나가 풀숲이나 뻘밭을 향해 총을 쏘긴 했지만 사람을, 그것도 얼굴과 이름마저 알고 있는 사람들을 향해 총을 겨누고 있는 것은 처음이었다.

　"저 순진해 보이는 사람들 속에 베트콩이 숨어 있다. 그러니 무조건 다 죽여야 한다. 알았나!"

　작전 직전 중대장은 놀란 얼굴로 자신을 쳐다보고 있는 부대원들을 향해 소리 질렀다. 민가 근처에 주둔한 지 석 달째,

얼굴을 알고 지내는 사람들을 향해 총을 쏘라는 명령에 선뜻 대답을 못 하고 있던 참이었다.

"전부 빨갱이 새끼들이라고!"

그는 결국 악을 썼다.

"충성!"

그 한마디로 모두 명령을 받아들였다. 아니 애초에 거부할 수 없는 명령이었다. 나는 제일 오른쪽 노인을 향해 총구를 겨누었다. 한 번도 본 적이 없는 노인이었다. 대부분 아이들을 껴안거나 손잡고 있는 노인 중 유일하게 혼자 서 있는 사람이기도 했다. 총알은 노인의 어깨를 비껴 마당 뒤편으로 날아갔다. 노인이 비틀거리며 뒤로 물러났다. 그때 노인의 앞쪽 숲에 매복해 있던 병사가 총을 쏘았다. 노인이 쓰러졌다.

"사격!"

중대장의 목소리가 총알보다 더 위협적이었다. 순식간에 주민들이 포위된 마당으로 총알이 우박처럼 쏟아졌다. 어린 시절 어느 늦가을, 이런 우박이 배추밭으로 쏟아지는 걸 본 적이 있었다. 시퍼런 배춧잎에 구멍을 숭숭 뚫던 얼음덩어리들. 사람들이 낫질에 잘려 나가는 벼포기처럼 쓰러졌다. 나는 방아쇠를 당기며 눈을 감았다. 총구는 사람들이 모여 있는 마당 한가운데를 향해 있었다. 퍽! 무언가를 관통하는 느낌이 날아간 총구로부터 전해져 왔다. 환각인지도 몰랐다. 하지만 감은 눈으로도 총알이 가서 박히는 목표물이 훤히 보이는 것만 같았다. 사람을 맞춘 모양이었다. 누구일까, 내 총을 맞은 사람은. 어제 빵을 나눠준, 다섯 살짜리 사내아이 꽝인지도 몰랐다. 아니 늘 손자의 손을 잡고 다니던 아이의 할머니인지도 몰랐다. 꽝이라는 이름은 빛 광(光) 자의 베트남 발음이라고 아이의 엄마가 알려주었다. 순간 물속으로 넣으려 아무리 애써도 튀어 올라오는 튜브처럼 광희(光嬉)가 떠올랐다.

서울의 달동네 좁은 판잣집에서 뒹굴고 있을 딸 광희. 마르고 까만 동네 아이들을 볼 때마다 불쑥불쑥 떠오르던 얼굴. 그사이 연탄가스나 마신 건 아닌지 늘 걱정이었다. 아이를 낳기 전 아내가 두 번이나 연탄가스를 마셔 금이 간 바닥 틈을 몇 겹의 종이로 발랐지만 허술하기 짝이 없었다. 겨우 돌이 지난 아이와 아내를 두고 이 먼 곳까지 와서 나는 왜 죄 없는 사람들을 향해 총을 쏘고 있는 걸까. 무허가 판잣집을 벗어나보겠다는 다짐으로 떠나온 곳에서의 대가는 지나치게 가혹했다.

"조금만 고생하면 아랫동네에 방 한 칸이라도 얻을 수 있을 거야."

근심 가득한 얼굴로 팔을 잡는 아내를 안심시키며 나는 군 복무가 끝나갈 무렵 동기와 함께 파병군에 자원했다. 연탄가스가 새지 않는 방 한 칸이 이토록 큰 욕심인 걸까. 부엌도 따로 없는 좁고 어두운 방을 떠올리는 사이 눈앞에서 사람들이 쓰러졌다. 비명을 지를 새도 없었다. 옆에 서 있던 박 중사가 내 머리를 쳤다.

"정신 차려!"

계급은 하나 높았지만 고향이 멀지 않은 곳이라 친해진 동료였다.

"새끼야, 빨리 사격하라고!"

그는 넋이 나간 내 표정을 알아챘다. 나는 허둥지둥 방아쇠를 당겼다. 빵을 주려는 모양이라고, 의심 하나 없이 아이들까지 모두 데리고 나온 여인들과 노인들이 제일 먼저 쓰러졌다. 다음은 몸을 배배 꼬며 장난을 치던 아이들이 제 어미와 할머니들의 피 흘리는 몸을 덮으며 쓰러졌다. 미처 숨이 끊어지지 않은 채 피 묻은 고개를 돌리던 여자아이의 몸 위로 총알이 난사되었다. 예닐곱 살쯤 돼 보이는 아이였다. 복숭아 과육 같은 살점들이 파편처럼 튀었다.

상황을 알아차린 사람들이 도망치기 시작했다. 그러나 주민들을 빙 둘러싼 채 매복해 있던 병사들의 총구를 피하기란 쉽지 않았다. 토끼몰이보다 더 촘촘히 둘러싼 총구들. 방향도 구분 못한 채 무조건 뛰던 사람들이 쓰러졌다. 상의를 입지 않은 사내아이의 총상이 지나치게 선명했다. 탄약 냄새에 피 냄새가 섞여 토할 것만 같았다.

설날 대공세 작전의 일환이라 했다. 유난히 설을 요란하게 쇤다는 베트남 사람들. 폭죽을 터트려 악귀를 물리치느라 설이 되면 도시는 폭죽으로 마치 전쟁터 같은 화염에 덮인다 했다. 그 틈을 타 적들이 대공세를 펼칠 거라는 예상이었다.

"명심해라. 저들은 베트콩 가족일 수도 있고, 저 속엔 베트콩이 숨어 있을 수도 있다. 언제든 빨갱이가 될 수도 있단 말이다. 알았나?"

민간인 복장으로 태연히 돌아다니며 아군을 교란하는 민족해방전선. 덥고 습한 날씨에 적응하는 것도 쉽지 않은데 정글은 교전보다 더 힘든 난관이었다. 풀더미인 줄 알고 발을 디뎠다가 진창이나 뻘에 빠진 적도 한두 번이 아니었다. 반면 이곳 사람들은 작고 가벼운 몸으로 모래밭은 물론 뻘밭도 귀신같이 잘 빠져나갔다.

하지만 공터에 모인 사람들은 모두 여자와 아이, 그리고 노인들뿐이었다. 총을 들고 싸울 수 있을 만한 사내는 두세 명도 되지 않았다. 폭음이 들렸다. 사람들이 쓰러져 있는 곳으로 수류탄이 날아왔다. 이미 쓰러져 있던 사람들이 사금파리 조각들처럼 사방으로 튀었다. 마당에 구멍이 숭숭 뚫렸다.

뒤늦게 공터로 오다가 총소리에 놀라 용케 도망친 아이를 쫓아 두 명의 군인들이 달려갔다. 얼굴을 아는 아이였다. 이틀 전, 빵을 나눠줄 때 아이는 유난히 작은 눈을 반들거리며 두 손을 공손히 내밀었다. 아버지는 징집된 후 죽고 어머니는 다낭으로 떠난 후 할머니와 둘이서 산다고 했다. 아이가 다람쥐처럼 숨어든 부엌 아궁이에서 기어이 끌려 나왔다. 몸이 재투성이였다. 김 상병이 아이를 공터로 끌고 와 군홧발로 찼다. 작고 마른 아이가 풀썩 고꾸라졌다. 김 상병이 다시 아이의 얼굴 한가운데를 찼다. 코피가 터져 얼굴이 피범벅이 되었다. 아이는 소리조차 지르지 못하고 널브러졌다. 김 상병이 다시 한 번 아이의 볼록한 배를 힘껏 걷어찼다. 마침내 아이가 개구리처럼 뻗었다. 김 상병은 손에 든 총으로 아이의 심장을 겨눠 방아쇠를 당겼다. 총알을 난사하기엔 아이의 몸이 형편없이 작았다. 돌아서는 김 상병의 눈이 핏발이 선 채 번들거렸다.

그때였다. 어디랄 것도 없이 총을 겨누고 있던 나는 죽은 아이 뒤에 쓰러져 있는 그 여자를 보고야 말았다. 여자의 얼굴이 먼저 보였다. 아는 얼굴이었다. 광희보다 몇 달 어린 아이의 엄마, 남편이 남베트남 군인이라던 그녀. 호아라는 이름의 여자가 나를 보고 있었다. 이미 총을 맞은 것인지 한쪽 눈에선 핏물이 흘렀다. 유난히 큰 그녀의 눈이 나를 바라보았다. 도대체 왜? 그녀의 눈이 묻고 있었다. 그녀가 건네주던 국수가 떠올랐다. 박하와 고수 향이 가득하던 국수 한 그릇은 얼마나 따뜻했던가. 나는 당황했다. 아니 더 이상 그녀의 시선을 견딜 수가 없었다. 눈을 감고 방아쇠를 당겼다. 눈을 감아도 여자의 눈은 사라지지 않았다. 나는 어디랄 것도 없이 총알을 쏟아부었다.

"그만해!"

박 중사가 이미 죽은 사람들을 향해 총을 쏘아대는 내 등을 후려쳤다. 그가 나를 끌고 대열의 뒤로 빠졌다.

"따라와."

그가 뛰었다. 공터로 나오지 않은 몇 사람이 총소리가 나자 숲으로 숨어든 모양이었다. 차라리 뛰는 게 편했다. 아니 가능하면 전속력으로 그곳을 벗어나고 싶었다. 나는 박 중사를 따라 미친 듯이 달렸다.

바나나 숲을 뒤지기 시작했다. 무성한 바나나 잎사귀 뒤로 삐져나온 흰옷 자락이 지나치게 선명히 눈에 띄었다. 두 명의 여자와 아이 하나가 나무 뒤에 숨어 있었다. 박 중사가 조준을 한 뒤 총을 쏘았다. 명사수답게 정확했다. 옷자락이 삐져나왔던 여자가 옆으로 쓰러졌다. 나는 박 중사의 요구대로 엄호 사격을 했다. 그가 사격을 중지하라고 손을 들어 보인 후 여자들에게로 다가갔다. 쓰러진 여자는 마을 뒤쪽 제일 번듯한 집의 안주인이었다. 남편은 하노이에서 가구 장사를 한다고 했던가. 어깨를 관통당한 여자가 쓰러져 있었다. 흰옷에 배어나기 시작한 피가 오른쪽 상체를 잠식해가고 있었다. 여자는 통증도 잊은 듯 간절한 눈빛으로 아이를 바라보았다.

젊은 며느리와 대여섯 살쯤 돼 보이는 여자아이가 소리도 지르지 못한 채 쓰러진 여자를 붙잡고 벌벌 떨고 있었다.

"잘 지켜."

박 중사가 나를 쳐다본 후 젊은 여자를 끌고 숲 쪽을 향했다. 총 맞은 시어머니와 어린아이를 지키고 있으란 뜻이었다.

"안 돼!"

총상을 입고도 비명을 지르지 않았던 중년 여자가 단말마 같은 소리를 질렀다. 그녀가 총상을 입지 않은 왼팔을 뻗어 허둥지둥 아이를 붙잡았다. 행여 어미를 따라갈까 봐 필사적으로 몸을 움직였다. 나는 총을 든 채 엉거주춤 서 있었다. 그들을 겨누고 있는 총구가 심하게 흔들렸다.

박 중사는 멀리도 가지 않았다. 스무 발자국도 미처 떨어지지 않은 모래밭에 여자를 패대기쳤다. 여자가 나무토막처럼 쓰러졌다. 박 중사가 총구를 겨눈 채 여자의 허술한 바지를 찢어버리듯 끌어내렸다. 검은 바지 속에 숨겨져 있던 여자의 나신이 햇살 아래 환히 드러났다. 모래처럼 흰 피부였다. 박 중사는 손에서 총을 놓지 않은 채 자신의 아랫도리를 내렸다. 여자의 비명이 찢어진 쇳조각처럼 날카로웠다. 총상을 입은 중년 여자가 허겁지겁 아이의 귀를 막았다.

박 중사는 여자의 이마에 총구를 댄 채 그녀를 올라탔다. 여자는 그물에 포획된 양보다 더 무력했다. 여자는 더 이상 비명도 지르지 못한 채 죽은 사람처럼 움직임이 없었다. 박 중사의 몸만 표범의 갈기처럼 빠르게 움직였다. 박 중사가 마침내 진저리를 치며 멈추었다. 바지를 올린 후 여자를 향해 침을 뱉었다. 그리고 여자의 가슴과 벗겨진 아랫도리에 총알을 퍼부었다.

"빨갱이년!"

박 중사가 도살한 돼지 몸뚱어리에 도장이라도 찍듯이 말했다. 그의 얼굴이 벌겋게 달아올라 있었다.

박 중사가 다가왔다. 총을 맞은 여인은 손녀를 안고 엎드린 채 숨을 죽이고 있었다. 피가 여전히 흰 면 블라우스 위로 번지고 있지만 여자의 등은 미동도 하지 않았다. 품에 안긴 아이 역시 마찬가지였다. 두 사람은 엎드린 채 바닥에서 들리는 소리에 귀라도 기울이고 있는 자세였다. 박 중사의 발소리를 듣고 있는지도 몰랐다. 두려움으로 숨이 멎기라도 한 것 같았다. 곧 닥쳐올 일들에 대한 두려움으로 통증 따윈 느낄 여유도 없어 보였다. 박 중사가 마른 바나나 가지를 걷어차며 가까이 다가왔다. 서너 걸음 앞이었다. 그가 총을 내려 탄창을 새로 끼웠다. 작은 눈을 부릅뜨고 바닥의 두 사람을 쳐다보았다. 먹이를 발견한 맹수 같았다. 그때였다. 나는 엎드려 있는 그들을 겨누고 있던 총구의 방아쇠를 당겼다. 정확히 두 발을 쏘았다. 흰옷을 입은 여자와 품에 안겨 있던 아이가 살아 있었다는 걸 증명이라도 하듯 짧은 비명을 지르다 곧 잠잠해졌다. 나는 미동도 없는 그들을 향해 두 발의 총을 더 쏘아 확인사살을 했다. 행여 그들의 목숨이 다 끊어지지 않았을까 봐 두려웠다.

더 이상 어떤 움직임도 없었다. 손녀는 할머니의 품에 안긴 자세 그대로였다. 박 중사가 손녀를 품에 안은 여인을 군화발로 밀어냈다.

"도망만 안 쳤어도 곱게 죽었지."

박 중사가 번들거리는 눈으로 나를 쏘아보았다. 그가 가족 사진을 보여준 적이 있었다. 가르마가 유난히 반듯한 쪽머리에 모시 한복을 차려입은 어머니와 형, 동생과 다정하게 찍은 사진이었다. 전쟁터로 떠나는 그에게 주기 위해 일부러 찍은 사진이라고 했다. 대부분의 군인들이 하나씩은 갖고 있는 평범한 가족사진이었다. 나 역시 군복 안쪽엔 비닐에 싸인 가족사진 한 장이 들어 있었다.

그가 총성이 잦아드는 마을을 향해 앞서갔다. 그는 총을 고쳐 들고 경계 태세를 취한 채 걸었다. 나는 최면이라도 걸린 듯 그의 뒤를 묵묵히 따라갔다. 고개를 세차게 흔들었다. 겁에 질린 중년 여자와 아이, 그리고 아랫도리가 벗겨진 여자의 몸이 자꾸 떠올랐다. 아니 의혹에 가득 찬 눈으로 나를 쳐다보던 호아라는 여자의 눈이 떨쳐지지 않았다. 식은땀이 나고 다리가 휘청거렸다. 앞서가는 박 중사의 등이 무방비 상태로 비어있었다. 총을 들었다. 그대로 쏘기만 한다면 그의 넓은 등을 맞출 수 있을 것이다. 나는 방아쇠에 손을 대보았다. 햇빛에 데워진 방아쇠가 뜨끈했다. 규칙적인 그의 발자국 소리가 내 심장박동처럼 쿵쿵 울렸다. 그의 등이 과녁처럼 다가왔다 멀어졌다. 아니 총구는 어느새 내 턱 밑을 향해 있었다. 식은땀이 나고 현기증이 일었다. 마을 입구의 무성한 대숲 앞이었다. 댓잎들이 날카로운 표창처럼 하늘을 찌르고 있었다. 나

는 갑자기 땅바닥에 무릎을 접고 주저앉았다. 극심한 구토가
몰려왔다.

광희(光嬉)

하미 마을, 표지석 옆으로 대나무 숲이 무성하다. 휘어진
대나무들이 아치를 이루고 있다. 옛날부터 동네 입구에 심었
던 대나무라고 했다. 길은 두 사람이 나란히 걷기도 어려울
정도로 좁고 길게 뻗어 있다. 해자처럼 집을 둘러싼 작은 논
을 지나니 푸른 잎들이 무성한 땅콩밭이 도열해 있다. 곧 무
언가를 심으려는 듯 흙을 잘 고른 빈 이랑이 휘어진 곳 하나
없이 직선으로 나란하다. 햇살이 선글라스 렌즈를 뚫고 들어
올 것처럼 날카롭다.

비각은 갑자기 나타났다. 학살을 떠올리기엔 지나치게 열
려 있는 공간이다. 적어도 길 끝의 숲 근처에 위령비가 있을
것이라는 생각으로 걷다가 불쑥 비각을 맞닥뜨리고 말았다.
왼쪽으로 보이는 대숲 앞에 2층으로 날렵하게 녹색 지붕을
올린 비각이다. 꽃을 든 손에 땀이 밴다. 기다리고 있던 공무
원 둘이 비각을 둘러싼 담장의 문을 열어준다.

내가 꽃을 바친 제단 앞에서 메이가 한 다발의 향에 불을
붙여 두 손으로 높이 올리고 기도를 한다. 나는 두 손을 모아

합장을 한 채 위태롭게 서 있다. 위령비는 생각보다 크다.

"희생자들 이름이야."

메이가 비석 전면을 가리킨다. 길쭉한 대형 비석엔 최고령자부터 최연소자까지 일련번호를 매겨 이름과 출생년도가 새겨져 있다. 1880년에 태어난 뜨란 뚜 할머니부터 그해 1968년생 여자아이까지 135명. 마지막 세 명의 아이들은 미처 이름도 얻지 못했던, 응우옌의 아기들이라고만 표기돼 있다. 귀신에게 잡혀갈까 봐 두려워 이름을 짓지 않았다는 아기들은 귀신보다 더 무서운 군인들에게 목숨을 잃고 말았다. 나는 한 명 한 명의 이름을 속으로 불러본다. 이름 가운데에 반(van, 남자)이나 띠(thi, 여자)라는 성별을 표시한 베트남식 표기법 덕에 아이들을 제외하면 희생자의 대부분이 여자란 걸 쉽게 알 수 있다.

응우옌 띠 호아, 1945년. 스물세 살 그녀의 아이는 어디 있을까. 응우옌이라는 성이 너무 많아 누구인지 알 수 없다. 아마도 집성촌인 모양이었다. 뜨란 반 호이, 다섯 살의 사내아이. 다섯 살 미만의 아이들이 스물네 명이나 된다. 햇빛을 가린 비각 안이건만 현기증이 인다. 아니 어디선가 자꾸 피 냄새가 나는 것만 같다.

속이 메슥거려 비석 뒤편으로 가 담배에 불을 붙인다. 어쩌다 한 대 피우곤 하는 담배가 더할 수 없이 고맙다. 담배꽁초를 가방에 넣고 계단을 오르다 발이 멈춘다. 비석 뒷면에 난

데없이 붉은 연꽃들이 흐드러져 있다.

연꽃은 기묘하다. 마치 피를 찍어 그린 것 같은 붉은 연꽃과 녹색 연잎들이 커다란 대리석판을 가득 채우고 있다. 몹시 낯설다. 연꽃은 대부분 분홍색 홍련이나 백련이지 않던가. 아니 호이안에서 본 노랑 연꽃 그림은 얼마나 아름다웠던가. 대리석 판의 연꽃들은 미술에 소질 없는 학생의 스케치북에 남아 있는 그림 같다. 산만하고 어설퍼 차라리 기괴하다.

"연꽃이 왜 이래?"

나는 물끄러미 비석을 바라보고 있는 메이에게 묻는다.

"절대로 꽃을 아름답게 그리면 안 되는 경우도 있어."

메이의 음성이 모래밭처럼 메말랐다.

1968년 음력 1월 24일 학살당한 135명의 동포를 기리다. 30가구 중에 135명이 죽었다. 피가 이 지역을 물들이고, 모래와 뼈가 뒤엉켜 섞이고…… 과거의 전장이었던 이곳에 이제 고통은 줄어들고, 한국인들은 다시 이곳에 찾아와 과거의 한스러운 일을 인정하고 사죄한다. 그리하여 용서의 바탕 위에 이 비석을 세운다.

원래 비석의 뒷면에 새겨진 비문이라 했다. 30년 만에 찾아와 3만 달러를 건네며 위령비를 세우라고 한 한국의 퇴역 군인들은 그러나 그 비문을 고치라고 했다. 아니 지우라고 했다.

"한 자도 고칠 수 없어요. 아니 그 돈 필요 없어요. 우리 돈 으로 세웠다면 위령비 아닌 증오비를 세웠을 거예요. 그만두 라 하세요."

마을 사람들은 격렬하게 맞섰다. 한 번도 권력에 맞서 싸워 본 적이 없는 마을 사람들은 불같이 화를 내며 버텼다.

하지만 그들의 힘이 더 셌다. 그 옛날 총을 들고 왔던 사람 들은 이제 돈과 권력을 등에 업고 와서 그런 비문은 절대로 허용할 수 없다고 큰소리쳤다. 결국 정부가 나섰다. 한국의 기업들이 중국을 거쳐 베트남으로 옮겨오고 있었다.

"이제 미래를 향해 과거를 닫읍시다."

베트남 정부는 주민들을 설득했다. 아니 압박했다. 주민들 은 비문을 없애는 것은 세번째 학살이라고 반발했다. 학살의 다음 날, 불도저를 몰고 와 미처 수습도 하지 못한 시신들과 땅을 파 겨우 묻은 몇 구의 시신들까지 한꺼번에 밀어버린 두 번째 학살에 이은 세번째 학살. 그러나 그들은 여전히 힘이 셌다. 결국 주민들은 비문을 없애는 대신 연꽃을 그려 비문을 덮기로 했다. 주민들은 화가에게 애원했다.

"예쁘게 그리지 말아요. 아름다운 연꽃은 안 돼. 절대로."

학살 당시 마을을 떠나 있거나 중상을 입은 후 죽은 척해서 살아남은 사람들은 화가의 손을 잡고 울며 애원했다. 화가는 핏빛 연꽃을 그렸다. 아름답고 기품 있는 연꽃이 얼마나 많았던가. 아니 자신이 그린 연꽃만 해도 얼마나 우아하고 아름답던가. 화가는 자꾸만 치솟는 욕망을 누르며 핏빛 연꽃을 그렸다. 흐트러지고 볼품없는 연꽃들이었다.

"너무 아름다운 꽃은 떼어내기 어렵잖아."

메이가 미소를 지었지만 표정은 끝내 일그러진다.

나는 대리석 위에 그려진 연꽃들을 뚫어지게 바라본다. 온몸이 갑옷을 입은 듯 갑갑해지며 붉은 연꽃으로 덮인 비문이 자꾸 떠오른다. 속이 울렁거린다. 메이의 오토바이 뒷좌석에 앉아 다낭 시내를 가로질러 달려오느라 긴장한 탓인지도 모른다. 구토가 치민다. 나는 입을 틀어막고 위령비 뒤쪽으로 뛰어간다. 미처 가시지 않은 담배 냄새가 역하게 올라오며 속 안의 것들을 게워낸다. 출발 전에 먹은 쌀국수 가닥이 채 삭지 않은 채 올라온다. 세 번에 걸쳐 나는 속의 것들을 모두 게워낸다. 마지막으로 쓴물이 올라온다. 메이가 다가와 내 등을 두드려준다. 눈가로 물기가 맺힌다. 그제야 나는 메이에게 하지 못한 말이 있다는 걸 깨닫는다. 한 달 전에 세상을 떠난 내 아버지가 월남 파병군인이었다는 걸, 그날 이후 48년 동안이나 정신과 폐쇄병동에 갇혀 한순간도 손에 묻은 핏자국을 씻어내지 못한 채 세상을 떠났다는 걸 말하지 못하고 있었다. 한국에서 대학원을 마치고 돌아와 NGO 활동을 하고 있는 친구 메이에게 지금까지 아무것도 말하지 못하고 있었다.

나는 두 다리에 힘을 주고 일어나 위령비를 다시 바라본다. 대리석 위의 붉은 연꽃들이 흔들리기 시작한다. 치욕 같은 연꽃들이.

"메이, 할 이야기가 있어."

늦었지만 나는 메이를 마주 본다.

죄 없는
사람들의
도시

아침 햇살이 광장으로 쏟아지고 있다. 흰색과 검은색 조각돌이 모자이크로 연속 물결무늬를 이루고 있는 광장 바닥이 햇살을 받아 반짝인다. '칼사다 포르투게사'라 부른다고, 어제 광장 분수대에 앉아 있던 사내가 알려주었다. 리스본은 유난히 광장이 많은데, 광장들은 어김없이 대로로 연결돼 있었다. 흰 벽에 붉은 기와를 얹은 박공지붕들이 줄을 맞춰 들어선 도시 외관은 유럽의 어느 곳보다 반듯하고 가지런하다. 멀리 언덕 위로 둥그런 성곽과 촘촘히 들어선 집들이 눈에 들어온다. 발코니와 다락방을 제외하곤 4층 이상을 넘어가지 않는 구도심의 건물들은 형태와 디자인이 모두 비슷하다. 계획도시에서나 볼 수 있는 풍경이다.

등 뒤로 방문 열리는 소리가 들린다. 멍하니 창밖에 둔 시선을 거두어 뒤를 돌아본다. 봉주르. 지난밤 혼성 4인실 호스텔의 아래층 침대에서 잔 프랑스 여자 안느가 아침 인사를 한다. 내 또래로 보이던 독일인 대학생들은 새벽에 스페인의 세비야로 떠났고 안느와 나만 늦은 아침을 보내고 있었다. 나는 가벼운 목례를 하다 말고 당황해 시선을 바닥으로 떨군다. 붉은 페디큐어가 칠해진 그녀의 검지발가락이 유난히 삐죽 솟아 있다. 난감했지만 겨우 시선을 가다듬어 태연한 척 봉주르, 대답한다. 그녀는 헐렁한 흰색 면 티셔츠 아래에 검정색 레이스팬티 하나만 입고 있다. 손에 타월이 들린 걸 보니 샤워를 하고 온 모양이다. 그러나 팬티만 입은 여자는 너무 태연하고 당당해서 잠시나마 당황한 나를 부끄럽게 만들었다. 안느는 허리가 유난히 꼿꼿하고 어깨 또한 한 번도 내려앉아본 적 없는 사람 같았다. 나이 든 사람들이 흔히 가질법한, 몸매에 대한 자격지심조차 전혀 찾아볼 수 없었다.

　팬티 아래로 드러난 안느의 허벅지는 탄력이 없어 늘어지고 피부도 거칠어 보인다. 초등학교 교사를 하다가 은퇴하고 장애인 시설에서 봉사를 한다고, 처음 만난 내게 자기소개를 자세히 한 안느는 프랑스 남부에서 왔다고 했다. 리스본과는 멀지 않아 벌써 다섯번째 방문이라고. 여자의 나이를, 특히 서양 여자의 나이를 짐작하기 쉽지 않지만 아무래도 예순 살은 넘어 보였다. 나이 든 여자들의 허벅지는 저렇게 속수무책

근육이 빠져나가는 걸까. 예순 살이 넘은 여자의 알몸을 본 적이 없는 나는 안느를 보자 어쩔 수 없이 그녀의 다리가 떠오른다.

그녀의 다리는 불에 그을린 각목 같았다. 유난히 긴 종아리 뼈엔 오직 나무껍질 같은 피부만 남아 있었다. 하루도 거르지 않던 걷기로 다져진 허벅지 근육과 굽은 곳 없이 곧게 내려오던 종아리의 부드러운 선은 모두 사라지고 툭 불거진 무릎뼈만 고스란히 남은 그녀의 다리. 물기라곤 이슬 한 방울조차 남아 있지 않아 온통 각질이 일고 갈라져 낡고 오래된 가죽부대 같은 피부가 다리뼈를 헐겁게 감싸고 있었다. 수술 후 부작용으로 온몸은 검붉은 반점으로 뒤덮였다. 풀 한 포기 살지 못할 황무지가 된 사람의 몸을 나는 그때 처음 보았다. 쉰두 살의 나이에도 긴장을 잃지 않던 몸이 그토록 빠르게 황폐해질 수 있다는 게 믿을 수 없었다.

안느가 행거에 걸려 있던 청바지를 입는다. 몸에 꼭 맞는 스키니다. 통이 좁고 짜임이 치밀한 진 바지 속에 들어간 여자의 허벅지가 감쪽같이 팽팽해진다. 헐렁한 티셔츠 속에 감춰진 뱃살만 아니라면 뒷모습은 사십대쯤 돼 보인다. 적어도 겉으론 바지 속 여자의 늘어진 허벅지를 상상할 수 없었다. 안느가 만족한 표정으로 거울 앞을 떠나 가방을 챙긴다. 호카곶을 다녀올 거라고 했다. 유럽 대륙의 최서단이었다. 내일은 리스본을 떠나 포르투갈 제2의 도시 포르투로 가서 강 주

변에 즐비한 와이너리에서 그린와인을 실컷 마시고 싶다고도
했다. 포르투 북쪽에서 생산되는 그린와인을 좋아한다며. 전
날 저녁도 마트에서 사온 연어를 구워 샐러드와 함께 그린와
인 한 병을 가뿐히 비웠다. 나는 안느에게 맹렬한 질투를 느
끼며 옆자리에서 치즈와 버터를 바른 마른 빵 하나를 먹었을
뿐이었다. 그녀가 떠난 후로 먹는 것은 내게 사료 이상의 의
미가 없었다.

"부디 리스본의 햇살이 네 얼굴을 환하게 만들어주길 바랄
게!"

방을 나서기 전 안느가 양 볼을 스치며 내게 인사를 한다.
하룻밤 같은 방에서 잔 사람의 눈에도 내 얼굴은 햇살이 필요
해 보이는 모양이다. 나는 문밖까지 따라가 안느를 배웅한다.
젊은 배낭족들만 북적일 거라 생각한 호스텔에서 뜻밖에 만
난 나이 든 룸메이트였다.

2층까지 천장이 뻥 뚫린 넓은 홀엔 사람들이 앉거나 누워
폰이나 태블릿PC를 들여다보고 있다. 홀 한가운데를 차지한
당구대에선 남녀 네 명이 포켓볼을 치고, 늦은 아침을 먹는
여행자들도 세 명이나 되었다. 비트가 빠른 음악이 홀 안을
클럽처럼 들뜬 분위기로 만들고 있다. 한쪽 벽면에 굵은 마
끈으로 만든 세계지도가 펼쳐져 있다. 인테리어와 분위기가
독특한 호스텔이라 미리 예약하지 않으면 빈방이 좀처럼 나
오지 않는 곳이라 했다. 어플리케이션으로 호스텔 검색을 했

을 때, 하나 남은 방이니 예약을 서두르라는 메시지가 떴다. 누가 취소를 한 모양이었다. 교통이 편리하다는 리뷰만 보고 선택한 곳이었다.

왜 그토록 허겁지겁 도망친 걸까. 높은 유리 천장에서 쏟아져 내리는 햇살이 눈이 부셔 미간을 한껏 찡그리며 나는 그녀가 떠난 빈집을 떠올렸다. 삼우제가 끝나자 바로 떠나버린 그 집의 적막이 시끄러운 음악 속에서 더 또렷이 떠오른다. 그녀가 부재한 시간 동안 먼지만 소리 없이 내려앉은 집. 나는 그 가지런한 사물들이 견딜 수 없어 도망쳐 온 것인지도 몰랐다. 한 사람이 떠났지만 세상은 아무것도 변한 것이 없었다. 심지어는 식탁에 놓인 물컵 하나도 깨지지 않았다. 변함없는 그 세계를 견딜 수 없어 삼우제를 마치고 온 저녁, 나는 리스본행 비행기를 예약했다.

작은 배낭 하나를 메고 호스텔을 나온다. 호스텔은 특이하게도 기차역 3층에 자리 잡아 숙소의 출입문을 열면 바로 플랫폼이 보인다. 기차는 물론 지하철역과 트램역, 그리고 관광객들이 가장 붐비는 호시우 광장이 바로 지척에 있었다. 나는 사람들을 피해 번잡한 광장 반대편 언덕길로 접어든다. 헌책방들이 보인다. 작지만 깨끗하고 아기자기한 책방들이다. 유독 오래돼 보이는 건물 앞에 한참 동안 서서 그 건물의 나이를 짐작해본다. 오르막길을 따라 건물들이 일렬로 줄을 맞춰서 있는 것이, 광장 주변의 건물들과 비슷한 형태이다.

골목을 벗어나니 갑자기 번화가가 나온다. 유명 브랜드의 간판들이 늘어선 거리 한가운데에 책방이 눈에 띈다. 주홍색 판에 'B'라는 글자 하나만 쓰여 있는 간판, 나는 사람들을 피해 책방으로 들어선다. 한눈에 봐도 오래된 책방이다. 입구에 기네스북이 인정한 세계에서 가장 오래된 서점이라는 안내판이 보인다. 'B'는 베르트랑이라는 설립자의 이니셜인 모양이었다. 1732년에 설립되었다니, 지진이 일어나기 23년 전이었다. 나는 새삼 서점의 구석구석을 탐색한다. 어디에도 건물이 갈라지거나 붕괴된 자국은 보이지 않는다. 둥근 아치형 천장으로 분리된 각각의 공간들이 오래된 건물이란 걸 말해주지만 붕괴의 흔적은 찾을 수 없다. 느닷없이 낙담한 기분이 된다. 그제야 나는 소스라친다. 도대체 무엇을 찾고 있는가. 어제 호시우 광장에서도 마찬가지였다. 광장을 둘러싼 건물들을 살피며 나는 집요하게 붕괴의 흔적들을 찾아 헤매고 있었다. 아니 내 눈은 허물어진 잔해들을 보고 싶다는 욕망에 번들거렸다. 유난히 말끔하게 페인트칠이 된 도시에서 나는 하필이면 붕괴의 흔적들을 찾아 헤매고 있었다.

붕괴의 시작은 서양 근대사 수업이 있던 그 봄날부터였다. 그날 나는 유럽의 계몽주의에 대한 발제를 맡아 다른 날보다 일찍 학교에 갔다. 미세먼지가 아침부터 거리를 뿌옇게 점령해 나는 마스크를 쓴 채 도서관으로 직행했다. 도서관 옆에 도열한 벚나무 밑을 지날 때였다. 유난히 환히 피었던 벚꽃이 눈처럼 쏟아져 내렸다. 누군가 그 순간 나무를 흔들기라도 한 듯 갑자기 흰 꽃잎들이 흩날렸다. 내 머리 위로 꽃잎 하나가 내려앉았다. 눈에 보이지도 않고 무게 역시 없는 꽃잎 한 장이 머리 위에 앉는 순간, 이상하게도 나는 그 감촉을 생생히 느끼고 있었다. 꽃잎 한 장이 행성 하나만큼의 무게감을 갖고 머리 위에 얹혀 있는 기분, 그 순간 문득 그녀가 떠올랐다. 피어 있는 꽃보다 떨어져 쌓인 꽃잎들을 더 좋아하는 그녀, 나는 그 길로 벚꽃나무 그늘에 앉아 그녀에게 전화를 걸었다. 중간고사와 발제 준비로 통화를 한 지 열흘이나 지나 있었다. 감기 때문에 잔뜩 갈라진 목소리로 통화를 했는데 회복이 되었는지 묻지도 않았다는 걸 전화기의 신호음을 들으면서 깨달았다. 밥을 거르지 않는지, 늘 노심초사하는 그녀의 걱정과 당부가 귀찮아 때론 전화를 미루기도 했다.

전화를 받지 않았다. 이상했다. 집에서 중고생들에게 논술을 가르치는 그녀는 학생들이 오지 않는 정오의 산책 시간을 제외하곤 거의 집에 있었다. 아침잠이 많은 그녀가 산책을 나가기엔 너무 이른 시각이었다. 다시 그녀의 휴대폰으로 전화를 걸었다. 역시 통화가 되지 않았다. 나는 미세먼지가 뿌옇게 덮인 도서관 우측 창가 자리에 앉아 볼테르의 시를 읽기 시작했다.

신을 믿는 사람들을 죽음으로 몰아넣은 그 신이란 도대체 무엇인가. 신에게 정의가 있고 신도들을 사랑한다면 어떻게 죄 없는 사람들을 이토록 비참하게 죽음으로 몰아넣었는가…… 모든 불행의 시작이 신의 권위라는 이름으로 자행된 만행이라면 나는 신을 믿지 않겠다.

계몽주의자였던 볼테르는 리스본 대지진이 신의 징벌이라는 신부들의 주장에 대해 격렬한 반박의 시를 썼다. 거대한 재해 같은 악은 신이 선을 이루기 위한 방편이라며 여전히 대중들에게 책임을 떠넘기려는 종교인들을 향해 그는 선언했다. 볼테르에 이어 루소 역시 지진은 자연이 인간에게 준 재앙이 아니라 인간이 자연을 거슬러 도시를 건설한 탓이라고 주장했다. 리스본 대지진은 유럽의 지성사가 신의 섭리에서 인간의 이성으로 넘어오는 중요한 분기점이 되었다는 것이 그날 나의 발제 요지였다. 이성이야말로 인간의 본질이라고, 나는 힘주어 말했다.

그날, 수업이 끝날 때까지 그녀의 전화는 오지 않았다. 수업 중엔 휴대폰을 꺼놓거나 진동으로 해 통화가 되지 않을 때도 많았지만 그녀는 나중에라도 꼭 전화를 걸어오곤 했는데 부재중 전화는 한 통도 없었다. 그 후 나는 한 시간 간격으로, 밤이 되어선 삼십 분 간격으로 전화를 했지만 끝내 통화가 되지 않았다. 불안해지기 시작했다. 정수리에는 낮에 내려앉은 꽃잎 한 장이 여전히 그대로 붙어 있는 것만 같았다. 이상한 존재감이었다. 밤을 꼬박 새운 나는 다음 날 고속터미널로 달려가 그녀가 있는 대전으로 가는 첫 고속버스를 탔다.

집은 텅 비어 있었다. 평소 화장실 바닥에 물기 한 방울, 머리카락 한 올 보이지 않던 집은 그날도 여전했다. 25년 동안 한 번도 흐트러짐 없던 김수근 복제화와 검은 갓을 씌운 스탠드는 말할 것도 없고, 리모콘까지 모두 제자리에 있었다. 논술 수업을 하는 거실엔 늘 그렇듯 원목으로 짠 커다란 앉은뱅이 탁자와 한쪽에 쌓인 몇 권의 책까지, 평소와 다름이 없었다. 그녀의 방에 들어가보니 집에서 입는 헐렁한 원피스가 서랍장 위에 단정히 개어져 있었다. 그녀만 보이지 않았다. 도대체 어디로 사라져버린 것인지, 짐작조차 가지 않았다. 불안감이 점점 커졌다. 앞집의 벨을 눌렀다. 한 달 전에 이사 온 신혼부부는 그녀의 행방은커녕 얼굴도 알지 못했다. 현관 입구에 있던 경비실마저 관리비를 절감한다며 아파트 입구로 옮긴 탓에 경비는 그녀가 누구인지도 알지 못했다. 그녀의 가방과 서랍을 뒤졌다. 하지만 흔한 전화번호 수첩 하나 보이지 않았다. 이모와 외삼촌에게 전화했으나 통화한 지 한 달도 넘었다는 대답들만 돌아왔다. 난감했다. 특별히 친한 친구도 없는 그녀의 행방을 더 이상 물을 곳이 없었다.

급기야 경비실 CCTV라도 봐야겠다는 생각으로 집을 나서려는 순간 한 여자가 현관문을 열고 들어왔다. 낯선 여자였

다. 나는 너무 놀라 소리도 지르지 못한 채 서 있었다. 여자
역시 사람이 있을 줄 생각 못 한 건지 비명을 질렀다. 한참이
나 서로를 쳐다보고 난 후에야 여자는 비로소 돋보기안경과
성경, 묵주를 갖다달라는 그녀의 부탁으로 왔노라고 했다. 늘
문갑 위에 놓여 있는 그녀의 필수품 세 가지였다. 문갑 위에
있다며 가져오라 했다기에 나는 그녀를 믿을 수밖에 없었다.
아니 그제야 나는 낯선 여자에게서 그녀의 소식을 겨우 들을
수 있었다. 믿고 싶지 않은 소식이었다. 여자를 따라간 곳은
병원이었다. 집에서 이십 분도 채 걸리지 않는 종합 병원에
그녀는 링거를 네 개나 매달고 잠들어 있었다. 입원한 지 일
주일째라고 했다.

　차들이 곤두박질치듯 경사진 길을 내려오고 있다. 리스본
은 유난히 언덕이 많은 도시였다. 동서와 남북으로 곧게 뻗은
도로들을 제외하곤 도심은 언덕을 따라 집과 건물들이 들어
서 있었다. 도시의 구석구석에 선로가 깔려 있어 언덕 끝까지
전차가 오르내렸다. 팔을 벌리면 길갓집의 발코니에 걸린 빨
래가 손에 닿을 만큼 가깝게 전차가 지나갔다. 높은 골목길을
오르기엔 트램만한 교통수단이 없어 보였다. 곤두박질칠지도
모를 언덕을 오르내리려면 바닥은 물론 공중에서도 길을 잡
아주는 트램이 맞춤하였다.
　노란색 트램이 건너편에서 다가오고 있다. 곧 기울어질 것

처럼 위태롭지만 넘어지진 않는다는 사실을 안다는 것은 얼마나 다행한 일인가. 아니 곧 넘어질 걸 알면서 보내는 시간들은 얼마나 무서웠던가. 이 도시는 공포를 내장 깊숙이 숨긴 채 환히 웃고 있는지도 몰랐다. 불과 260년 전에 세상의 마지막 날 같은 대지진을 겪은 도시는 복구를 하면서 내진 설계는 물론 건물들이 넘어진 후에도 사람들이 빠져나갈 수 있는 여유 공간을 확보하며 건물을 지었다고 했다. 이 도시에 일렬로 나란히 들어선 건물들은 사실 불안과 공포의 증거였다.

급성 백혈병이라고 했다, 그녀의 병명은. 고열과 두통, 온몸을 쑤셔대는 감기 몸살을 앓던 그녀는 견디다 못해 혼자 택시를 타고 병원 응급실로 갔다고 했다. 첫 진찰에서 그녀의 주장대로 심한 감기로 넘기지 않은 의사는 피검사에서 미심쩍은 소견을 발견하고 당장 입원을 명령했다. 정밀 검사를 마친 의사는 그녀에게 건조한 얼굴로 급성 백혈병이라는 선고를 내렸다. 대신 들어줄 가족이 없다고 말한 탓이었다. 그녀가 감기라고 미련하게 버티던 고열과 현기증, 통증은 그녀 핏속의 적혈구와 백혈구, 혈소판을 공격하는 암세포의 공작이었다. 참을성 하나는 누구에게도 지지 않을 그녀에게 내려진 보상은 가혹했다. 하지만 그녀는 입을 꾹 닫은 채 그날로 병원에 감금되어 전화도 받지 않았다. 의사의 소견이 나오기 전에 과외 학생들에게 전부 취소 전화를 해두었다. 불길한 예감엔 누구보다 민감했다. 급한 대로 병원에서 구한 간병인이 그녀 옆에서 가족을 대신하고 있었다. 성경과 묵주를 부탁하지 않았다면 내가 언제 알게 됐을지 짐작도 가지 않았다. 지독한 결벽증이었다.

가정에 지진이 났을 때도 그녀는 흔들리지 않았다. 결혼 7주년이 지난 지 한 달 후, 그녀의 남편은 다시 나타난 첫사랑 여자를 만났다고, 그 여자와 함께 호주로 가고 싶다고 고백했다. 그녀는 그를 붙잡지 않았다. 남자의 눈이 이미 자신을 바라보지 않는다는 걸 깨달았기 때문이었다. 석 달 뒤, 남자는 그녀와 여섯 살 난 사내아이를 남겨두고 호주로 떠나 다시는 돌아오지 않았다. 그녀는 아이 앞에서 떠난 남자를 단 한 번도 원망하지 않았다. 다만 운명이 어긋났을 뿐이었다고, 대학 합격자 발표가 있던 날 오래 참아왔던 질문을 한 아이에게 겨우 한마디 대답한 게 전부였다. 아이는 그 후 다시는 떠난 남자에 대해 묻지 않았다. 그를 원망하지 않기 위해 그녀가 견뎌왔던 시간들에 대한 예의였다.

발길이 닿은 곳은 폐허가 된 성당 앞이다. 성당은 창문과 지붕이 모두 날아간 채 벽과 기둥만 남아 있다. 천장은 날아가고 남은 아치형 골조 위로 뻥 뚫린 하늘이 유난히 파랗다. 하늘을 보기 위해 일부러 그렇게 설계라도 한 듯 색이 선명하다. 아니 난폭한 폭군이 위에서 안을 들여다보기 위해 장애물들을 치워버린 것 같기도 하다. 교회 입구의, 돌로 만든 아치가 틀어져 있다. 한때 리스본에서 가장 큰 성전이었다는 안내문이 붙어 있다.

그날 성전엔 리스본에서 가장 많은 사람들이 모여 있었으리라. 돌지붕이 내려앉고 박살 난 스테인드글라스가 사람들 머리 위로 쏟아지며 불길이 이글거리던 시간에 리스본 사람들이 가장 많이 모여 있던 성전. 폐허가 된 사원에서 아비규환의 비명이 들리는 것 같다. 박물관으로 사용한다는 지하로 내려가려던 나는 갑자기 발길을 돌려 황급히 교회를 벗어난다. 갑자기 그놈의 소리가 들려온 때문이다. 그 봄날 이후였다, 환청처럼 자주 비명 소리가 들려온 것은. 처음엔 이명인 줄 알았다. 멀리서 녹슨 문이 열리는 소리가 들리기 시작하더니 소리는 점점 가까이서 들려오고 있었다. 나는 식은땀을 흘리며 빠르게 내리막길을 걸었다.

어느새 광장에 이르렀다. 나는 허둥지둥 길을 건너 광장 분수 앞에 앉는다. 아프리카 남녀 아이들 예닐곱 명이 북소리에 맞춰 춤을 추고 있다. 유전자에 밴 리듬이 아이들의 몸을 타고 흐른다. 춤추는 아이들을 멍하니 바라보다 나는 광장 바닥의 물결무늬로 시선을 돌린다. 현기증이 이는 게 일렁이는 바다 한가운데 있는 기분이다. 타일로 만든 물결무늬 역시 지진의 기억을 새겨 넣은 것이라 했다. 해일이 몰려와 모두 휩쓸려갔던 대지진의 기억을 잊지 말라고 광장의 바닥을 물결무늬로 만들었다고, 칼사다 포르투게사라는 이름을 알려준 사내가 어제 말했다. 이 도시는 지진의 기억을 곳곳에 새겨놓고 잊지 않으려 애를 쓰고 있었다. 잊으면 재난이 다시 찾아온다고 목이 쉬도록 외치고 있는 것만 같다.

　그녀는 멸균실로 들어가야 했다. 세상의 모든 균들이 차단된 공간, 나는 세상에 그런 곳이 있다는 사실조차 알지 못했다. 그녀를 만나려면 마스크를 쓰고 손을 세정제로 꼼꼼히 닦아야 했다. 혹 내 몸에 있을지도 모를 병균 때문에 그녀의 손도 잡을 수 없었다. 나는 1미터쯤 떨어져서 그녀를 바라보다가 돌아왔다. 절대 울지 말라는 그녀의 엄명에 나는 오직 울지 않으려고 기를 쓰느라 정작 아무 말도 하지 못했다. 늘 턱없이 짧고 감질나는 만남이었다. 그녀는 세균조차 없는 곳에 갇혀 외로이 싸워야 했다. 세상에서 가장 저항력이 약한 생명들을 위한 공간인 멸균실, 죽음과 등을 맞대고 있는 생의 간절한 거처였다. 어느새 그녀는 세상에서 가장 여린 목숨이 돼 있었다.

　"균이 하나도 없다니, 참 잔인한 곳이야."

　그녀가 한숨처럼 내뱉은 말이었다. 세계는 무균실과 균 덩어리 세상으로 나뉘어 있는 것 같았다. 그토록 선악이 분명한 세상이 존재한다는 게 기이했다.

　모란이 피고 대추나무의 연둣빛이 짙어지기 시작하는데 그녀는 점점 시들어갔다. 그녀는 항암 치료를 시작했다. 몸이 회복된 것은 아니었지만 골수 이식을 하려면 일단 항암 치료를 먼저 해야 했다. 독한 항암제에 견디지 못한 그녀는 말도 어눌하고 목소리는 사포로 문지른 듯 거칠어졌다. 그녀가 견뎌내기엔 암세포란 존재가 지나치게 막강해 애초에 공정한 게임이 아니었다. 아니 공정함이야말로 어디서도 존재한 적이 없는 환상이 아니던가.

현기증이 멈추지 않아 서둘러 자리에서 일어났다. 뒷골목으로 접어드니 기념품을 파는 가게들이 즐비하다. 가게 앞길은 노점상들이 차지하고 있다. 열 권도 안 되는 낡은 책들을 들고 나온 노인도 보인다. 그때 골목에서 단체 관광객들이 몰려나온다. 나는 얼른 반대쪽 골목으로 발길을 돌린다. 검고 우중충한 건물이 버림받은 사내처럼 서 있다. 자세히 보니 성당이다. 지붕도 있고 유리창도 제대로 붙어 있는데 돌로 지은 성당은 유난히 색이 검다. 단체 관광객들이 골목을 휩쓸며 메뚜기 떼처럼 몰려왔다. 그들을 피해 나는 하는 수 없이 성당 안으로 들어간다.

하늘을 향해 뻥 뚫려 있던 성당과 달리 붉은 아치형 천장과 와인 컬러의 의자 시트가 가장 먼저 눈에 들어온다. 지붕이 있다는 것이 새삼 묘한 안도감을 주지만 건물 내부는 어딘지 조화가 깨져 있다. 맑은 와인색 천장에 비해 기둥과 벽면이 지나치게 거무스름하다. 시커먼 동굴에라도 들어온 기분이다. 그제야 나는 성당 안을 자세히 둘러보기 시작한다. 화려한 조각의 굵은 돌기둥마다 군데군데 홈집이 나거나 파여 있다. 깨지거나 떨어져 나간 자국들이다. 벽과 제단도 모서리가 깨지거나 금이 가 있다. 상처투성이 성당이다.

정면에 달린 십자가 밑엔 막달라 마리아가 죽은 예수를 안고 있다. 핏자국이 선명한 예수. 벽면 곳곳에 만든 작은 제단에서도 그을리고 깨진 상처들이 눈에 띈다. 불이 난 흔적들이었다. 나는 그제야 출입구 벽면에 붙어 있는 안내문을 발견한다.

이 도시를 강타한 대지진에서 살아남은 교회였다. 날아간 천장과 창문을 그대로 둔 채 복구를 하지 않은 언덕 위 교회와 달리 이 성당은 깨지고 불탄 자국들 위에 새로운 돌을 얹어 복구를 한 곳이었다. 다행히 모두 무너져 내리지는 않아 이 정도의 복구가 가능한 모양이었다. 흰 대리석을 검게 그을린 불길이 눈앞에서 혀를 날름거리는 기분이다. 나는 식은땀을 흘리며 성당 의자에 주저앉는다. 불길이 발뒤꿈치를 타고 올라오는 것만 같다.

그녀의 병명을 처음 들은 나는 짙은 침묵 속으로 들어가버렸다. 갑자기 입을 닫고 빈집에 우두커니 앉아 있었다. 누구에겐가 연락을 할 수도 없었고, 병실의 그녀에게 다시 갈 엄두도 나지 않았다. 학교에 들어갈 무렵부터 아버지이자 엄마, 누이이자 형이고 동생이었던 그녀가 나와 다른 세상으로 떠날 수도 있다는 명백한 고지였지만 나는 선뜻 이해가 되지 않았다. 이렇게 아무런 예고도 없이 닥쳐오는 법이 어디 있는가, 어디서라도 운명의 전조를 보여줘야지 어떻게 이렇게 느닷없이 올 수도 있는가. 나는 복선 없이 사건이 벌어진 그리스 비극이라도 읽는 기분이었다. 도대체 무슨 일이 일어난 걸까. 수정체에 금이 간 듯 세상이 모두 실금이 나 있었다. 살짝만 건드려도 와장창 소리를 내며 부서져 내릴 것만 같았다. 도망치지도, 그렇다고 그녀에게 가지도 못한 채 집에 갇혀 있는 내게 다시 간병인이 찾아왔다. 그녀가 나를 찾는다고 했다.

"내 삶이 이렇게 극적일 줄 몰랐어."

그녀가 내 손에 깍지를 끼며 말했다. 유난히 짧고 가는 손가락들이 내게서 떨어지지 않으려는 듯 얽혀왔다. 시니컬한 말투와 달리 악력이 내 손가락 사이를 파고들었다. 내 살을 파고들 듯 엉켜오는 그녀의 손가락들, 그제야 나는 정신을 차리고 그녀를 바라보았다. 그녀가 고개를 끄덕였다. 그때 나는 깨달았다, 결코 돌이킬 수 없는 일이 벌어지고 말았다는 것을. 내 손을 절대 놓치지 않겠다는 그녀의 악력이야말로 지금 있는 곳이 벼랑이란 증거였다. 나는 이해할 수 없는 의혹에 사로잡혔다. 왜 하필 그녀인가?

그녀는 다섯 살 이후로 육식을 하지 않았다. 다섯 살 난 아이는 엄마와 함께 간 시장에서 닭 잡는 광경을 본 이후로 닭은 물론 어떤 고기도 먹지 않겠다고 선언했다. 어린아이가 무슨 소견이 있어 그러겠냐고, 할머니가 고기를 먹이려 했지만 아이는 입을 다물고 완강히 버티었고 그 후로 전혀 고기를 입에 대지 않았다고 했다. 불교 신자인 할머니는 결국 그런 아이를 전생에 보살이었던 모양이라며 귀하게 거두었다. 그녀는 그 후로 한 번도 육식을 하지 않았다. 산책을 할 때도 그녀는 늘 땅바닥을 보며 걸었다. 혹시 개미나 벌레들이 무심한 발에 밟힐지 몰라 그녀는 좋아하는 흙길을 피해 가능하면 시멘트 포장이 된 곳으로 다녔다. 흙길을 갈 땐 미리 발을 쿵쿵거려 여린 목숨들이 도망가게 한 후에야 발을 옮겼다. 지나치다는 생각이 들 정도로 그녀는 다른 생명을 해치지 않기 위해 조심했다. 그런 그녀에게 닥친 불운을 나는 받아들일 수 없다. 도대체 그녀의 잘못이 무엇이란 말인가. 머릿속이 어리석은 질문들로 뒤엉켰다.

"어서 학교로 가라. 나 쉽게 안 죽는다."

다음 날, 그녀는 휴학계를 내고 돌아온 내게 작심이라도 한 듯 말했다. 내가 차마 입 밖으로 내지 못하는 말을 굳이 발설함으로써 마음의 준비를 하라고 경고라도 하는 것 같았다. 나는 그때까지도 회복이 가능한 것인지, 그녀에게 남은 시간이 얼마나 되는지 주치의에게 묻지 못하고 있었다.

그녀는 어느새 자신의 병을 받아들이고 있었다. 언젠가 그녀와 텔레비전 앞에 앉아 우연히 함께 봤던 영화 「러브 스토리」의 주인공 여자가 사랑하는 남자의 품에 안겨 아름답게 죽어가던 그 낭만적인 병명이 자신의 것이 되었다는 걸, 그녀는 받아들인 모양이었다. 남편에게 생긴 여자를 받아들이듯이 그녀는 자신의 병을 받아들인 걸까. 나는 여전히 인정하지 못한 병명을 그녀는 주사액의 이름을 외우듯 서슴없이 받아들인 것 같았다. 하루가 다르게 악화되는 몸 상태와 그에 맞춰 생각할 겨를도 없이 밀어붙이는 의료 시스템을 따라 그녀는 어디론가 떠밀려가고 있었다. 일생 동안 감기약도 거의 먹지 않았던 그녀는 자신의 몸에 하루에도 한 상자쯤 될 온갖 수액에 각종 신약을 주입했다.

"뭐든 지독하게 싫어하지 마라. 그러면 꼭 이렇게 한꺼번에 복수하듯이 되돌아오는 모양이야."

하루하루 표나게 기운이 떨어지고 있던 그녀가 자조하듯 내뱉었다. 몸은 자생력을 갖고 있다며 그녀는 감기에 걸려도 약을 먹지 않았다. 사람의 몸 역시 자연의 일부이기 때문에 동물들이 아프면 약초를 뜯어 먹으며 살아나듯이 사람 역시 생존 본능에 의해 자가 치료를 한다고 믿었다. 중고등학교 시절, 내가 잦은 감기에 하굣길에 몰래 병원이라도 다녀오면 그녀는 슬며시 약을 감추고 생강차를 부지런히 달여댔다. 꿀, 생강, 계피, 정향까지 그녀의 부엌엔 각종 약재들이 떨어지지 않았다. 주방에선 겨울 내내 생강과 대추가 끓고 있었다. 그런 그녀가 하루에 세 번, 한 주먹의 약들을 삼켜야 했다. 몇 번이나 목으로 넘어가지 않아 튀어나오는 알약들을 가루를 내 물에 타주었다.

약물에 치인 몸은 하루가 다르게 허물어져갔다. 그녀는 음식을 통 먹어내지 못했다. 의사는 고단백 음식을 먹어야 몸이 빨리 회복된다고 했지만 그녀에겐 불가능한 일이었다. 억지로라도 먹어야 한다며 이모가 끓여온 곰국을 그녀는 한 숟갈 입에 넣기도 전에 토해버렸다. 평생 먹지 않은 고기를 갑자기 먹을 수도 없는 일이었다.

어릴 적부터 나는 그녀와 따로 앉아 고기를 먹어야 했다. 냄새도 맡기 싫어하는 그녀가 마지못해 구운 고기를 죄짓는 마음으로 먹곤 했다. 고등학교 1학년 때였다. 기말시험이 끝나고 학교에서 돌아오는 길에 갓 잡은 고기를 덩어리째 걸어놓은 정육점을 보는 순간 나는 충동이 일었다. 삼겹살을 한 근 샀다. 핏물이 배어나는 고기였다. 그걸 들고 집으로 가 그녀에게 당장 구워달라고 했다. 썰지도 않은 덩어리였다. 그녀는 고기를 썰지 못해 한참 동안 부엌으로 가지 않았다. 나는 또 억지를 부렸다. 배고파 죽을 것 같으니 빨리 고기를 구워달라고. 그녀는 삼십 분간이나 망설이다 방에서 나와 끝내 고기를 썰어 프라이팬에 구웠다. 나는 그녀가 숨을 참은 채 고기를 써는 모습을 남김없이 지켜보았다. 그리고 그 삼겹살 한 근을 모조리 먹어치웠다. 오직 그녀가 그걸 구워내는 걸 구경하기 위해서였다. 고기를 다 구운 그녀가 나를 노려보더니 화장실로 들어가 양치와 샤워를 했다. 욱여넣은 돼지고기 냄새가 토할 듯 역겨웠다.

가끔 그날이 떠올랐다. 그녀도 모르지 않았으리라. 내가 단지 그녀를 괴롭히기 위해 고기를 사 왔다는 사실을. 더 들어가지도 않는 고기를 꾸역꾸역 먹어대며 그녀에게 핏물이 떨어지는 고기를 일부러 썰게 했다는 사실을.

"너무 오만했어. 사람이 이렇게 몸의 존재라는 걸 몰랐던 대가야."

처음엔 그녀도 이유를 찾고 싶어 했다. 생물학적 육체에 대해 무시하고 소홀했던 걸 가장 먼저 반성했다. 그녀는 자신이 몰두했던 성당과 서가의 책들, 그리고 입시철이면 하루도 쉴 새 없이 혹사시켰던 자신의 몸에게 미안해했다. 하지만 나는 그녀의 반성에 화를 냈다. 세상이 그토록 원인과 결과가 명확하다면 무엇보다 그녀가 이토록 무서운 병에 걸릴 이유가 없었다. 이런 재앙을 맞을 만큼 그녀는 죄를 지은 적이 없었다.

성당 왼쪽에서 한 남자가 기도를 하고 있다. 중년이 다 돼 보이는 남자는 붉은 의자에 무릎을 꿇은 채 고개를 숙이고 있다. 맞잡은 두 손이 간절해 보인다. 그는 도대체 무엇을 간구하고 있는 걸까. 누군가를 해치기라도 한 걸까, 아니면 그의 딸이 아프기라도 한 것일까, 파산 직전으로 내몰린 경제 사정이라도 있는 걸까. 아니 어쩌면 그저 무사히 살아온 삶에 대한 감사 기도인지도 몰랐다. 하지만 나는 엎드린 그의 등에 죽비라도 내려치고 싶다. 그가 믿는 신이 얼마나 잔혹한지 저 사람은 알고나 있을까.

나는 그녀의 장례 미사에서 분노를 참느라 힘들었다. 그녀의 사진이 든 액자를 관 앞에 놓고 숨이 막힐 듯 엄숙한 분위기 속에서 진행되던 그 모든 절차들이 나는 견딜 수 없었다. 그녀의 관을 감싼 자줏빛 벨벳 천을 차마 끄집어 내리지 못한 채 노려보고만 있던 그날의 성당. 나는 그녀가 일생 동안 믿어온 신에게 배반당한 분노로 내내 그 자리를 견디고 있었다. 분노만큼 사람을 쓰러지지 않게 하는 것도 드물었다.

그녀는 매일 기도를 잊지 않았다. 주일 미사와 매일 아침저녁으로 드리는 묵주 기도를 그녀는 하루도 잊은 적이 없었다. 나는 그녀만큼 간절히 기도하는 사람을 본 적이 없었다. 달싹이는 입 밖으론 절대 새나오지 않는 기도의 내용이 늘 궁금했지만 그녀는 대답해주지 않았다. 기도만은 누구도 침범할 수 없는 그녀만의 것이었다. 아니 때론 그녀와 그녀가 믿는 신의 완벽한 결합처럼 보이기도 했다. 그들은 지나치게 밀착돼 있어 내가 비집고 들어갈 틈이 없어 보였다. 그녀가 떠나자 나의 상실감은 그녀가 믿은 신에 대한 분노로 변했다. 견고해 보이던 이성이 무너지는 것은 한순간이었다.

성당 천장을 올려다본다. 아무래도 화려한 조각이 빼곡한 벽과 지나치게 단순한 아치형 천장은 조화롭지 않다. 어쩌면 금박으로 그린 천장화가 화려했던 성당인지도 몰랐다. 포르투갈은 유럽의 어느 도시보다 성당이 많은 가톨릭 국가였다.

1755년 11월 1일 오전 9시 30분, 수많은 리스본 사람들이 이곳에서 만성절 예배를 드리고 있었다. 경건한 목소리의 사제가 신의 말씀을 전하기 위해 성경을 펼치는 순간 땅이 흔들렸으리라. 세상을 뒤흔드는 강력한 진동이 신을 향한 경건한 마음으로 앉아 있던 사람들의 몸 한가운데를 관통했다. 사람들은 그것이 무엇인지 미처 알아채지 못했을 것이다. 하지만 곧이어 다시 두 차례의 여진이 몰려왔다. 어디선가 신의 음성 같은 굉음이 들려오며 성당의 기둥에서 돌조각들이 떨어져 내렸다. 감사 기도를 드리기 위해 단정히 무릎 꿇고 있던 허벅지 위로 금물을 칠한 천장의 대리석 상판이 떨어졌다. 한 여인이 안고 있던 아이의 머리 위로 돌로 만든 십자가가 덮쳤다. 지붕이 제단 위로 내려앉고 돌기둥에서 떨어져 나온 조각들은 기도를 드리던 사람들의 숙인 머리 위로 쏟아졌다. 여자와 아이들이 돌에 맞아 피투성이가 돼 쓰러지고 사내들은 비명을 지르며 그 위로 엎드렸지만 다시 무너져 내리는 돌무더기에 압사했다. 어쩌다 운 좋게 의자 밑으로 몸을 숨긴 사람들은 신의 이름을 부를 새도 없이 다시 찾아온 진동에 뛰쳐나가지도 못한 채 즉사했고, 기도하던 손은 잘려나가 피투성이가 되었다. 나는 속절없이 무너져 내렸던 대지진을 상상하며 공포감에 떨었다. 잔인한 신의 성전이었다.

골수 검사 결과가 나왔다. 제일 먼저 내가 검사했지만 그녀와 맞지 않았고 이모도 50퍼센트만 일치한다고 했다. 다행히 외삼촌이 85퍼센트 일치해 이식이 가능하다고 했다. 그녀는 두 차례의 항암을 견뎌낸 후 골수 이식에 들어갔다. 사람을 살리는 과정이라고 보기엔 약이 너무 독했지만 거부하지 않았다. 이상하게도 평소의 그녀 같으면 차라리 치료를 중단하고 산속이라도 들어가겠다고 했을 법한데 묵묵히 의사의 처방을 견뎌내고 있었다. 나 역시 그녀의 몸이 이 모든 과정을 이겨내길 바라며 그 실낱같은 희망을 거부할 수 없었다.

"생각해보니 죄짓지 않기 위해서만 애썼지 무언가를 뜨겁게 사랑해본 적이 없어. 이 치료가 내 삶에 대한 뜨거움이라면 마지막으로 한번 해보고 싶어. 기도해줘."

골수이식에 들어가기 전 그녀가 내 손을 잡았다. 핏기가 없어 손바닥이 까칠했다. 나는 모르지 않았다. 그녀가 그 고통스러운 항암 치료와 골수 이식을 견디는 것은 무엇보다 그녀가 떠나면 혼자 남을 나 때문이란 것을. 그녀와 내게 남은 희망이라는 것이 가혹하기 짝이 없었다.

그날 나는 병원 1층에 있는 성당으로 가서 기도했다. 생전 처음 하는 기도였다. 부디 그녀를 버리지 말라고, 그녀에게 한 번만 더 기회를 달라고 온몸을 엎드려 그녀의 신에게 기도했다.

리스본을 집어삼킨 지진은 그걸로 그치지 않았다. 무너진 건물 더미 속에 파묻힌 사람들의 비명이 잦아지기도 전에 성당 곳곳에서 불길이 일었다. 예배를 위해 켜놓은 촛불들이 도화선이 되어 곧 도시 전체가 불길에 휩싸였다. 미처 목숨이 다 끊어지지 못한 사람들을 덮친 불길은 꺼질 줄을 모른 채 번져갔다. 지진으로 죽은 사람들의 사체가 화장이라도 하듯 재로 변했다. 지옥이었다.

그녀의 신은 잔인했다. 골수 이식을 했지만 외삼촌의 골수는 그녀에게 쉽게 안착되지 못했다. 그녀의 골수와 외삼촌의 골수가 서로를 거부한 모양이었다. 몸 안의 치열한 전투에 그녀는 속수무책이었다. 그녀는 미음도 입에 대지 못하고 영양제로 버티고 있었다. 홀로 버티던 몸이 허물어지면서 정신이 혼미해지기 시작했다.

"여기가 어디니?"

긴 잠에서 잠깐씩 깨어난 그녀는 그사이 어디를 헤매다 온 것인지 병실 안을 낯설게 바라보았다. 그런 그녀가 더 낯설었다.

"네 아빠를 만났어. 잘사는 것 같더라."

그녀의 입에서 뜻밖의 말이 튀어나오기도 했다. 내가 긴장하기 시작한 것은 그때부터였다. 그녀가 헤매는 곳은 도대체 어디란 말인가, 나는 그곳이 어디인지 알지 못해 입이 말라갔다.

"묵주를 손에 감아줘."

어쩌다 정신이 돌아온 그녀는 묵주를 찾았다. 그때마다 나는 그녀가 믿는 신에게 달려들어 멱살이라도 잡고 싶었다. 저토록 의심 없이 당신을 의지하고 있는 사람을 이토록 매정하게 내치는지, 도대체 이 모진 외면은 무엇인지. 나는 그녀에게 묵주를 감아주며 또 분노했다. 기도야말로 그녀의 생을 모욕하는 행위 같기만 했다. 나는 어떡하든 그녀 스스로 희망을 만들어내는 걸 보고 싶었다.

도시 전체가 붕괴라도 하듯 무너져 내리며 화재까지 일어나자 살아남은 사람들은 너도나도 떼주 강변으로 도망쳤다. 건물이 없는 곳이니 최소한 돌 더미에 깔리지는 않을 수 있었고, 물이 있는 곳이니 불길에 휩쓸리지도 않을 곳이었다. 운이 좋으면 정박해 있는 배를 잡아타고 지옥의 도시를 벗어날 수 있다는 희망도 있었다. 리스본 곳곳의 지옥에서 도망쳐온 사람들이 강가로 모여들었다. 순식간에 강변은 발 디딜 틈도 없이 사람들로 꽉 찼다. 축일을 맞아 결혼식을 준비하던 신부와 잔해에 깔린 엄마 손을 놓친 채 사람들에게 떠밀려 거기까지 온 여자아이도 있었다. 강가에 닿자 아이가 비로소 울음을 터뜨렸다. 놓친 엄마 손의 온기가 여전히 손바닥에 남아 있지만 엄마는 보이지 않았다. 아이의 울음소리가 공포에 떠는 사람들을 더 불안하게 만들었다. 그때였다. 대서양으로 이어진 강 저 멀리서 흰 이빨을 드러낸 한 무리의 적군들이 진군해오기 시작했다. 해일이었다. 지진의 여파로 대서양 바닷물이

리스본을 향해 돌진이라도 하듯 몰려왔다. 무질서한 가운데서도 몇몇의 사람들이 나서 먼저 아이들과 여자들을 배에 태우고 있었다. 범선에 한 발을 걸치고 배에 오르던 여섯 살짜리 사내아이, 막 강변에 당도하여 안도의 숨을 내쉬던 부인과 피가 멎지 않는 다리를 소금기 섞인 강물에 씻던 사내를 향해 해일이 몰려왔다. 순식간이었다. 사람들은 해일에 휩쓸려 강 한가운데까지 끌려가 처박혔다. 비명을 지를 새도 없었다. 난파한 배와 사람들의 시체가 드넓은 떼주강을 뒤덮었다. 그때 대서양에서 다시 한 번 해일이 몰려왔다. 지진과 불을 피해 도망친 사람들을 향해 알프스처럼 치솟은 물마루가 몰려왔다. 강변으로 도망친 사람들은 모두 해일에 휩쓸렸다. 리스본 인구의 사분의 일이 죽은 대지진이었다.

희망이라고 믿었던 골수 이식은 더 빠른 속도로 그녀의 세포를 파괴했다. 황달이 오더니 간이 위험 수치를 넘었고 온몸이 검붉은 반점으로 뒤덮였다. 그녀는 수술 후 아무것도 먹지 못한 채 수액으로 몸을 유지하고 있었다. 얼굴과 몸이 이스트라도 넣은 듯 부어올랐다. 나는 그녀의 얼굴이 낯설어 차마 똑바로 바라보지 못했다.

결국 중환자실에 격리되었다. 그녀는 이미 나를 알아보지도 못했고 이모의 이름만 겨우 달싹일 정도였다. 그녀에게 남아 있는 기억은 이제 어린 시절뿐인 것 같았다.

"그 깔끔하던 애가 이게 무슨 꼴이냐."

소변을 받아내던 호스가 빠져 그녀의 허벅지와 침대로 소변이 흘렀다. 허벅지는 근육이 다 빠져나가고 한때 생명을 품었던 비옥한 자궁은 폐허가 돼 있었다. 나는 더 이상 돌아갈 곳이 없어졌다. 이모는 그녀가 흘린 소변을 닦으며 통곡을 했다. 수치심은 그녀가 절대로 잃고 싶지 않아 할 최후의 것이었다.

등과 엉덩이에 욕창이 생겼다. 욕창에 세균이 감염되면 걷잡을 수 없었다. 나는 하루 두 번 면회 시간마다 그녀의 몸을 이리저리 돌려주었다. 몸이 종잇장처럼 가벼워 주렁주렁 매달린 수액 줄이 아니라면 한 손으로도 돌릴 지경이었다. 고농도의 항생제와 진통제가 그녀의 마른 몸속으로 투여되고 있었다. 어느새 검붉게 변했던 피부가 굳어서 떨어져 시트를 자주 갈아야 했다. 폐에 물이 차 있다고도 했다. 면회 때마다 그녀의 백혈구, 적혈구, 그리고 혈소판의 수치에 따라 희비가 엇갈리고 있었다. 그녀가 온몸으로 말하고 있는 수치가 조금이라도 올라간 날은 희망에 부풀었다가 내려가는 날엔 종일 밥도 먹지 못했다. 나는 중환자실 밖에서 종일 병실 안을 쳐다보며 그녀가 지상을 떠나지 못하도록 꼭 붙들고 있었다. 중환자실에 들어간 지 한 달 보름이 넘어가는 날, 정전된 집에 반짝 전기가 들어오듯 그녀가 정신을 차렸다. 그녀가 나를 보며 입을 달싹였다.

"사…… 랑……"

뭉개지는 발음 사이로 간신히 알아들은 말이었다. 부기마저 빠진 얼굴은 광대뼈가 유난히 튀어나와 보였다. 몸 어디에도 근육이라곤 1그램도 남아 있지 않았다. 그녀의 얼굴 위로 눈물이 흘러내렸다. 그녀가 내 앞에서 처음으로 보인 눈물이었다. 나는 침대에 엎드려 그녀를 껴안았다. 그녀의 마지막 말이라는 걸 직감으로 알았다. 그녀는 그 말을 전하기 위해 남은 모든 힘을 쓴 것 같았다. 다음 날부터 무서운 통증이 몰려와 그녀는 신음과 비명 이외의 말을 하지 못했다. 병원이 갖고 있는 모든 진통제가 그녀의 몸으로 투여되었지만 통증은 좀처럼 잡히지 않았다.

리스본은 말끔하게 복구되었다. 아파트가 즐비한 신도시처럼 4층짜리 건물들이 큰 도로를 사이에 두고 구획을 지어 들어섰다. 지진이 나서 건물이 무너져도 탈출할 수 있는 공간을 확보하기 위해 도로가 넓혀졌다. 도시계획법이 공표되고 새로운 건축 공법이 도입되었다. 리스본은 새로 태어났다.

노천카페는 어딜 가나 서유럽의 은퇴자들이 점령하고 있었다. 평생 노동을 한 이유가 바로 이 노년의 달콤한 여행을 위한 것이었다는 듯 은발에 배가 나온 사내들과 늘어진 가슴선을 거침없이 드러낸 여인들은 와인을 놓고 앉아 런던이나 파리에선 쉽게 볼 수 없는 이베리아 반도의 투명한 햇살을 즐기고 있었다. 퇴직 후에 연금생활자로 살아가는 그들에게 날씨 좋고 물가가 싼 포르투갈이야말로 천국이었다. 나는 노천 카페에 앉아 있는 그들의 앞을 지나갈 때마다 통증이 일었다. 그녀에겐 허락되지 않은 노년이었다.

눈물이 흘렀던 그녀의 눈에서 진물이 나왔다. 어디선가 몸이 부패하고 있다는 징조였다. 그녀의 몸은 생의 모든 의지를 잃어버린 것 같았다. 중환자실 담당 의사가 나를 불렀다. 만약의 경우 심폐소생술을 할 것인지 물었다. 삼십대로 보이는 남자 의사는 자신의 가족이라면 하지 않을 거라는 조언을 덧붙였다. 갈비뼈가 부러질 수 있다고 했다. 나는 고개를 저었다. 더 이상 그녀의 몸에 가해지는 어떤 모욕도 허용할 수 없었다.

그날 저녁 면회 시간엔 그녀의 코가 허물어지기 시작한다는 걸 알아챘다. 한 생명이 소멸하는 마지막 순간까지 보여주려는 그녀의 신이 잔혹하기 짝이 없었다. 그녀의 손을 잡고 이마에 입을 맞추었다. 작별 인사였다. 다음 날 아침, 그녀가 마침내 마지막 숨을 놓아버렸다. 나는 중환자실에서 소멸과 부패가 동시에 진행돼가는 한 인간의 마지막을 지켜보았다. 그녀의 말대로 그것이 정녕 뜨거움이라면 그녀의 생은 화염에 휩싸인 듯 장엄했다.

마침내 떼주강에 당도했다. 물이 찰랑거리는 강변과 주위를 둘러본다. 죽음의 흔적들은 보이지 않는다. 공원과 거대한 공연장, 그리고 도로가 자리 잡은 강변에선 오래전 죽음의 흔적은 찾을 수 없다. 강을 향해 서 있는, 곧 떠나갈 듯한 배 모양의 탑이 보인다. 소위 대항해시대에 배를 타고 전 세계로 나갔던 포르투갈인들의 기상을 상징하는 탑이라고 했다. 탑에서도 죽음의 냄새는 나지 않는다. 엄마 품에 안겨 젖을 먹던 아이들이 부서져 내리는 대리석 더미에 깔려 흘린 핏자국도 보이지 않는다. 만성절 날, 목욕재계하고 경건한 마음으로 성당에 모여든 이들이 신에게 감사의 기도를 드리느라 켠 촛불이 넘어져 도시를 다 태우는 동안 내질렀던 비명과 원망도 들리지 않는다. 왜 지은 죄 없는 내게 이런 가혹한 벌을 내리는가. 그들은 무엇보다 그것을 묻고 싶었을 것이다. 왜 하필 나인가? 도둑과 살인자들, 사기꾼들이 득실거리는 곳에서 어째서 그들이 아닌 나인가?

가지런히 재정비된 4층짜리 건물들과 다시 태어난 아이들이 젖을 먹고 살아가는 이 도시에서 나는 그들의 못다 한 절규를 듣고 있었다. 어느 날 느닷없이 병원에 들어가 끝내 주검으로 나온 그녀의 몫까지, 나는 소리쳐 묻기 시작했다.

도대체 왜?

믿지 마,
네 눈물은
누군가의
투신일지도
몰라

현관문이 낯설다. 엘리베이터를 잘못 내린 걸까, 나는 문에 붙은 1304호 번호를 확인한다. 무엇이 달라진 걸까, 세심히 관찰한다. 보름 만에 오는 집이지만 무언가 달라졌다는 걸 알아챌 만큼은 감각이 살아 있는 모양이다. 눈에 띈 건 자주색 번호키이다. 들고 나는 시간이 각기 다른 식구 네 명이 늘 열쇠를 갖고 다녀야 하는 번거로움 때문에 진작 바꿨으면 했으나 차마 아내에게 말하지 못했다. 우리 집도 아닌 월세집에 비싼 키를 바꾸자 하면 아내는 분명히 나를 노려보기만 할 것 같았다. 당신은 지금 그런 게 하고 싶을 만큼 한가한가 보지, 경멸하는 표정으로 비웃을지도 몰랐다. 그런 아내가 키를 바꾼 것이다. 그런데 내겐 비밀번호를 알려주지 않았다. 언제 바꾼 걸까. 알 수 없다. 보름 만에 오는 집이니 키를 언제 바꾸었는지 알 길이 없다.

문 앞에서 잠시 망설인다. 들어오지 말라는 뜻일까. 나는 손바닥보다 작은 번호키의 커버를 선뜻 올리지 못한 채 서 있다. 갑자기 소변이 마렵다. 신부전증 초기 증상 중 하나라는데 초조하거나 불안해지면 증세가 더 심해진다. 손에 땀이 배고 현기증도 인다. 두 달 전부터 재발한 공황 장애 증상이다. 의사는 증세가 호전돼도 약을 끊지 말고 계속 먹어야 한다고 말했지만 약을 끊은 지 벌써 6개월째다. 신부전증과 고혈압 그리고 공황 장애까지, 하루에 여섯 알씩 약을 먹을 때마다 피가 하얗게 탈색되는 기분이다. 아니 석 달에 한 번씩 가는 병원과 약국에서 아내의 카드로 약을 살 때마다 내 신경은 공황 장애 발작보다 더 위태로워진다. 카드를 긁을 때마다 아내에게 갈 문자 메시지 때문이다. 딩동, 신호음을 울리며 전달될 카드 사용 내역은 즉각 아내의 두통을 자극할 것이다. 이 인간은 형편이 무인지경인데 지 몸 하나는 죽어라 챙기고 사는군. 아내는 혼자 중얼거리다가 갑자기 치솟는 용천수 같은 두통에 머리를 싸맬지도 몰랐다. 한 푼이라도 약값을 줄여야 한다. 내 공황 장애보다 그녀의 두통이 더 두렵다. 머리를 도끼로 빠개버렸으면 좋겠어. 한 달 전에도 아내는 나를 쳐다보지도 않은 채 중얼거렸다. 나를 도끼로 빠개버리고 싶다는 뜻으로 들렸다.

나는 오른쪽에 멘 배낭을 왼쪽 어깨에 고쳐 멘 후 조심스럽게 번호키의 커버를 올린다. 0514, 번호를 하나하나 꾹꾹 누른 후 커버를 내린다. 4년 전까지 등기부 등본에 내 이름이 선명히 찍혀 있던 아파트의 키 번호이자 내 음력 생일날이었다. 유난히 숫자 감각이 없는 아내는 키는 물론 전화번호, 은행 통장, 심지어는 인터넷 쇼핑몰까지, 비밀번호를 모두 내 생일로 통일해놓았다. 호적의 생년월일과 달라 어떤 행정 서류에도 노출되지 않는 번호라 안심이 된다는 이유도 컸다. 하지만 문은 열리지 않고 번호가 틀렸다는 경고음이 울린다. 검지손가락이 미세하게 흔들린다. 나는 급히 다시 커버를 올리고 다른 번호를 누른다. 1107, 아내의 생일이었다. 스마트폰으로 바꾸면서 아내는 전화번호 끝자리를 자신의 생일로 바꿔버렸다. 아들의 번호도 같은 숫자로 바뀌었다. 내 번호만 그대로였다.

　아내의 생일도 아닌 모양이다. 여전히 문은 열리지 않는다. 나는 다시 아들의 생일을 입력한다. 경고음이 더 요란하게 울린다. 앞집에서 누군가 나오기라도 할까 봐 마음을 졸인다. 이사 온 후 한 번도 얼굴을 본 적 없기에 자칫 도둑으로 오해받을 수도 있다. 하는 수 없이 나는 벨을 누른다. 진짜 남의 집에 온 기분이다.

　안에선 기척이 없다. 현관문에 귀를 대본다. 텔레비전 소리가 희미하게 들린다. 장모가 있는 모양이다. 나는 다시 힘주어 벨을 누른다. 침을 세 번이나 삼키도록 하이소프라노의 경상도 억양으로 누구요, 하는 장모의 목소리가 들리지 않는다. 나는 급기야 현관문을 두드리기 시작한다. 그래도 아무 기척이 없다. 장모는 텔레비전을 켜놓고 나간 모양이다. 아내가 돌아오면 또 한 소리 들을 터인데 지레 걱정이 된다. 전기세는 누진세여서 300킬로 이하로 써야 한다며 늘 식탁 위 전등한 군데만 켜놓고 사는 아내였다. 장모는 텔레비전을 켜놓고 복지관엘 간 걸까. 오늘이 목요일이니 복지관에 가는 날이 맞긴 했다. 일제 강점기에 초등학교를 다닌 장모는 노인복지관의 일어반에 나가는 게 유일한 낙이자 사치였다.

그 나이에 일본어는 해서 뭐 하겠다고 일주일에 두 번씩, 어쩌면 하루도 빠지지 않고 꼬박꼬박 나가는지 몰라. 아내는 7년 전부터 나가기 시작한 장모의 일본어 수업이 못마땅했지만 장모가 자기 대신 집안 살림을 다 해주기 때문에 그걸 막진 않았다. 전에 살던 53평 아파트의 청소와 빨래, 그리고 밥까지 혼자서 거뜬히 해내는 것이야말로 장모가 아내나 내게 주눅 들지 않고 살 수 있었던 근거였다. 지난해에 팔순이었으나 지금도 작은 월세 아파트의 살림을 여전히 도맡아 함으로써 장모는 아내로부터 생존권을 보장받고 있었다. 아내는 자신의 팬티 한 장 빠는 것도 장모에게 시킴으로써 집안일에서 해방되고 더불어 집안의 권력이 자신에게 있음을 확실히 했다. 이 아파트로 이사 온 이후 장모는 내가 어쩌다 한 번씩 집에 와도 더 이상 새로운 반찬을 하지 않았고 마지못해 밥상을 차려주었다. 그것도 초기의 일이고 요즘은 아내의 치마와 블라우스를 다리느라 내 밥상을 차려주지 못했다. 때론 아들이 먹을 사과를 깎느라 내 밥상을 모른 척하기도 했다. 그럴 때의 아들은 나의 아들이나 장모의 손자가 아니고 전적으로 아내의 아들일 뿐이다. 밑반찬보단 신선한 음식을 좋아하는 나를 위해 하루에 하나 이상은 꼭 새로운 반찬을 준비해놓고 기다리던 장모였다. 부모를 일찍 잃은 내게 장모는 친어머니나 다를 바 없는 존재였다.

사실 나는 이제 누구에게도 밥상을 차려달라 할 형편이 아니기에 장모가 아내의 눈치를 보며 미적거리고 있는 사이 먼저 일어나 쟁반에 밥과 반찬 한 가지를 담아 텔레비전 앞에 앉아 재빨리 먹어 치운다. 어린 시절부터 밥 먹는 속도가 빠른 게 다행이었다. 느릿느릿 오래 밥을 먹는 광경은 내가 생각해도 식구들의 신경을 거스르는 일이다.

소리 좀 덜 내고 밥 먹으면 안 돼? 지난해였던가, 아들이 모처럼 같이 앉아 밥 먹는 자리에서 짜증 섞인 목소리로 말했다. 아빠는 밥 씹는 소리가 정말 특이해. 어떻게 한 번도 쉬지 않고 계속 씹어? 나보다 세 배는 더 많이 씹는 것 같아. 메뚜기나 잠자리가 턱이 단단해 먹이를 씹기 알맞은 입이라던데 아빠는 턱도 단단해 보이지 않는데 참 신기해. 그날 아들의 말에 정성껏 씹어 넘긴 밥이 체해버렸다. 식사 때면 유난히 잡생각이 사라져 오로지 음식을 입에 넣고 씹는 활동에만 집중하는 게 내 오랜 습관이다. 젓가락으로 반찬을 집으면서도 쉬지 않고 입안의 음식을 일정한 리듬으로 씹어댄다. 어릴 적부터 형제 많은 집에서 자란 나는 식사 때마다 이야기 따위를 할 시간이 없었고 오로지 다른 사람보다 먼저 좋은 반찬을 집는 데만 열중했다. 굶지 않고 먹는 게 늘 기적이던 시절이었다. 젖 떼고부터 입맛이 까다로워 밥그릇 들고 따라다니며 떠먹여 키운 아들이 보기엔 내가 본능만 남은 곤충처럼 보이는 게 당연한지도 몰랐다. 아니 어쩌면 벌레나 짐승으로 보일지도 모를 일이었다. 하지만 아들 역시 전에는 내게 그런 말을 해본 적이 없었다.

아들이 고등학교 3학년 때 나는 매일 아침 승용차로 아들을 등교시켜주었다. 아들의 학교는 버스를 타면 사십 분 걸리지만 승용차로는 십오 분이면 갈 수 있었다. 아니 늦게 일어난 아들 때문에 나는 자주 신호를 위반하고 차선을 수없이 바꾸면서 십 분 만에 교문 앞까지 주파한 적도 많았다. 아들은 그동안 이어폰을 낀 채 눈을 지그시 감고 잠시 잠을 자거나 음악을 들었다. 아들의 그 십 분간의 휴식을 위해 나는 한 시간 반이나 이른 시각에 출근하여 사무실 소파에서 모자란 잠을 자곤 했다. 그래도 매일 아침 아들과의 그 십 분의 시간을 무엇과도 바꾸고 싶지 않았다. 자식에게 부모란 나눠줄 수 있는 게 떨어지면 끝나는 관계인지도 모른다.

그런 의미에서 아내는 갑자기 아들과 장모에게 쓸모 있는 존재가 되었다. 내가 파산을 하자 아내는 보험 회사에 들어갔다. 영업직이라도 새로 시작하기엔 나이가 많았지만 처형이 오랫동안 다니고 있던 보험 회사라 그녀를 따라다니며 보조 일부터 시작했다. 4년 차에 드는 올해부터 겨우겨우 자리를 잡아가는 모양이었다. 의료 민영화의 흐름을 타고 실손보험이나 암보험을 들려는 사람들이 늘어가는 덕이었다. 보험이 아무것도 보장해주지 못한다는 걸 누구보다 생생히 경험한 아내지만 낯선 사람들에게 보험이 당신의 미래를 보장해줄 거라고 목이 쉬도록 떠들고 다녔다. 이놈의 보험을 다시 들면 내가 사람이 아니다. 파산 직후, 10년 만기 보험을 8년 5개월까지 부은 통장을 해약하면서 납입액의 20퍼센트도 안 되는 돈을 타오던 아내가 이가 부서져라 힘을 주었다. 아내의 월급과 수당이 월세와 매달 늘어가는 카드 회사의 현금 서비스 돌려막기 자금으로도 모조리 들어가고 있었다. 둘 중 하나만이라도 파산을 막고 신용을 유지해야 한다며 겨우겨우 아내의 신용을 유지하고 있었다. 오피스텔 세 채와 아파트 한 채, 그리고 회사에 남은 자동차 몇 대와 아내의 차까지 팔고도 한 푼도 남지 않았다. 집은 판 자리에서 은행과 금융권이 모두 나눠가지고 내게 남은 것은 여전히 갚아야 할 부채들뿐이었다. 카드 세 개로 연 27.5퍼센트의 이자를 내며 온몸으로 현금 서비스를 돌려막고 있는 아내의 신용 등급은 7등급이었다. 늘 위태위태하게 카드를 막아간다는 걸 잘 알면서도 카드 회사는 매일 아내에게 전화를 걸어와 대출을 권했다. 파산의 위험 부담보다 고리의 이자가 훨씬 이익이 크기 때문일 것이다.

귀하의 채권을 4월 2일까지 변제하지 않으면 모든 재산에 대해 압류를 집행합니다. 수없이 날아오던 압류 계고장과 연체 고지서들을 폐업 신고와 개인파산으로 끝낸 후 나는 이 사회에서 유령이 돼버렸다. 카드는커녕 어떤 사회적 자격도 주어지지 않았고 다만 아직도 남아 있는 채권 추심회사의 끈질긴 추적팀과 몇몇 빚쟁이들만이 내가 여전히 살아 있는 사람이란 사실을 환기시켜주곤 했다.

어떻게 알아냈는지 그들은 내가 기거하고 있는 고시원까지 찾아냈다. 파산 후 벌써 다섯번째 옮긴 고시원이었다. 점점 월세가 싼 고시원을 찾아다니다 보니 지금의 방은 173센티인 내가 눕기에 조금 모자란다. 아니 나이가 들면서 키가 점점 줄어드니 내 키는 172나 171인지도 모른다. 방은 몸을 구부리고 비스듬히 누워야 겨우 잠자리가 되었다. 창문 하나 없이 밀폐된 공간이라 누우면 꼭 관 속 같았다. 그 관 속으로 저승사자 같은 채권자들이 마지막 남은 못질이라도 하듯 가끔씩 문을 두드렸다. 은행과 카드 회사로부터 몇 단계를 거쳐 넘어간 부실 채권을 주운 그들은 대개 위협적인 인상으로 채무자들의 기를 죽였다. 하지만 난 그들은 무섭지 않았다. 돈 없으

니 이 몸뚱어리라도 갖고 가쇼. 나는 그들에겐 제법 큰소리를
쳤다. 가진 게 없으니 빼앗길 것도 없었고 병들고 힘 다 빠진
몸뚱어리가 그들에게 필요할 리도 없었다. 내가 그렇게 큰소
리칠 수 있는 것은 적어도 그들이 집까지 찾아가지는 않으리
란 확신 때문이었다.

　파산하면서 아내와는 위장 이혼을 한 상태라 그들은 집으
로 찾아갈 수는 없었다. 마음 같아서는 진짜 이혼을 하고 싶
었을 아내가 위장 이혼을 받아들인 것은 순전히 자존심 때문
이었다. 남편이 망하자 바로 폐기 처분하듯 버렸다는 말을 그
녀는 듣고 싶지 않은 것이다. 자존심 강한 그녀에게 그것은
파산보다 더 큰 모욕이었다.

　채권자들은 달랐다. 대학 후배 박은 내가 전화를 받지 않자
기어이 집을 알아냈다. 어느 날 아내가 떨리는 목소리로 전화
를 걸어와 집으로 달려왔다. 우편물이 와 있었다. 아니 엄밀
히 말하면 우편물이 아니라 직접 우편함에 넣고 간 것이었다.
누런 봉투 속에는 나와의 전화 통화가 녹음돼 있는 USB가 들
어 있었다. 투자하고 싶다며 회사에 돈을 빌려주었던 그는 파
산 직전까지 원금을 훨씬 웃도는 이자를 받았음에도 불구하
고 절반 남은 원금을 포기하지 않았다. 회사가 호황일 때 그
에게 산 술값만 해도 원금의 절반은 되었다. 당시 매일 만나
술을 마신 사이였기 때문에 차용증 같은 걸 갖고 있지 않았던
그는 좀 기다려달라는 내 음성을 녹음해서 채무의 증거로 삼

아 편지 한 장과 함께 우편함에 넣어놓고 갔다. 아내는 우편함에서 칼이라도 발견한 듯 부들부들 떨고 있었다. 서류상이나마 이혼을 하지 않았다면 대학 시절, 나보다 먼저 아내를 좋아했던 그는 집으로 찾아가 행패를 부렸을지도 몰랐다.

운 좋게 차용증 같은 걸 갖고 있는 사람들은 더 거침이 없었다. 두 달 전에는 기어이 법원까지 다녀왔다. 검사는 한쪽 입꼬리를 올린 채 내 눈을 똑바로 쳐다보고 서 있는 여자에게 천만 원을 주든지 감옥에 가든지 양자택일을 하라고 했다. 그녀는 한때 내게 몸을 주지 못해 안달을 하던 여자였다. 당신은 참 이상한 사람이에요. 나와 자고 싶어 하지 않는 유일한 사람이에요. 그래서 당신을 포기할 수 없어요. 착 달라붙은 검정 니트셔츠 선 위로 터질 듯한 가슴을 고스란히 드러낸 그녀는 내게 숨 막힐 듯 몸을 밀착해왔었다. 하지만 난 그녀에게 전혀 성욕이 일지 않았다. 이유는 그녀의 가슴에 넣은 보형물 때문이었다.

그녀는 지나가는 남자들이 꼭 뒤돌아서 다시 한 번 쳐다보게 만드는, 눈에 띄는 미모였다. 167센티의 키에 육감적인 몸매도 갖고 있었다. 그 남자만 안 만났으면 나도 어쩌면 텔레비전이나 패션쇼 무대에 서 있을지 몰라요. 그녀는 취하기만 하면 똑같은 말을 반복했다. 그 남자란 그녀를 카페에 나갈 수밖에 없게 만든, 그녀가 낳은 일곱 살짜리 사내아이의 아버지였다. 이태원의 바 지배인이었던 남자는 모델스쿨에 다니며 아르바이트하던 그녀를 자신의 여자로 만들어버린 후 다시 카페 여자로 만들었다는 흔해 빠진 사연이었다. 나는 그녀가 일하는 카페의 단골손님이었다.

내가 그녀의 호감을 산 건 순전히 술을 마시면서도 손 한 번 잡지 않는 매너 때문이었다. 술도 썩 좋아하지 않는 내가 카페에 드나든 이유는 카페 여인들과 심심풀이 농담을 나누기 위해서였다. 거들먹거리며 몸을 휘두르는 골프는 물론 땀 흘리며 달리는 어떤 종류의 운동도 좋아하지 않았고, 심지어 등산 취미도 없는 내게 유일한 도락은 가까운 술집에 가서 위스키 스트레이트 한 잔을 천천히 마시면서 여자들과 실없는 농담을 나누는 것이었다. 나는 술을 잘 못 마셨지만 인색하지 않은 손님이었고 어디든 단골이 되면 다른 집엔 절대 기웃대지 않았다. 새로 이사한 회사 건물 2층의 카페에 처음 간 날, 그녀 역시 첫 출근이라고 했다. 그녀와 나는 서로 서먹한 표정으로 마주 앉아 로얄샬루트를 스트레이트로 나눠 마셨다. 그녀는 네번째 잔을 들고선 자신에게 일곱 살 난 아들이 있다고 했다. 이상하게 사장님은 자꾸 비밀을 털어놓게 만들어요. 그녀는 말없이 듣고만 있는 내게 눈을 흘기며 묻지도 않은 말들을 풀어놨다. 나는 사실 그녀의 사생활 따위엔 관심이 없었다. 그녀와 심각하지 않은 이야기들이나 나누면 그만이었다. 그곳은 내게 풀리지 않는 자금과 늘어만 가는 부채들을 피해서 잠시 쉬는 곳일 뿐이었다. 사장님, 사실 저 이 가슴 수술한 거예요. 모델스쿨 처음 간 날, 원장이 대뜸 저보고 가슴 수술하고 다시 오라더라고요. 자존심 상해서 그만둬버릴까 하다가 그냥 해버렸어요. 감쪽같죠? 그날 몹시 취한 그녀가 마지막으로 털어놓은 비밀이었다.

어쩌다 늦게 가는 날은 그녀가 자기 집까지 데려다달라고 했다. 나는 그녀의 집까지 기꺼이 데려다주곤 했는데, 어느 날 그녀가 공원 앞에 차를 세우라고 하더니 갑자기 키스를 해왔다. 나를 가져요. 그녀가 갑자기 운전석 시트를 밀며 내 허벅지 위로 몸을 옮겨왔다. 하지만 나는 더 이상 그녀의 몸에 손을 대지 않았다. 나를 짓누르는 그녀의 가슴 속에 든 보형물이 자꾸 떠올라서 더 이상 흥분이 되지 않았다. 그녀는 내게 그 말은 하지 말았어야 했다. 나는 성형 수술에 대한 심한 결벽증이 있었다.

그 후 그녀는 나를 매너 좋고 믿을 만한 남자라 생각한 모양이었다. 어느 날, 그녀는 내게 자신의 통장을 보여주며 3프로 이자를 줄 수 있느냐고 했다. 나는 그 돈이 꼭 필요한 건 아니었지만 그녀에게 3프로의 이자를 주고 싶어서 그러마고 했다. 3년째 꼬박꼬박 그녀의 통장으로 3프로의 이자를 입금하던 나는 파산을 해 더 이상 그녀에게 이자를 보내줄 수가 없게 되었다. 매일 내게 전화를 걸어 돈을 내놓으라던 그녀가 갑자기 잠잠하더니 한 달 후, 결국 검찰에서 소환장이 날아왔다. 그녀가 나를 사기 혐의로 고소했다고 했다. 원해서 써주었던 입금 확인증을 그녀는 고이 간직하고 있다가 증거로 삼았다. 검사는 감옥을 가든지 돈을 갚든지 둘 중에 하나를 하라고 했다. 나는 차라리 감옥에 가고 싶었으나 아이에게 차마 그 꼴까지 보일 수는 없어 아내의 카드로 몰래 대출을 받아 그녀에게 주었다. 돈이 대출되는 순간 아내에게 갈 문자메시지를 알고 있었지만 나는 미리 말할 수 없었다. 그녀는 절대로 허락하지 않을 것이었고, 나는 그런 아내가 두렵기만 했다.

  제발 채무를 숨기지 말고 사실대로 말하라고 아내는 늘 다그쳤지만 나는 가능한 한 그녀에게 숨기고 싶었다. 안다고 해서 그녀가 모두 해결할 수도 없는 일들인데 그녀의 두통을 자극하고 싶지 않았고, 때론 어떤 배려도 할 만한 여유가 없었다. 파산 후 새로 생긴 것이 있다면 위협에 대한 감지 능력이었다. 나는 매 순간 살아남는 것이 중요했고 그 순간 이상을 생각할 겨를이 없었다. 계단 끝이 절벽임을 아는 짐승은 고개를 들고 먼 곳을 주시하지 못하는 법이다. 예상대로 아내는 전화기가 터질 듯이 화를 내었고 무슨 일에 썼는지 말하라고 소릴 질렀다. 나는 끝내 아무 말도 할 수 없었고 아내는 자신의 명의로 된 카드로 불법 대출을 받은 나를 명의도용으로 경찰에 신고하겠다고 했다. 당신을 끝까지 믿으려고 기를 쓰고 여기까지 온 나를 이런 식으로 배반을 해? 당신을 경멸하고 또 경멸해. 그날 아내에게서 온 문자였다. 하지만 나는 아내에게 그보다 더한 말을 들어도 견딜 수 있었다. 다른 사람들한테 듣는 경멸의 말들은 나를 공황 장애에 빠지게 하고 신부전증을 악화시키지만 아내에게 듣는 악담들은 그나마 견딜 수 있었다. 내 몸이 보이는 이상한 반응 체계였다.

다시 키 커버를 올리고 생각나는 네 자리 숫자들을 닥치는 대로 눌러본다. 결혼기념일과 장모의 생일, 1234 따위의 숫자가 총동원된다. 그러나 문은 꿈쩍도 하지 않는다. 전화기를 꺼내 단축키 1번을 누른다. 네번째 벨이 울리다가 벨소리가 툭 끊어져버린다. 아내는 바쁜 모양이다. 고객과 상담 중인지도 모른다. 이번엔 단축키 2번을 누른다. 아들은 전화를 받지 않는다. 수업 중이거나 아르바이트 중인지도 모른다. 사실 아내나 아들은 평소에도 내 전화를 잘 받지 않는다. 왜? 무슨 일이야? 바빠. 내가 전화했을 때 그들의 반응은 늘 똑같았다. 용건은 문자로 해. 전화는 받기 곤란할 때가 많아. 직접 목소리를 듣지 않아도 되는 문자가 서로에게 훨씬 편하다는 걸 모르지 않으면서도 나는 이따금 그들에게 전화를 건다. 그렇게라도 입을 열지 않으면 종일 한마디도 하지 않고 지나가는 날들이 많기 때문이다.

지난주에는 사흘 동안 단 한마디도 하지 않고 지낸 적이 있었다. 저녁 무렵 문득 그 사실을 깨닫고 나는 휴대폰 매장으로 달려갔다. 문을 열고 들어가자마자 그들은 내게 빠르고 카메라가 크게 개선된 신형 스마트폰을 권장했다. 검색은 초고속열차처럼 뻥뻥 뚫리고 사진은 DSLR 카메라보다 높은 화소를 자랑한다고 했다. 세상 어디에 숨어 있어도 찾아낼 것 같은 온갖 기능들이 현란하게 나열되었다. 야간 촬영되나요? 나는 스마트폰을 들고 어디선가 들은 기능들을 일일이 문의하며 매장의 청년과 진지한 얼굴로 대화를 나눴다. 삼십 분 넘게 말을 하고 나니 비로소 입안에 낀 백태가 떨어져 나가는 기분이었다.

최근 들어 타인과 가장 오래도록 말을 섞어본 것은 이틀 전이었다. 아침밥을 먹으려고 수저를 챙겨 막 나가려는데 목청 큰 여자의 목소리와 함께 문 두드리는 소리가 났다. 고시원 총무였다. 이분이 지난밤 이 방에서 나는 소리 때문에 잠을 못 잤다고 항의하셔서요. 한 달 전에 새로 온 총무는 공무원 시험 준비생이라 했다. 인터넷 강의를 듣다 말고 세면대 배관에 쌓인 머리카락을 빼내거나 고장 난 전기밥솥을 들고 서비스 센터로 뛰어가기도 했다. 아들보다 두세 살 더 많아 보였다. 여자는 맞은편 방인 708호에 있다는데 얼굴을 한 번도 본 적이 없었다. 거의 방 밖을 나가지 않는 탓에 나는 그녀는 커녕 다른 고시원 입주자들 누구도 낯익은 사람이 없었다. 어쩌다 얼굴을 마주치더라도 모르는 척하는 것이 고시원 사람들의 예의였다. 좁고 더럽고 냄새나고 어두운, 세상의 후미진 골목에서 만난 사람들은 서로의 몰골을 확인하고 싶지 않은

법이다. 이 아저씨가 중얼거리는 소리 때문에 새벽까지 잠을 못 잤다고요. 또박또박한 표준어에 북방 특유의 억양이 묻어 났다. 고시원 입주자의 다수가 중국 동포들과 스리랑카, 미얀 마, 인도네시아에서 온 외국인 노동자들이었다. 그들이 가족 들과 각자의 모국어로 통화하는 소리가 얇은 벽 너머로 들려 올 때마다 나는 낯선 국경 마을에 와 있는 기분이 들었다. 아 니 가족들과 큰 소리로 통화하는 그들의 당당함이 부럽기만 했다. 유난히 목청이 큰 여자가 총무를 향해 말하고 있었지만 목소리는 내게 삿대질을 하는 형국이었다.

뜬금없는 소리였다. 채무자들 이외에는 전화 한 통 걸려오 지 않는 내가 누구와 새벽까지 대화를 한단 말인가? 나는 그 런 적 없다고 말하고 문을 닫으려 했다. 없긴요, 분명 경상 도 말투로 아들하고 통화했다고요. 여자는 내가 경상도 억양 을 쓰고 있다는 사실까지 알고 있었다. 나는 갑자기 여자가 무서워져 말을 더듬기 시작했다. 아니 내가 언제…… 이보세 요…… 참나 기가 막히네. 갑자기 더듬어대는 내 말에 비해 여자의 말은 LTE폰처럼 빨랐다. 이 좁아빠진 데서 새벽에 그 렇게 오래 떠들면 어떡해요? 다른 사람들은 생각도 안 해요? 여자는 막무가내였다. 나는 가슴 부위를 손으로 쓸어내리기 시작했다. 총무가 방문을 두들긴 순간부터 가슴이 조여들기 시작했던 것이다. 당장 문을 닫고 눕고 싶은 걸 겨우 참고 있 었다. 손에도 땀이 잔뜩 배었다. 얼굴까지 하얗게 변하고 있을 것이다. 안 했다고요! 어쩔 수 없이 가슴을 움켜쥐며 나는 소리를 꽥 질렀다. 아무도 방 안에서 나오지 않지만 바깥의 소리에 귀 기울이고 있을 긴장된 공간에 내 목소리가 지나치게 크게 울렸다. 아니 이 아저씨가 왜 소리는 지르고 난리야? 여자가 총무를 옆으로 밀며 나섰다. 순간 이동이라도 하고 싶은 나는 다행히 책상 위의 휴대폰이 떠올랐고 여자의 눈앞에 액정을 갖다 대었다. 통화 내역 확인해보세요! 사흘 전에 아들에게 전화해서 삼십 초 통화한 게 가장 최근 내역이었다. 아들은 그날 친구들과 과제하는 중이라며 응, 응, 응 세 번 대답한 뒤 전화를 끊었다. 본인도 모르는 새에 중얼거린 건지 어떻게 알아요? 여자는 이제 나를 몽유병 환자로 몰고 있었다. 어쩌면 여자의 말대로 혼자 중얼거렸는지도 모를 일이긴 했다. 나는 자신이 없어져 문을 확 닫아버렸다. 부실한 가벽이 흔들, 했다.

책상 위의 약병을 열었다. 자낙스 한 알을 급히 입안에 털어 넣고 물을 마셨다. 약효가 가장 빠른 항불안제이다. 숨이 막히고 쓰러질 것만 같았다. 이부자리 속으로 기어들었다. 조금만 견디면 괜찮아질 것이다. 누군가 젖은 솜덩어리를 목구멍 속으로 밀어 넣는 것만 같았다. 나는 두 손에 힘을 주고 천장을 노려보았다. 괜찮다, 괜찮다. 나는 오래된 주문을 외운다. 적어도 공황 장애로 죽지는 않아요. 내게 유일한 처방은 의사의 이 말 한마디였다. 죽음의 낭떠러지 바로 앞까지 가는 공포가 따르지만 어쨌든 그것이 사람을 죽게 하지는 않는다는 믿음이 중요하다고 의사는 말했다. 그걸 믿는 것이 가장 중요하니 발작이 일어날 때마다 명심하라고.

때론 공황 장애야말로 내가 처한 곳 중 가장 안전한 곳인지도 모른다는 생각이 들었다. 어떤 경우에도 그것 때문에 죽지는 않는다고, 곧 숨이 막혀 죽을 만큼 불안해져도 그것이 나를 죽음으로 데려가지는 않는다는 최소한의 안전장치가 있지 않은가. 그것은 내가 가진 것 중 가장 믿을 만한 것임이 틀림없었다.

나는 마주 보이는 벽을 가만히 응시했다. 아무것도 없는 흰 벽에 검은 아디다스 배낭이 단정히 걸려 있었다. 모든 걸 잃고 내게 남은 것들이다. 배낭 안에 들어 있는 것들을 떠올렸다. 졸피뎀 100알과 포장용 마 끈 한 묶음, 그리고 누런 봉투 속에 들어가 있는 A4지 다섯 장. 내 최후의 수단들이었다. 아니 그것들이야말로 이 세상에서 나를 지켜주는 가장 든든한 방어막인지도 몰랐다. 치욕을 견디게 해주는 마지막 자존심.

김치 냄새가 코끝으로 밀려들었다. 밥을 떠놓은 채 그대로 두었다는 걸 깨달았다. 밥그릇 속에서 밥이 말라가고 있을 것이다. 나는 상체를 일으켜 밥솥에 밥을 부어버렸다. 손만 뻗으면 모든 것들이 전부 잡히는 곳이다. 콩자반을 넣은 플라스틱 통 아래에 시집 세 권이 무참히 깔려 있었다. 몇 번 고시원 쓰레기통에 버렸다가 다시 주워온 것들이다. 한때 책꽂이 하나를 가득 채우고 있던 시집을 파산 후 모두 버렸다. 마치 나를 파산에 이르게 한 것이 그것이나 된다는 듯이. 중고서점에 팔거나 하다못해 아름다운가게에 갖다줄 수 있었음에도 나는 모조리 대형 쓰레기봉투에 넣어버렸다. 태울 수 있는 여건이었으면 그리하고 싶었으나 그 많은 시집을 태울 수 있는 곳이 없었다. 그런데 석 달 전, 나는 중고서점을 지나가다 문득 들어가 시집 세 권을 사왔다. 지갑 속에 남은 마지막 만 원짜리 지폐 한 장을 내밀고서. 4년 전 내가 버린 시집들 속에 있던 중견 시인과 요절한 시인, 그리고 어느 날 도서관에서 읽은 젊은 시인의 시집이었다. 시집을 사들고 나오는데 죄라도 짓는 기분이었다.

초저녁 뒷산에 오른다/지금은 나와 무관한 휘황한 불빛 지상/내가 켜놓은 불빛 하나 찾는다/이미 써버린 계약금 돌려달라고 졸라대는 생/개 같은! 불쑥 욕 내지른다/민망하고 염치없어 좌우 힐끔 살피는데/문득 내게 개새끼, 하고 떠난 여자가 생각난다/중심을 가격하는 말은 통쾌하다/제대로 한방 맞는 것도 업적이면 내 유일한 자랑/그녀가 사는 강 건너 마을 쳐다보다 문득 중얼거린다/맞다, 개새끼!

어제도 나는 이따위 독백을 문방구에서 산 천 원짜리 노트에 끄적거렸다. 건설 현장 야간 경비를 서면서 새벽녘 졸음이 몰려올 때마다 써 갈긴 것들이 거의 한 권을 채워가고 있었다. 악취 나는 배설물 같아 다시 들춰보지 않은 채 매일 하나씩 보태고 있었다. 당신을 쓰러뜨린 건 이거였는지도 몰라. 애초에 사업을 할 수 없는 사람이었어, 당신은. 한때 내가 시를 끄적거린다는 사실에 유일하게 호감을 느낀다고 말했던 아내는 파산을 하자 시에게 책임을 물었다. 내게 대놓고 원망하는 것 역시 그녀의 자존심이 허락지 않은 모양이었다. 차라리 그녀가 내 멱살을 잡으며 악쓰고 욕이라도 하면 좋으련만 그녀는 아직도 나를 용서할 마음이 없는 모양이었다. 모난 데 없이 둥글던 그녀의 얼굴이 점점 날선 채 굳어지고 있었다.

점심을 먹은 후 고시원 침대에 누우려는 찰나 전화벨이 울렸다. 언제나 공포와 기대를 동시에 갖게 하는 벨소리였다. 다행히 빚쟁이는 아니었다. 아파트 건설 현장 야간 경비를 함께 서는 박이었다. 나보다 두 살 많은 그는 은행을 정년퇴직한 후 6개월 만에 경비 일을 시작했다. 한꺼번에 퇴직 행렬에 내몰린 베이비부머 세대가 갈 곳이라곤 아파트나 건설 현장의 야간 경비, 주유소, 편의점 같은 곳뿐이었다. 아파트 경비는 퇴직자들이 몰리는 바람에 자리 얻기도 쉽지 않은 모양이었다. 나는 애초에 사람들 얼굴 부딪치는 게 싫어 생각도 하지 않았지만 박은 체면을 무릅쓰고 옆 단지 아파트 경비를 지원했다가 떨어졌다고 했다. 그 자리는 박 대신 사십대 중반의 사내에게 돌아갔다. 그나마 연금이라도 있는 사람들은 도서관에서 봉사 활동이라도 했지만 박은 퇴직 한 해 전, 노후 자금을 위해 주식에 투자했다가 모두 잃었다. 마지막 남은 아파트 담보대출금 이자를 내기 위해 투잡이라도 뛰어야 할 판이라고 했다. 나도 그를 따라다녀볼까 생각 중이었다. 하지만 그렇게 일을 할 수 있는 곳도 구하기 쉽지 않았다. 편의점조차 청년들 차지였지만 어딜 가도 그들의 일을 뺏는 형국이었다.

가끔씩 텔레비전에서 다큐를 볼 때마다 아내는 보란 듯이 볼륨을 키웠다. 파산 후 빚에 몰려 투잡, 스리잡을 뛰어 십 년만에 빚을 다 갚았다는 사람들 이야기였다. 아내도 아들도, 아니 모두가 내게 요구하는 것은 아마 그런 신화일 것이다. 강한 힘과 정신력으로 온갖 위험에 맞서 굳세게 싸워주는 전사. 하지만 나는 전사가 되기엔 정신의 근육량이 턱없이 모자란 사람이었다. 때론 혼자 서 있는 것도 힘들 만큼 휘청거렸지만 그들에게 말해봤자 변명에 지나지 않을 것이다. 당신은 왜 그렇게 못 살아? 나도 하는 일을. 아내가 언젠가 딱 한 번내게 그렇게 물은 적이 있었다. 참았던 비난과 원망이 비죽새나온 것이었다. 모두가 전사로 태어나는 건 아니야. 무책임하고 무기력했지만 나는 달리 대답할 말이 없었다. 신화는 어차피 신들의 이야기일 뿐이었다.

전화기를 귀에 대기도 전에 박의 목소리가 쏟아져 나왔다. 김씨, 어디야? 왜 안 와? 빨리 경찰서로 오라니까! 새된 박의 목소리가 막힌 공간의 적막을 깼다. 전 못 갈 것 같습니다. 집에 일이 생겼어요. 더 이상 그의 전화를 받고 싶지 않아 나는 엉겁결에 집 핑계를 댄다. 집엔 정말 아무 일도 생기지 않은 걸까. 집에 일이 생기면 과연 아내는 내게 전화라도 걸어올까. 나는 갑자기 집에 큰일이라도 생긴 것처럼 다급한 마음이 됐다. 다른 사람들 다 왔는데 김씨만 안 왔어. 우린 피해자 조사도 받았어. 박은 전화를 끊을 생각이 없는 듯 끈질겼다. 네, 저 급한 일이 있어서 끊습니다. 나는 유난히 다변인 그의 입을 막아버렸다.

두 시간 전, 늦게야 든 아침잠에서 채 깨기도 전에 그가 전화를 걸어왔다. 사장놈이 도망갔어. 우리 월급 다 갖고! 박이 다짜고짜 소리쳤다. 언제요? 오늘이 월급날이었다. 어제 카드값이 모자란다는 아내의 문자에 나는 사장에게 하루만 가불해줄 수 있는지 물었고, 그는 내일 두시가 돼야 본사에서 임금이 입금된다고 했다. 그런데 그가 내게 줄 월급을 갖고 도망갔다는 것이다. 건설 현장에 인력을 공급하는 용역 업체의 사장이었다. 마흔 초반쯤 돼 보이는, 중키의 단단한 몸을 가진 사내였다. 나 같은 신출내기나 외국에서 온 노동자부터 제법 오래 현장 밥을 먹은 철근쟁이들까지, 인력 시장엔 온갖 사람들이 드나들었다. 하루아침에 임금을 갖고 튀는 일 따위는 가장 흔한 일 중 하나일 것이다.

　박의 전화를 받으며 하필이면 나는 막 피기 시작한 연둣빛 새잎들을 떠올리고 있었다. 유난히 꽃이 빨리 핀 이 봄 내내 나는 봄꽃들을 외면하고 다녔다. 멀지 않은 곳에 사람들이 꽃놀이를 오는 벚꽃 흐드러진 공원이 있었고, 노란 산수유부터 진달래까지 꽃들이 부지런히 피고 지는 야산이 있었지만 나는 그 어느 곳에도 가지 않았다. 눈부신 꽃들을 마주 볼 용기가 나지 않았고 그 밑에서 꽃놀이하는 사람들은 더더욱 보고 싶지 않았다. 나는 매일 어두워질 때까지 고시원 밖으로 나오지 않았다. 좁은 고시원 방 안에서 나는 두 발과 팔에 모래주머니를 차고 제자리 걷기를 삼십 분씩 하는 걸로 내 몸에 대한 의무를 다했다. 햇볕 아래서 매일 한 시간 이상 걸어야 한다는 의사의 처방에 대한 최소한의 의무였다.

　하필 왜 연둣빛 새잎들이 떠오른 걸까. 여리디여린 잎들은 그러나 곧 찢어질 것 같은 얇은 잎 속에 커다란 쇠뭉치를 숨긴 채 내 뒤통수를 가격했다. 방심한 탓이었다. 꽃이 졌다고 잠시 방심한 사이 생각지도 못한 복병에게 치명적인 가격을 당하고 만 격이었다. 이미 셀 수도 없이 맞은 몸은 통각이 마비되긴 했지만 작은 잽에도 속절없이 쓰러져버렸다. 박의 전화를 끊은 후 나는 손가락 하나 까닥할 수 없었다. 사장이 아침에 출근을 안 해서 직원이 전화해보니 벌써 전화기는 꺼져 있고 몇 시간째 연락이 안 된대. 건설 회사는 어제 돈 다 줬다 하고. 다들 경찰서로 가기로 했으니 자네도 그리 와! 분노로 팽팽해진 박이 내게 명령했다. 처음 이런 일을 겪을 땐 누구나 그러했다. 나는 물끄러미 벽에 걸린 배낭을 바라보았다. 어딘선가 관 뚜껑에 대못을 박는 소리가 들려왔다. 마지막 못 박는 소리가 들려온 때쯤이었던가, 나는 갑자기 벌떡 일어나 벽에 걸린 아디다스 배낭을 메고 고시원을 나왔다. 쏟아지는 봄볕이 눈을 찔렀다. 필사적으로 햇빛을 피하며 집에 오는 버스에 올라탔다.

현관문 앞에 주저앉는다. 센서등이 다시 켜진다. 구부러진 등에 전등이 핀 조명처럼 비춰진다. 등을 꼬치에 꿰인 채 결박된 기분이다. 한 달 내내 저녁 일곱시부터 다음 날 아침 일곱시까지 공사 현장을 지킨 대가를 들고 누군가 도망을 쳤다. 몇 달 전엔 1년 넘게 아르바이트를 했던 법무사 사무실이 갑자기 문을 닫았다. 그 법무사 역시 사무실 직원들 월급을 들고 사라졌다. 내가 받지 못한 돈은 누군가에게로 가서 부채를 상환하게 되는 걸까. 부질없는 생각들이 몰려왔다. 내가 빚을 진 후배와 내게 빚을 지고 갚지 않는 후배가 절친이듯 내 월급을 들고 도망간 사람은 다른 누군가에게 그 돈으로 빚을 갚을지도 몰랐다. 경찰에 다 같이 가서 신고하기로 했으니까 자네도 꼭 와야 해! 박이 전화를 끊기 전에 내게 다시 한 번 못을 박았지만 나는 경찰서까지 갈 힘이 남아 있지 않았다. 아니 더 이상 그런 곳에 가고 싶지 않았다. 한 사람의 삶을 가해자와 피해자, 몇 개의 숫자와 문장으로 정리해야 하는 그런 곳에 가서 더 이상 조롱당하고 싶지 않았다. 파산의 과정에서 수도 없이 드나들었던 은행과 세무서, 카드 회사, 법무사, 변호사…… 그들 앞에 내 몸을 내놓은 채 웃음거리나 동정거리가 되고 싶지 않았다. 내게 호의를 베풀 곳도 더 이상 남아 있지 않았다.

나는 벌떡 일어나 현관문을 두들기기 시작한다. 견고한 문은 요란한 소리만 낼 뿐 꿈쩍도 하지 않는다. 안에 누가 있는 건 아닐까. 혹 일찍 돌아온 아내가 안방에서 깊은 잠에 빠져 있는 건 아닐까, 아니 이어폰을 꽂은 채 록 음악에 몸을 맡긴 아들이 혹시 현관문 두들기는 소리를 듣지 못하는 건 아닐까, 장모가 숨을 죽인 채 작은 렌즈 구멍으로 나를 쳐다보고 있는 건 아닐까. 나는 주먹에 피가 배도록 문을 두들긴다. 문은 영원히 열리지 않을 듯이 요지부동이다. 앞집에도 사람이 없는지 아무도 나오지 않는다.

엘리베이터를 타고 나는 지하 보일러실로 내려간다. 1층의 노인정에선 노파 셋이 고스톱을 치고 있다. 보일러실 남자가 엉거주춤한 채 나를 쳐다본다. 망치나 해머 같은 것 좀 빌릴 수 있을까요? 나는 남자에게 최대한 공손하게 부탁을 한다. 왜 그러시는데요? 남자가 의심의 눈초리로 나를 바라본다. 집에 못 박을 게 있어서요. 못 하나만 박고 바로 갖다 드리겠

습니다. 나는 준비한 말을 건넨다. 동호수를 물은 남자가 공구함으로 가더니 주먹만 한 해머를 찾아준다. 그것을 들고 다시 집 앞으로 간다. 그사이 누구도 돌아온 흔적은 없다.

나는 해머로 번호키를 내리친다. 번호키의 자주색 뚜껑이 떨어진다. 세번째 내리치자 키 세트가 부서진다. 나는 연이어 해머를 내리친다. 키 세트가 산산조각이 난다. 드디어 안의 잠금장치가 떨어져 내리는 소리가 들린다. 나는 현관문을 열고 급히 안으로 들어간다. 텔레비전이 가장 먼저 눈에 들어온다. 문밖에서 소리가 들리던 텔레비전에선 흰 거품이 흘러넘치는 맥주 광고가 나오고 있다. LCD 패널에 문제가 생겨 이십 분쯤 켜놔야 화면이 제대로 나오던 낡은 텔레비전이 사라지고 새 LED 텔레비전이 정면을 차지하고 있다. 여유도 없거니와 텔레비전을 자주 보지도 않는 아내가 그걸 샀을 리가 없다. 도대체 이 낯선 곳은 어디인가, 나는 다시 한 번 집 안을 둘러본다. 벽 전면을 차지한 식탁과 김치냉장고가 낯이 익은 걸 보니 남의 집은 아닌 모양이다. 하지만 나는 선뜻 신발을 벗고 안으로 올라서지 못하고 있다. 덩치가 너무 커서 이사 때 버린 소파 대신 안방 침대에 딸린 베드벤치와 아내의 요가용 매트, 장모의 기도용 방석, 아들의 노트북용 앉은뱅이책상 등, 집 안 어디에도 나를 위한 자리는 보이지 않는다. 아내와 장모, 아들이 하나씩 차지하고 있는 방은 더욱 내가 들어갈 자리가 없다. 나는 현관에 우두커니 서서 베란다까지 구석구석을 훑어본다. 어디에도 내가 들어갈 틈은 보이지 않는다. 나는 이미 오래전부터 자리를 박탈당한 유령이었다. 오직 어깨에 멘 배낭만이 나를 위해 준비한 신의 배려인지도 모른다. 나의 감옥이자 나의 해방, 갑자기 쇳덩이라도 들어간 듯 배낭이 어깨를 짓누르기 시작한다. 숨이 가빠온다.

나는 숨을 몰아쉬며 아내에게 다시 전화한다. 한참 동안 울리던 신호음이 음성 녹음으로 넘어간다. 나는 오랫동안 닫혀 있던 동굴 문이라도 열 듯 마른입을 뗀다. 여기가 어딘지 도대체 모르겠어. 다시 레저용 운동화 광고로 바뀐 텔레비전 화면을 보며 나는 더욱 호흡이 거칠어진다. 가슴이 옥죄고 진땀이 나기 시작한다. 나 좀 구해줘. 무전기를 통해 나오는 난파선 선장의 목소리처럼 다급하다. 나 좀 구해달라고! 등에 진 배낭에 온몸이 깔리기라도 한 듯 나는 비명을 지른다. 텔레비전에선 주말 드라마의 재방송이 막 시작되었다.

퐁니

그날은 아침부터 바람이 거세게 불었다. 바다가 가까워 늘 습한 바람이 피부에 달라붙는 곳이었다. 한동안 잠잠하던 바람이 전날부터 다시 몰려왔다. 야유나무는 간지럼 타는 아이들처럼 이파리를 제각각 까불어댔다. 바람의 마을이란 이름, 퐁[風]에 잘 어울리는 날씨였다.

엄마는 밤마다 잠투정을 하는 동생에게 바람의 신 이야기를 해주었다. 바람의 신에겐 다섯 명의 아들이 있었는데, 신은 그 다섯 아들에게 마을 하나씩을 나눠주었단다. 다섯 아들 중 가장 인물이 좋고 마음씨 착한 둘째 아들에게 바람의 신은 퐁니 마을을 주었지. 그래서 두번째 바람이란 뜻의 퐁니라는 이름이 생긴 거란다.

경계도 모호하게 붙어 있는 다섯 개의 마을 중 논도 넓고 1번 국도 옆에 있는 퐁니가 가장 살기 좋은 곳이라고 엄마는 늘 말했다. 퐁니퐁니퐁니, 엄마는 동네 이름을 노래처럼 이어 부르기도 했다.

그날, 늦잠을 잔 나는 꿈에서 엄마를 보았다. 애타게 엄마를 부르다 쉬어버린 내 목소리에 놀라 잠이 깼다.

좀 깨워주지.

나는 죄 없는 이모에게 투정을 했다. 꿈에서 본 엄마를 떠올리자 공연히 슬퍼졌기 때문이었다. 등에 진 대바구니에 하얀 왜가리 한 마리를 넣은 채 푸른 논길을 걸어가던 엄마. 그런데 갑자기 들판으로 안개가 몰려오더니 엄마의 뒷모습이 지워지기 시작했다. 먼저 유난히 검은 머리가 지워지더니 다음은 발과 다리, 엉덩이가 지워졌다. 마침내 엄마는 왜가리를 진 등만 남아 안개에 떠밀려가고 있었다. 엄마! 아무리 불러도 엄마는 뒤돌아보지 않았다.

엄마가 깨우지 말라고 했어. 더 자야 키도 큰다고.

이모가 마당을 쓸다 말고 들판을 바라보았다. 허리가 아픈지 왼손을 옆구리에 대고 배를 쭉 내밀었다. 이모의 배는 매일 달처럼 차올랐다. 배 속의 아기가 발길질을 한다고 했다. 나는 아기의 발길질이 궁금해 전날은 열 번도 넘게 이모의 배를 쓰다듬었다. 손바닥을 부채처럼 펴서 둥글게 배를 쓰다듬는데 갑자기 손바닥에 무언가 불쑥 와 닿았다.

깜짝이야!

나는 이모의 배에서 얼른 손을 뗐다. 개구리 같은 것이 나를 툭 건드리는 것 같았다. 발길질이라고 했다. 아기가 축구를 하듯 발로 힘껏 찰 줄 알았는데 생각보다 말랑말랑하고 부드러웠다.

아가야, 탄 언니야.

나는 이모의 배에 다시 손을 올렸다. 이번엔 단단한 나뭇가지라도 들어 있는 것처럼 딱딱한 게 잡혔다.

이모, 이건 뭐야?

나는 툭 불거진 왼쪽 배에 손을 댄 채 물었다.

팔꿈치.

이모가 아래쪽에 내 손을 다시 대주었다. 아기도 아침엔 일어나기 싫어 팔을 굽힌 채 엎드려 있는 모양이었다.

아가야, 언제 나와?

나는 이모의 배에 대고 물었다.

두 달 후면 만날 거야, 언니.

이모가 손가락을 야무지게 펴 보였다.

언니래, 이모!

진짜 배 속의 아기가 한 말인 듯 나는 흥분했다. 2남 2녀의 형제에 이모의 첫아들인 사촌 동생도 있지만 나는 식구가 더 생기는 게 좋았다. 그것도 여자아이가 나오길 간절히 바랐다. 여동생이 없는 나는 친구들처럼 동생의 머리도 묶어주고 소

꿉장난도 같이하고 싶었다. 이모를 닮아 이마가 넓고 둥그런 여동생이 생기면 매일 업고 다녀야지, 마음먹었다. 엄마는 이제 더 이상 아기를 낳을 수 없다고 했다.

아빠는 2년 전 남베트남군으로 전쟁에 나갔다가 지뢰를 밟고 죽었다고 했다. 그 후 엄마는 호이안에 살던 이모를 불러 우리를 맡기고 다낭으로 장사를 다녔다. 엄마가 바구니에 지고 나가는 것은 늘 달랐다. 운이 좋으면 새우를 잡았지만 땅콩이나 옥수수를 지고 가는 날이 더 많았다. 팔 게 없는 날은 죽은 아빠가 입던 바지를 가져가기도 했다. 물건을 다 팔고 오는 날엔 엄마는 햇볕에 까맣게 타 유난히 희게 보이는 이를 다 드러내며 마루에 벌러덩 드러누웠다. 엄마의 허리춤엔 우리 사 남매와 이모네 두 식구가 겨우 굶어 죽지 않을 만큼의 돈이 꼬깃꼬깃 접혀 있었다.

얼른 이거 먹어.

이모가 손바닥만 한 반뗏을 주었다.

디엔이 가져온 거야.

우리 집에선 진작에 다 떨어진 반뗏이 디엔네는 보름이 되도록 남아 있었다. 설날 제사상에 올리느라 엄마는 고기도 없이 바나나만 넣은 반뗏을 정성껏 만들었지만, 식구가 많아 그날로 동이 나버렸다. 바나나 잎에 싸인 길쭉한 찹쌀떡은 보기만 해도 침이 고였다. 디엔네 할아버지는 할머니가 죽은 후 매일 논에 가서 벼들에게 다정한 이야기를 해주고 풀도 뽑아

주곤 했다. 벼가 마치 할머니인 듯 매일 쓰다듬고 흰머리를 뽑듯 잡풀을 뽑았다. 그런 할아버지 덕분인지 디엔네는 먹을 게 모자라지 않았다. 아니 디엔에겐 다낭의 목재소에서 일한 다는 아빠는 물론 할아버지도 있는데다 식구마저 적기 때문 인지도 몰랐다.

입안에 찐득하게 달라붙는 반뗏을 나는 유난히 좋아했다. 찹쌀의 끈적한 질감을 음미하며 씹으면 찹쌀 안에 숨어 있는 고기나 바나나 향이 입안에 번졌다. 혀를 말아 이에 붙은 반 뗏을 말끔히 떼어 물소가 되새김질이라도 하듯 오래오래 씹 었다. 유난히 반뗏을 좋아하는 나를 위해 이모가 남겨둔 것이 었다.

이모가 불단에 가서 두 손을 공손히 모으고 향을 올렸다. 아무리 포격과 총소리가 들려도 이모나 엄마는 불단에 바치 는 향을 잊지 않았다. 아니 그럴수록 더 정성껏 바치는 것 같 았다. 어제 저녁에도 엄마는 불단은 물론 집 앞의 길에도 향 을 꽂아두었다. 세상 모든 곳에 신이 있다며 그 신들에게 매 일 향을 올렸다. 야유나무 앞엔 사람들이 바친 타다 만 향들 이 추수가 끝난 벼 포기처럼 늘 삐죽삐죽했다. 동네 사람들은 명절은 물론 수시로 야유나무 아래에 가서 기도하고 향을 피 웠다. 이모가 아기를 가졌다는 걸 알게 된 날도 엄마는 이모 와 나를 데리고 야유나무 아래로 가서 향을 한 움큼이나 피우 고 절을 했다. 엄마는 아빠가 죽은 것이 기도가 모자라서라는 듯 필사적으로 향과 꽃을 바쳤다.

마당 입구에는 노란 매화가 아직도 꽃을 피우는 중이었다. 아빠가 죽은 후 엄마가 친구 집에서 얻어와 키우기 시작한 나무였다. 엄마는 그 나무에 노란 꽃이 피지 않으면 집안에 나쁜 일이 일어날지도 모른다며 정성을 들였다. 설 무렵에 피는 이 노란 꽃들이 한 해 동안 행운을 가져다준다고 했다. 엄마는 쌀을 씻을 때마다 나오는 뜨물을 나무에게 주었다. 기특하게도 설날 사흘 전부터 매화는 노란 꽃봉오리를 터트리기 시작했다. 엄마는 백합도 한 단 사 와 설날 제사상에 올렸다.

전쟁 중에도 꽃을 파네.

이모가 엄마를 보며 어이없다는 듯 웃었다. 어려서부터 유난히 꽃을 좋아했다는 엄마에게 이모는 꽃을 살 돈으로 고기를 사 오라고 했다. 그럴 때마다 엄마는 말없이 배시시 웃곤 했다. 엄마의 가무잡잡한 볼에 우물이 파였다. 엄마가 제일 예쁘게 보일 때였다. 아침부터 엄마가 보고 싶어 나는 매화의 노란 꽃잎을 따서 입안에 넣어보았다. 달큰한 맛이 나쁘지 않았지만 향이 진하진 않았다.

엄마한테 이른다.

지나가던 오빠가 눈을 흘겼다.

그럼 오빠가 어제도 한국 부대에 가서 깡통 주위 먹었다고 이를 거다.

나는 오빠에게 혀를 쏙 내밀었다. 엄마는 동네 아이들이 미군 부대나 새로 온 한국군 부대 주위에 몰려가 그들이 버린 빈 깡통에 남은 고기나 과일 따위들을 긁어먹는 걸 질색했다.

네가 거지야?

오빠는 부대 담장 너머로 던져진 깡통에 남은 닭고기를 주워 먹고 구슬을 담아 요란한 소리를 울리며 빈 깡통을 집에 가져온 바람에 엄마에게 회초리로 맞았다. 하지만 운이 좋으면 따지도 않은 캔이 고스란히 남아 있는 경우도 있다고 해 그날은 동네 친구와 오빠를 따라 같이 가보았다. 캔은 보이지 않고 부러진 담배 두 개비만 눈에 띄었다. 돌아오는 길에 오빠는 국도변을 지나가는 아저씨에게 담배를 주었다.

헤이!

담장 근처를 어슬렁거리는 우리를 한 한국 군인이 불렀다. 모두 도망치고 나만 그와 눈이 마주쳤다. 그가 오라는 손짓을 했다. 그가 나를 향해 손가락을 펴 보였는데, 아무래도 몇 살인지 묻는 것 같았다. 나는 손가락 여덟 개를 펴 보였다. 그가 환히 웃으며 가까이 오라고 했다. 나는 쭈뼛거리며 다가갔다. 그가 주머니에서 초콜릿 하나를 꺼내주었다. 어쩌다 아이들이 얻어먹었다는 말을 듣긴 했지만 군인이 직접 준 건 처음이었다. 딱 한 번 먹어본 초콜릿 맛을 떠올리자 당장 침이 고였다. 그의 손에서 눈을 뗄 수가 없었다. 그가 다시 한 번 초콜릿을 내밀었다. 가져가도 된다는 것 같았다. 입안에 고인 침을 더 이상 참을 수 없는 지경이 된 나는 얼른 초콜릿을 움켜쥐었다. 물컹한 감촉이 손바닥에서 바로 혀로 전해졌다. 온 세상이 달콤한 향기로 덮이는 것만 같았다. 내가 제일 좋아하는 망고도 초콜릿을 이길 순 없었다. 그때 갑자기 군인이 주머니에서 무언가를 꺼내 눈앞에 내밀었다. 사진이었다. 흑백의 작은 사진 속에는 성인 여자와 내 또래의 여자아이가 뻣뻣이 서 있었다. 흰 블라우스에 짙은 멜빵 치마를 입은 아이였다. 앞머리를 일자로 자른 단발머리가 나와 비슷했다. 군인이 손가락으로 아이를 짚더니 다시 한 번 나를 가리키며 손가락 여덟 개를 펴 보였다. 아이가 나와 동갑인 모양이었다. 갸름한 얼굴에 눈은 작지만 키는 나보다 더 커 보였다.

정아.

군인이 사진을 가리키며 말했다. 아이의 이름인 모양이었다.

탄.

나도 이름을 알려주었다.

탄, 탄.

군인이 내 이름을 두 번이나 더 불러보았다. 그가 사진을 조심스럽게 주머니에 넣고 손을 흔들며 부대 안으로 들어갔다. 나는 초콜릿 껍질을 벗겨내기 무섭게 허겁지겁 입에 넣었다. 부드럽고도 달콤한 맛이 곧 사라질까 봐 혀를 말아 초콜릿을 감쌌다. 침을 덜 묻히면 단맛이 더 오래간다는 걸 언니가 가르쳐주었다.

집으로 돌아오는 길, 입안에 남아 있는 초콜릿 향이 걸음을 뗄 때마다 조금씩 줄어들었다. 나는 침도 삼키지 않고 걸었다. 입을 꼭 다물고 걷는데 아빠란 말이 입안에서 구슬처럼 굴러다니는 것 같았다. 구슬이 입안에서 점점 부풀어 곧 튀어나올 것만 같아서 나는 입을 더 앙다물었다. 나를 기다리다 화난 얼굴로 앞에 가는 오빠 역시 말이 없었다. 얼굴은 희미하지만 언제 나를 업어주었는지 마룻장처럼 딱딱한 등의 감촉으로 남아 있는 아빠. 나는 친구 호아의 아빠가 온 얼굴에 주름이 번지며 호아를 쳐다볼 때면 논에 돌멩이를 던졌다. 흰 왜가리 한 마리가 무논에서 지렁이를 잡아먹다가 놀라 날아갔다. 그럴 때마다 맹렬히 엄마가 보고 싶었다.

엄마는 한국 군인들에게 유난히 친절했다. 말도 안 통하는 외국 사람들이지만 아빠와 같은 편이니 형제 같은 사이라고 말했다. 얼마 전에는 엄마가 1번 국도에서 만난 한 한국 군인에게 달걀을 줘버려 나를 속상하게 만들었다. 내가 키운 암탉 응옥이 그날 아침 처음으로 낳은 알이었다. 나는 그 달걀을 꼭 엄마에게 주고 싶었다. 병아리 때부터 먹이를 주고 응옥이라는 이름까지 붙여준 닭, 그 첫 달걀을 엄마에게 선물로 주었다. 혹시 파는 계란에 섞일까 봐 엄마가 장사 꾸러미를 다 꾸릴 때까지 기다린 후 나는 온기가 식지 않은 알을 내밀었다. 하지만 엄마는 그 달걀을 먹지 않고 바구니 속에 넣어버렸다. 응옥의 첫 알은 다른 달걀들 위에 얹혀졌다. 나는 바구니 속 달걀에서 눈을 떼지 못한 채 국도까지 엄마의 뒤를 따라갔다. 그런데 엄마는 그 달걀을 길가에 앉아 쉬고 있던 군인에게 줘버렸다. 나는 뛰어가 말리고 싶었지만 달걀은 이미 군인의 손으로 넘어가버렸다. 눈물이 쏟아질 것 같았다. 군인은 들고 있던 총의 탄창 모서리로 달걀의 양 끝을 톡톡 쳐서 구멍을 낸 다음 망설임 없이 입안에 털어 넣었다. 엄마는 그 군인이 아빠라도 된다는 듯 달걀을 다 먹을 때까지 지켜본 후 길을 떠났다.

집으로 돌아오는 길에 나는 야유나무를 찾아갔다. 엄마는 왜 알지도 못하는 군인에게 응옥의 첫 알을 줘버린 걸까? 내 품의 두 배나 큰 나무를 안고 나는 물었다. 바람이 불었다. 야유나무 잎사귀들이 우우우, 소리를 내며 흔들렸다. 야유나무는 팔이 천 개나 된다는 부처님처럼 가지가 사방으로 뻗어 있었다. 그 나뭇가지 끝에 달린 무성한 이파리들이 일제히 고개를 흔들었다. 야유나무가 등을 쓸어주는 것 같았다. 참았던 눈물 한 방울이 흘렀다. 나는 나무의 거친 몸통을 껴안고 조금 더 울었다. 밤이면 아이들과 몰려와 귀신 놀이를 하던 나무는 향냄새가 배어 진짜 귀신나무 같았다.

처음 총소리를 들은 것은 반뗏을 한 입 베물었을 때였다. 쫀득한 반뗏 속에 숨어 있던 바나나가 물컹, 혀에 닿는 순간 들려온 총소리에 놀라 혀를 씹었다. 송곳니에 찔린 혀가 얼얼했다. 바로 옆인 듯 가까운 총소리였다. 들고 있던 반뗏이 바닥으로 떨어졌다.

무슨 소리야?

이모가 소리를 지르며 밖으로 나왔다. 디엔과 사촌 동생을 데리고 놀던 오빠도 유리구슬을 손에 쥔 채 달려왔다. 언니와 남동생도 튀어나왔다. 모두들 의아한 표정이었다. 국도변 끼엠루 초소엔 퐁니퐁녓 출신 군인들이 많아 우리 동네는 안전하다고, 엄마와 이모가 여러 번 말했다.

어서 들어가.

공포에 사로잡힌 우리에게 이모가 방공호를 향해 소리를 질렀다. 우리는 바닷가의 게들처럼 순식간에 방공호로 숨었다. 어두운 곳에 들어오니 안심이 되었다. 누구 하나 소리 내지 않고 서로의 얼굴만 쳐다보았다. 어둠 속에서 눈빛들이 유리알처럼 빛났다. 한참을 숨죽이고 있었지만 총소리는 더 이상 들리지 않았다.

훈련 중인 모양이야.

이모의 목소리가 푸른 벼처럼 살짝 흔들렸다.

별일 아닌가 봐. 나가자.

내가 떨어뜨린 반뗏엔 그새 검은 개미들이 모여들고 있었다. 아무리 좋아하는 반뗏이라도 더 이상 먹고 싶지 않았다. 동생이 마당에 떨어진 반뗏을 주워 개미를 털어버리더니 하마처럼 입을 벌려 한입 베어 물었다. 오빠와 디엔, 사촌 타오도 뒤꼍으로 다시 사라졌다. 나는 언니와 함께 마당에 그려진 사방치기를 했다. 번번이 지기만 하는 놀이였지만 언니와 떨어지기 싫어 내가 먼저 졸랐다.

언니에게 연달아 세 번을 져 돌멩이를 마당에 집어 던진 직후였다. 갑자기 고막이 터질 듯한 총소리가 들려왔다. 탕탕탕. 연달아 세 번의 총소리가 들리고 곧이어 하늘이 무너지는 소리가 들렸다. 나는 한 발짝도 움직이지 못한 채 엄마를 부르며 그 자리에 주저앉았다.

탄!

언니가 어느새 내 손을 잡았다. 이모가 부엌에서 뛰쳐나왔다. 뒤꼍에서 달려온 타오가 이모의 품에 안겼다. 오빠와 디엔이 방공호로 뛰었다. 반뗏을 다 먹은 후 방 안에 누워 있던 동생도 튀어나왔다. 총소리가 멈추지 않았다. 어디선가 사람의 비명이 들려왔다. 남자인지 여자인지 구분도 되지 않았다. 옆집의 돼지와 닭들이 내지르는 비명 소리가 총소리에 뒤엉켰다.

언니가 멍하니 앉아 있는 나를 일으켜 방공호로 뛰었다. 폭격에 대비해 아버지가 지어놓았다는 좁은 땅굴이었다. 나무로 문을 만들고 그 위를 넓은 바구니로 가려놓았지만 평소엔 우리의 숨바꼭질 놀이터였다. 이모가 오빠와 타오, 디엔을 제일 먼저 방공호로 밀어 넣었다. 언니가 동생과 내 손을 잡아 끌었다. 이모가 마지막으로 문을 닫고 방공호 안으로 들어오자 안은 빈틈없이 꽉 찼다. 길이가 짧아 모두 최대한 몸을 줄여 앉았다. 침 삼키는 소리도 나지 않았다. 꼭 잡은 언니의 손톱이 내 손바닥을 찔렀다. 손바닥이 찢어질 것처럼 아팠지만 아무 말도 나오지 않았다. 숨소리조차 들리지 않았다. 총소리가 가까워지고 있었다. 그때였다. 알아들을 수 없는 말들이 소란스럽게 들리더니 거친 발자국 소리가 마당에서 들려왔다. 문을 발로 차는 소리가 들렸다. 총소리와 동시에 항아리 깨지는 소리도 들렸다. 지난 가을, 엄마가 담은 젓갈 항아리인지도 몰랐다. 봄이 되면 시장에 내다 팔 거라며 젓갈을 담은 항아리를 쓰다듬던 엄마가 떠올랐다. 뛰쳐나가 말리고 싶었지만 꼼짝할 수가 없었다. 언니의 손톱이 더 날카롭게 내 손바닥을 파고들었다. 등에 딱 붙어 있던 오빠의 심장 뛰는 소리가 기차 바퀴 소리처럼 크게 들렸다. 바깥의 군인들에게 들릴 것만 같아 가슴이 졸아들었다. 더 이상 참지 못한 동생의 침 삼키는 소리가 동굴 속처럼 크게 들렸다. 모든 소리가 바깥을 향해 확성기를 갖다 댄 것만 같았다. 언니의 손톱 끝이 마침내 갈라져 내 손바닥을 긁었다. 피가 나는지 쓰라렸다. 그 순간이었다. 총을 든 군인 셋이 방공호로 들이닥쳤다. 모두 고개를 숙였다. 허술한 대나무 덮개를 종잇조각처럼 던지자 드러난 우리를 발견한 군인이 소리를 질렀다. 깨진 유리처럼 날카로웠지만 무슨 말인지 알아들을 수가 없었다. 남쪽이든 북쪽이든 베트남 군인들의 말을 못 알아듣는 경우란 없었다. 그렇다고 노란 머리에 키가 큰 미국 군인들도 아니었다. 아니 그들 중 한 명은 틀림없이 엄마에게서 내 달걀을 받아먹었던 한국군이었다. 그는 나를 기억하지 못하겠지만 나는 그의 손에 낀 반지를 알아보았다. 한 치의 망설임도 없이, 시장에서 산 달걀처럼 받자마자 쳐다보지도 않고 바로 구멍을 내서 먹어버리던 사람. 두 명의 군인이 더 뛰어와 모두 다섯 명이 되었다. 내 달걀을 먹은 군인이 토굴 속에 있는 우리에게 총을 겨누며 소리를 질렀다.

이 사람들은 네 아빠와 같은 편이란다. 그래서 달걀은 네 아빠에게 준 거나 마찬가지야. 달걀을 군인에게 준 그날 저녁, 집으로 돌아온 엄마가 여전히 입이 튀어나와 있는 나를 안아주며 말했다. 그런데 왜 아빠와 같은 편이라는 이들은 우리에게 총을 겨누고 있단 말인가, 나는 엄마를 붙잡고 소리쳐 묻고 싶었다.

응옥의 알을 먹은 군인과 또 한 명이 입구에서 가장 가까운 이모를 밀쳤다. 이모를 밀치자 이모의 품 안에 갓낳은 강아지처럼 안겨 있던 타오가 함께 넘어졌다. 군인이 타오에게 총부리를 겨누며 소리를 질렀다. 밖으로 나오라는 말 같았다. 이모가 벌떡 일어나 온몸으로 타오를 막아섰다.

안 돼!

단 한 번도 이모에게서 들어본 적 없는 괴성이었다. 짐승이 내지르는 소리 같았는데, 세상에 있는 짐승이 아니었다. 모래보다 거칠고 칼보다 날카로우며 벼락보다 광포하게 터지는 괴성이었다. 아니 비명이었다. 검은 용의 목소리가 저토록 기괴할까. 엄마가 이야기해준 하늘의 검은 용이 떠올랐다. 마음이 착한 사람에겐 천국의 불을, 악한 사람에겐 지옥 불을 뿜는다는 검은 용. 이모의 목소리가 검은 용이 내뿜는 불길 같았다.

그러나 군인들에겐 이모의 불길 따위는 성냥불 하나보다 못했다. 군인 한 명이 이모를 다시 거칠게 밀쳤다. 그의 오른쪽 손가락에서 반지가 반짝 빛났다. 엄마의 달걀을 받아 들었던 그의 손에는 달걀 대신 수류탄이 들려 있었다. 수류탄을 든 군인이 이모를 끌고 나갔다. 이모는 비명조차 지르지 못한 채 우리를 안심시키려는 듯 연신 손을 저으며 밖으로 나갔다. 엄마를 따라 나가려던 타오를 이모가 토굴로 밀어 넣었다.

아이들은 안 돼!

비명에 가까운 이모의 절규가 채 끝나기도 전이었다. 천지를 울리는 총성이 들렸다. 소리가 너무 커서 토굴의 문짝이 떨어질 것 같았다. 이모의 목소리는 더 이상 들리지 않았다. 이모가 토굴을 나갈 때부터 울기 시작한 타오가 울음을 뚝 그쳤다. 순간 토굴 안도, 바깥도 다시 정적이 감돌았다. 나는 눈을 감았다. 이모의 배 속에 든 아기가 자꾸 떠올랐다. 아까 내가 쓰다듬었던 아기의 말랑말랑한 몸이 놀라서 돌처럼 굳어진 건 아닐까. 놀란 아기가 발길질을 심하게 해서 이모의 배가 아픈 건 아닐까. 나는 얼른 밖으로 뛰어나가 이모의 배를 쓰다듬어주고 싶었다. 안심하라고, 너는 이 소리를 들으면 안 되니 귀를 막고 있으라고. 하지만 그 순간 군인들이 내 손을 꼭 잡고 있던 언니와 타오의 어깨를 움켜잡았다. 울보 언니는 용케 참았던 울음을 터트렸다. 언니가 내 손을 놓지 않으려 했지만 군인의 완력을 당해낼 수는 없었다. 언니가 끌려 나간 다음 타오도 벼 포기처럼 가볍게 들려 나갔다. 엄마를 부르는 타오의 울음소리가 귓바퀴를 파고들었다. 언니가 눌렀던 손톱자국이 송곳으로 찌른 것처럼 움푹 패었다. 패인 자국이 쓰라려 손바닥을 쥐었다 폈다 하는 순간 다시 두 발의 총소리가 들려왔다. 침 뱉는 소리가 들렸다. 다음 차례는 오빠와 디엔이었다. 오빠가 나를 쳐다보았다. 소리도 내지 못한 채 흘린 눈물로 얼굴이 번들거렸다.

오빠!

그동안 풀로 붙인 것 같던 내 입술이 그제야 겨우 벌어졌다. 달리기를 잘하던 오빠의 다리가 야유나무 가지처럼 흔들렸다. 오빠가 내게서 눈을 떼지 못하고 밖으로 끌려 나갔다. 잠시 후 다급한 발소리가 들려왔다. 누군가를 부르는 목소리와 총소리들이 뒤따랐다. 나는 온몸을 구부리고 눈을 감았다. 차라리 이 토굴에 누군가 흙을 덮어 무덤을 만들어주면 덜 무서울 것 같았다. 오빠는 어떻게 된 걸까. 동생을 셔츠로 감쌌다. 제발 그들이 동생과 나를 잊어버리고 지나간다면, 차라리 개미로 변신이라도 할 수 있다면 얼마나 좋을까. 머릿속은 고장 난 환등기처럼 뒤섞였다. 개미의 발자국 소리마저 들릴 것 같은 침묵과 팽팽한 긴장이 작은 방공호 안에 가득했다. 마침내 그들이 돌아왔다.

셋은 어디로 갔는지 두 명의 군인이 마지막 밥그릇을 비우듯 나와 동생을 끌어냈다. 햇빛이 야유나무 잎사귀에서 반짝였다. 갑자기 동생이 마당 입구에 쓰러진 이모에게 달려갔다. 세 발짝도 가지 못해 총소리가 들렸다. 다섯 살 동생이 짚단보다 가볍게 쓰러졌다. 가슴에서 피가 튀었다.

이모는 두 손으로 배를 감싼 채 매화나무 옆에 쓰러져 있었다. 사촌 동생은 서너 발짝 떨어진 곳에서 오른팔을 뻗은 채 엎드려 있었다. 등에서 피가 흘렀다. 이모에게 달려가다 총을 맞은 모양이었다. 흘러내린 피가 흰모래를 적시고 있었다. 오빠는 어디로 간 걸까, 오빠를 찾아 고개를 돌리는 찰나, 집 뒤에서 총소리가 났다. 돌아보는 순간 어디선가 총알이 날아와 왼쪽 옆구리를 관통했다. 나는 두 다리를 꺾으며 쓰러졌다. 피가 흐르는지 왼쪽 배가 서늘했다. 아니 옆구리가 찢어지고 무언가 뭉텅뭉텅 흘러내리는 것도 같았다. 참을 수 없이 잠이 쏟아졌다.

얼마나 지났는지, 군인들 소리가 들렸다. 잠에서 깬 모양이었다. 엎드려 있던 나는 숨을 죽인 채 움직이지 않았다. 손가락만 움직여도 군인들이 나를 다시 쏘아버릴 걸 잘 알고 있었다. 갑자기 휘발유 냄새가 나기 시작하더니 불길이 느껴졌다. 군인들이 빠져나가는 소리가 들렸다. 그제야 나는 눈을 떴다. 지붕에서 불꽃이 치솟고 있었다. 나는 터진 배를 움켜쥐고 주위를 둘러보았다. 쓰러진 이모가 보였다. 아기는 어떻게 되었을까. 이모의 배는 더 이상 움직이지 않았다.

언니는 마당 끝에 반듯하게 쓰러져 있었다. 입안에 총을 넣고 쏘았는지 턱이 다 날아가고 얼굴이 뭉개져 있었다. 평소 맑은 샘물처럼 눈물이 솟던 눈도 한쪽은 보이지 않았다. 언니의 흰 셔츠가 온통 붉은 피로 젖어 있었다. 총을 입에 물고 벌벌 떨었을 언니의 표정이 자꾸 떠올랐다. 유난히 겁이 많은 언니는 어쩌면 먼저 기절을 했을지도 몰랐다.

불이 지붕에서 문짝으로 거침없이 번지고 있었다. 야유나무 잎을 흔들던 바람이 우리 집을 집어삼키기 시작했다. 목이 몹시 말랐다. 나는 겨우 몸을 일으켰다. 터진 옆구리 틈으로 창자가 흘러내렸다. 한 손으로 옆구리를 단단히 틀어막고 온몸으로 기기 시작했다. 사람들이 있는 곳으로 가야 한다는 생각뿐이었다.

기어서 얼마나 온 것인지, 논둑길 중간쯤이었다. 1번 국도가 신기루처럼 아득히 보이고 마을 앞 논은 총성에 아랑곳없이 푸르기만 했다. 야유나무 잎들이 바람을 타고 국도 쪽으로 휩쓸렸다. 나무 아래에 쓰러진 사람들이 보였다. 검은 옷을 입은 두 사람은 십자 모양으로 포개져 있었다. 비릿한 피 냄새 속에서 향냄새가 진동했다. 총소리가 나자 무서워 야유나무에게 기도를 하러 온 사람들인지도 몰랐다. 마을 사람들은 무슨 일만 있으면 제일 먼저 야유나무에게 달려가 기도를 했다. 그런데 기도하던 사람들이 나무 아래에 피 흘리며 쓰러져 있었다. 나는 쓰러진 사람들을 향해 소리를 질렀다. 살려줘! 그러나 소리는 목청을 넘지 못했고 옆구리 통증만 심해졌다. 우우우. 소리 내며 휩쓸리는 나뭇잎 외엔 어떤 움직임도 보이지 않았다.

그때 초록색 논 한쪽에서 하얀색 물체가 눈에 들어왔다. 왜가리인 줄 알았는데 자세히 보니 모가 무성한 논바닥에 사람이 처박혀 있었다. 흰색 상의와 검정색 바지를 입은 여자였다. 흰 셔츠 위로 어김없이 핏자국이 선명했다. 눈을 감았다가 다시 떠보아도 여자는 움직이지 않았다. 눈에 익은 검은 바지를 입고 설 무렵 다낭의 시장에서 샀다는 노란 머리핀으로 유난히 검은 머리를 묶은 한 여자. 엄마였다. 눈을 비비고 다시 보아도 엄마였다. 아무리 뒷모습이라 해도 내가 엄마를 못 알아볼 수는 없었다.

엄마, 엄마!

엄마를 불렀다. 옆구리가 아파 소리가 신음처럼 작았다. 엄마가 못 듣는 것은 아닐까, 온몸을 비틀며 다시 불렀다. 엄마는 돌아보지 않았다. 아니 손가락 하나 움직이지 않았다. 엄마는 이미 깊은 침묵에 빠져 있었다. 다낭에서 아직 돌아올 시간도 아닌데 엄마는 왜 논바닥에 처박혀 있는 걸까. 믿을 수 없었다. 평소라면 엄마는 아직 다낭 시장에 좌판을 벌이고 있어야 할 시간이었다. 오늘따라 물건이 빨리 팔린 것일까. 나는 논으로 뛰어들 듯 기었다. 그때였다.

탄, 오지 마. 어서 여기서 도망쳐!

엄마의 목소리가 환청처럼 들려왔다. 바람의 신 이야기를 해줄 때처럼 가늘고 높은 엄마의 목소리.

탄!

어서 도망가!

소리가 집요하게 귓속을 파고들었다. 더 이상 움직이지 못한 채 누워 있는 내게 엄마의 목소리는 하늘과 땅, 산과 바다, 나무와 들판을 지나 어딘가로 나를 떠밀어내는 것 같았다.

탄, 탄!

엄마 목소리가 파도처럼 몰려왔다.

엄마.

나는 겨우 입을 달싹여 엄마를 불렀다. 소리가 너무 작아 엄마가 알아들을 수도 없을 것 같았다. 눈을 떠 하늘을 보았다. 먼지 하나 없이 맑은 날이었지만 바람의 동네답게 야유나무엔 바람이 몰려와 이파리들이 제멋대로 흔들리고 있었다. 나무는 아무 일 없었다는 듯 시치미를 떼고 있지만 나는 알고 있었다. 야유나무는 자신이 본 것들을 절대 잊지 않을 것이라고. 기도하러 온 사람들이 왜 저기에 쓰러져 있는 것인지 나무는 두 눈으로 똑똑히 보았으니 언젠가 그 이야기를 남김없이 전해줄 것이라고. 아니 야유나무는 이미 바람의 신에게 모든 걸 이야기했을지도 몰랐다.

자꾸 졸음이 쏟아졌다. 나는 눈을 부릅떴다. 눈을 감고 잠에 빠지면 다시는 깨어나지 못할 것만 같았다. 다시 엄마를 불렀다. 그러나 엄마는 여전히 등만 보인 채 꼼짝도 하지 않았다. 그때 어디선가 사람들의 소리가 들려왔다. 비명과 흐느낌, 그리고 누군가를 부르는 목소리들이 뒤섞였다. 나는 소리나는 쪽을 향해 필사적으로 기어가기 시작했다.

에필로그

퐁니에서 그녀를 만났다. 그녀의 집에 차려진 불단에 온몸을 숙여 절을 했다. 희생된 그녀의 가족들이 모셔진 불단이었다. 사진 속의 사람들을 차마 쳐다보지 못했다. 그녀는 '그날'의 이야기를 들려주었다. 총상을 입은 채 기어서 사람들이 있는 곳으로 갔는데 참을 수 없이 목이 말랐다고 했다. 삐져나온 내장을 받친 채 물을 마셨다고. 오빠도 물을 달라 했지만 다 마신 후라 못 주었는데 아마 줬으면 죽었을 거라고. 물 묻은 그녀의 목소리가 가늘게 떨렸다.

이야기 중 그녀가 나와 동갑이란 사실을 알았다. 그녀가 총상으로 터진 옆구리를 끌어안고 기어서 겨우 살아남았던 여덟 살 때, 나는 옆 동네 이장 아들이 '월남'에서 귀국하면서 가져온 물건들을 구경하러 친구들과 함께 그 집에 갔다. 그날 마당엔 몰려든 동네 사람들이 가득했고 자랑스러움으로 한껏 들뜬 이장 부부는 아들이 가져온 물건들을 하나하나 꺼내 보여주었다. 이장 부인은 정체 모를 깡통과 가루비누, 망고 사탕 따위를 하나씩 들어 키 작은 우리에게도 잘 보이도록 친절을 베풀었다. 사람들의 호기심과 부러운 탄성이 마당 안을 가득 채웠다. 마지막으로 부인이 꺼내 온 것은 고동색 가죽 케이스에 싸인 일제 트랜지스터 라디오였다. 우리 집에 있는 진공관 라디오보다 훨씬 작지만 소리는 더 쟁쟁했다. 나는 라디오에서 시선을 뗄 수 없었다. 손바닥에 땀이 차고 입엔 침이 고였다. 처음 보는 작은 라디오였다. 할 수만 있다면 그 라디오를 훔치고 싶을 정도로 작고 앙증맞았다. 저마다 한 번씩 만져보려는 사람들 때문에 부인이 라디오를 다시 방 안으로 가져갈 때까지 나는 한 번도 시선을 돌리지 않았다.

집에 오는 길에도 도시락 반만 한 라디오가 머리에서 떠나지 않던 그날이었을 지도 몰랐다. 차고 단단한 총알이 그녀의 연한 뱃살을 관통한 날이 어쩌면 그날일지도 모를 일이었다.

그녀의 집에서 나온 일행들과 추모비가 있는 야유나무숲으로 가고 있었다. 1번 국도 양 옆으로 유난히 푸른 논이 비단물결처럼 일렁였다. 그녀와 나는 서로의 허리에 팔을 감고 걸었다. 동갑이란 걸 알고 어느새 친구가 돼 있었다. 좁은 논길로 접어들기 전이었다. 그녀의 허리 한곳으로 내 손이 툭, 미끄러졌다. 무심코 미끄러진 손이 그녀의 움푹 파인 옆구리에 닿았다. 길을 걷다가 파인 웅덩이에 발이 빠지듯 느닷없이 미끄러진 손바닥에 닿은 깊이 파인 상처의 골. 그 울퉁불퉁한 감촉이 내 손바닥에 고스란히 전해졌다. 아니 팽창한 실핏줄을 타고 온몸으로 뜨겁게 번져갔다. 불에 달군 쇳덩이라도 잡고 있는 것 같았다. 손을 뗄 수도 없어 그녀의 상처를 껴안은 채 이인삼각 경기처럼 걷는 논길로 바람이 불어왔다. 그날도 불었을 무심한 바람이.

---

* 이 소설에 나오는 '바람의 신'은 『한겨레』 고경태 기자의 『1968년 2월 12일』(한겨레출판, 2015)에서 참고하였음.

노 파사란

숙소는 버스 정류장에서 십 분도 채 걸리지 않았다. 박물관이 가까운 곳이라는 소개만 보고 선택한 곳이었다. 진분홍색 부겐빌레아가 있던 사진과는 사뭇 다른 분위기였다. 잘못 온 것이 아닐까, 구글맵을 확인했다. 발음하기 어려운 이름의 간판이 문 앞에 붙어 있었다. a와 k, z와 t가 많이 들어가 새되고 낯선 발음이었다. 알파벳만으로 대략 뜻을 짐작할 수 있었던 스페인어와 달리 호스텔 이름은 예약할 때부터 발음이 되지 않았다. 스페인과의 합병 이후 지금까지도 분리 독립운동이 끊이지 않고, 자신들만의 언어인 바스크어를 쓴다는 이 지방의 문자였다. 낯선 바스크어 간판을 물끄러미 바라보다가 옆에 작게 적힌 호스텔이란 영어를 겨우 발견해냈다. 잘못 온

것은 아닌 모양이었다. 비로소 우산을 고쳐 들었다. 우산 겸
양산은 휴대가 편리한 대신 약하고 힘이 없었다. 살이 부러져
한쪽이 내려앉은 우산 속으로 빗물이 떨어져 왼쪽 어깨가 다
젖어버렸다. 점퍼를 입고 오지 않은 걸 후회했다. 얇은 셔츠
속으로 한기가 파고들었다. 방수가 되지 않는 배낭도 다 젖어
있었다. 방에 들어가 포근한 이불 속으로 파고들고 싶은 마음
이 간절했다.

　벨이 보이지 않았다. 현관문 주변을 샅샅이 살펴도 초인종
은 눈에 띄지 않았다. 유리가 달린 문을 조심스럽게 흔들어보
았다. 무거운 나무 문이 비에 젖어 소리를 삼켜버렸다. 더 세
게 흔들며 두드렸다. 역시 아무 소리도 들리지 않았다. 여행
자들이 많이 빠져나가는 일요일 오후라지만 영업용 숙소에
아무도 없다는 게 이상하기만 했다. 실내에도 불빛 하나 보이
지 않았다. 다시 한 번 휴대폰을 켜 숙소의 이름을 확인했다.
모음까지 다 확인했지만 한 자도 틀림없는, 예약된 숙소의 이
름이었다. 손잡이로 거칠게 문을 두드리고 마구 흔들었다. 급
기야 풀칠이라도 한 듯 붙어 있던 입을 떼 사람을 불렀다.

　익스큐즈 미!

　갈라진 내 목소리만 빗소리에 묻힐 뿐 아무 대답이 없었다.
숙소 정보란의 전화번호를 눌렀다. 신호음이 아홉 번을 울리
고서야 여자의 목소리가 들려왔다. 그러나 억센 바스크 억양
의 영어가 도무지 귀에 들어오지 않았다. 예약한 숙소에 왔는

데 왜 아무도 없느냐, 나는 다짜고짜 용건만 말했다. 내 말이
미처 끝나기도 전에 여자가 한참을 떠들었다. 우산과 배낭을
추스르느라 신경이 곤두선 내겐 수화기 속의 바스크 억양이
해독 불능의 외계어처럼 들렸다.

아이 돈 언더스탠드!

나는 한마디 더 내뱉곤 전화를 끊어버렸다.

두번째 통화에서야 오른쪽에 있는 오토매틱 기계로 체크인
을 하라는 말을 겨우 알아들었다. 처마 밑에 매달려 있어 무
심코 공중전화기라고 생각했던 것이 체크인 기계인 모양이었
다. 처마가 미처 다 가리지 못해 아래쪽은 빗물이 묻어 있었
다. 화면을 터치해 겨우 예약을 시작했다. 스페인어를 영어로
바꾸고 시키는 대로 예약번호와 카드를 집어넣었다. 그러나
카드는 읽히지 않았다. 카드 투입구엔 껌인지 사탕인지 모를
끈적한 이물질이 묻어 있었다. 한 손으로 우산을 받치고 다
른 한 손으로 휴지를 찾아 배낭을 뒤졌다. 겨우 손에 닿은 휴
지를 꺼내 이물질을 닦고 있는데 사내아이 둘이 다가왔다. 열
살 남짓 돼 보였다. 아이들이 바스크 억양의 스페인어로 말을
건넸다. 여전히 투입구의 이물질에 신경이 곤두선 나는 '투엔
티 유로'라는 마지막 말만 알아들었다. 그제야 고동색 스웨터
의 아이가 안고 있는 작은 강아지가 눈에 들어왔다. 강아지를
20유로에 사라는 모양이었다.

여행을 온 거라 강아지를 살 수 없어.

어이가 없었지만 나는 최대한 감정을 드러내지 않으려 애썼다. 아직 문도 못 열고 비와 추위에 떨며 화가 잔뜩 나 있는 걸 낯선 아이들에게 들키고 싶지는 않았다. 아이가 다시 거간꾼처럼 노련한 태도로 15유로로 깎아주겠다고 했다. 안 사, 나는 이를 악물며 거절했다.

안 산다고!

아이들을 쫓아버리기 위해 두 번 더 되풀이했다. 그제야 포기한 아이들이 발길을 돌렸다. 울고 싶었다. 아니 아이들을 다시 부르고 싶었다. 강아지는 필요 없으니 이거나 받아라, 하며 20유로를 주는 게 낫지 않을까. 그러나 그건 아이들을 걸인으로 만드는 게 아닌가. 아니 이 시골 아이들에게 20유로를 쓸 마음이 없다는 게 더 솔직하지 않을까. 나는 갈피를 잡지 못하는 상념에 빠져 골목을 돌아 나가는 아이들을 바라보았다. 도대체 왜 이 작은 마을까지 온 걸까, 나는 아이들이 사라진 골목을 바라보며 묻지 않을 수 없었다. 왜 여기까지 와서 문전 박대를 당하고 있는가.

다시 전화를 걸었다. 화를 가라앉히고 침착하게 말하려 애썼다. 도저히 체크인을 할 수 없으니 와서 도와달라고 했다. 고객은 왕이라는 익숙한 문구는 기대조차 하지 않았지만, 비용을 지불하고 머무는 자의 최소한의 권리마저 통하지 않는 이상한 곳이지만 날은 춥고 가방은 무거워 다른 방도가 없었다. 지금은 바쁘니 십오 분 후에 오겠다고, 여자가 대답했다.

전화를 끊고 머리끝까지 치솟은 화를 삭이기 위해 나는 아이들이 빠져나갔던 골목을 향해 걸었다. 십오 분 더 서 있다간 화산이라도 폭발할 것만 같았다.

골목을 돌아가니 인포메이션과 평화박물관이 보였다. 설명대로 도시의 중심에 숙소가 위치해 있다는 게 거짓말은 아니었다. 평화박물관은 이미 문을 닫았는데, 일요일은 폐관 시간이 오후 두시라고 했다. 게다가 다음날인 월요일은 휴관이라니, 갑자기 이 도시 전체가 나를 거부하는 것만 같았다. 체크인 기계가 작동이 되지 않을 때부터 들었던 거부감이 점점 확신이 돼가고 있었다. 일정을 미리 체크하지 않고 무작정 떠나온 탓이었음에도 불구하고 이 도시가 나를 밀어내고 있다는 기분을 떨칠 수가 없었다. 박물관 앞 회랑에 주저앉아 그을린 흔적이 남아 있는 건물을 망연히 바라보았다. 따뜻한 이불 속에 눕고 싶은 마음만 간절했다.

정확히 십오 분 후, 숙소로 오니 한 여자가 서 있었다. 키가 크고 웨이브진 검은 단발머리에 검은 뿔테 안경을 쓴 여자. 내가 다가가자 여자가 여기서 이십 분이나 기다렸다며, 화를 냈다. 내가 떠난 직후에 바로 왔어도 십오 분일 것이고, 자신의 입으로 십오 분 후에 오겠다고 했으니 내 잘못은 없음에도 불구하고 화를 내는 여자가 어이가 없지만 나는 아무 말도 하지 않았다. 여자와 더 이상 말을 섞고 싶지 않았다. 나는 말없이 여자에게 핸드폰의 예약 확인 페이지를 들이밀었다.

여기에 여권과 카드를 넣으면 되는데 왜 안 된다는 거야?

여자의 영어는 직접 들으니 해독이 훨씬 쉬웠다. 한심하다는 듯 여자가 나를 쳐다보았다.

카드 결제가 안 된다니까.

나는 겨우 화를 누르며 가방에서 여권과 카드를 꺼냈다. 여자가 여권을 받아 체크인을 시작했다. 여자가 여권을 함부로 펼쳐 비에 젖은 투입구로 밀어 넣었다. 나는 여권을 빼앗아 달아나고 싶은 마음을 겨우 누르며 지켜보았다. 여자가 카드를 투입구에 넣었지만 역시 결제가 되지 않았다. 카드를 다시 집어넣었다. 버튼을 하나하나 꾹꾹 눌러 비밀번호를 입력하지만 또 에러가 났다. 나는 말없이, 그러나 여자의 손가락에서 한시도 눈을 떼지 않음으로써 무언의 항의를 했다. 여자가 당황한 듯 빠르게 다시 비밀번호를 입력했다. 그녀 역시 아무말이 없었다. 다섯 번의 시도 끝에 카드 결제가 겨우 성공했다. 여자는 끝내 미안하다는 말조차 없이 여권과 카드를 내게 내밀었다. 나 역시 한마디도 덧붙이지 않은 채 카드와 여권을 받아 가방에 넣은 후 그녀에게 눈길도 주지 않고 안으로 들어갔다. 돈을 지불한 손님이란 걸 확인이라도 시키겠다는 듯 어깨엔 힘이 잔뜩 들어가 있었다. 체크아웃도 같은 방법으로 해야 해. 무인 체크 시스템이라고 예약 페이지에 있는데 네가 확인을 안 한 거야. 여자가 310호 키를 건네주며 아퀴라도 짓듯 한마디를 덧붙였다. 키를 낚아챈 나는 대꾸도 없이 어두운 계단을 올랐다.

 분홍색 부겐빌레아 꽃은커녕 침대와 손바닥만 한 화장대, 한 사람이 겨우 들어가는 조립식 샤워 부스가 전부인 방은 썰렁하기 짝이 없었다. 추위와 냉대에 언 몸을 녹이려 이불 속을 파고들지만 침구마저 얇아 온기가 느껴지지 않았다. 혼자 쓰는 방이라곤 하지만 호스텔임에도 불구하고 다른 곳의 호텔방과 비슷한 가격이었다. 게르니카에서 자고 가는 사람들이 드문 건지, 등록된 숙소도 몇 개 되지 않아 도심에 있다는 이유만으로 예약한 곳이었다. 덧문까지 내려져 춥고 어두운 방에 누워 나는 이불을 둘둘 말아도 가시지 않는 한기를 견디며 다시 한 번 자신에게 물었다. 도대체 무얼 하자고 여기까지 온 것인가.

 게르니카까지 오게 된 것은 순전히 그림 때문이었다. 마드리드에 온 지 열흘째 되던 날, 나는 우연히 미술관에 가게 되었다. 그날은 머물고 있던 친구의 방이 있는 세라노 지역을 처음으로 벗어나 무작정 걷기 시작했다. 열흘 동안 나는 빵과 치즈, 생수나 라면 따위를 사기 위해 한 블록 떨어진 까르푸 익스프레스점에 간 일 외에는 거의 외출을 하지 않았다. 그동안 나는 평생 불면에 시달리다 온 사람처럼 내내 잠만 잤다. 진녹색 나무 덧문이 달린 그 방은 이상하게도 문만 닫으면 잠이 쏟아졌다. 지상의 모든 빛과 소리로부터 차단된 것 같은 그 방에서 나는 내내 몽유 환자처럼 잠과 현실 사이를 느리게 오갔다. 새벽 두시든 오후 다섯시든 깨어나면 하루 두 번씩 친구가 냉동실에 넣어둔 빵과 치즈, 그리고 식탁에 쌓여 있는 컵누들을 먹고 다시 잠에 빠지는 생활이 반복되었다. 처음엔 여덟 시간의 시차 때문인 줄 알았는데 잠은 밤과 낮을 가리지 않고 계속되었다.

건다 보니 숲이 무성한 공원과 분수를 지났다. 평지인 줄 알았던 마드리드는 내리막길에 와서야 고도가 높은 도시란 걸 알게 되었다. 9월 말임에도 불구하고 마드리드의 한낮은 아직 햇볕이 따갑고, 평균기온이 26도나 되는 여름이었다. 햇빛을 피해 걷다 보니 짙은 레드색이 눈앞을 가로막았다. 오래된 석조 건물의 한쪽에 돌출된 짙은 레드, 외벽에 설치 작품처럼 튀어나온 그것은 엘리베이터였고 석조 건물은 레이나 소피아 미술관이었다. 순간 그곳이 목적지였다는 듯 나는 망설이지 않고 건물 안으로 들어갔다. 어디서든 쉬고 싶었다.

그림은 갑자기 나타났다. 엘리베이터를 타고 2층에 내려 전시실로 들어갔지만 나는 복도로 나가는 길을 찾아 헤매고 있었다. 그림 구경보다는 지친 몸을 쉬고 싶었다. 원래 병원이었던 건물을 리모델링한 미술관은 길 찾기가 쉽지 않았다. 두 개의 작은 전시실을 지나 갑자기 나타난 큰 전시실을 지나가려던 참이었다. 많은 사람들이 한곳에 모여 있었다. 아니 이동하고 있는 사람들도 모두 그곳으로 모여들고 있었다. 흰 셔츠에 검은 바지를 입은 청년이 크림색 시폰 원피스를 차려입은 여자의 허리에 팔을 감고 그림 앞으로 다가갔다. 그 뒤로 산티아고 순례길을 걷고 온 듯한 여자가 등산복 차림으로 들어왔다. 여자는 오직 이걸 보기 위해 왔다는 듯, 그림을 향해 직진했다. 나는 북적이는 사람들을 피해 빠르게 걷고 있었다. 전시실의 초입을 막 지나던 순간이었다. 사람들 사이로 흑백의 그림 한 귀퉁이가 불쑥 시선에 들어왔다. 크림색 원피스와 검정 바지 두 커플이 붙어 있는 바람에 생긴 틈 사이로 고개가 축 늘어진 한 아이가 보였다. 아니 얼굴 한가운데에 눈이 있는 소가 먼저였는지도 몰랐다. 나는 발바닥에 급브레이크라도 걸린 듯 멈추었다. 그리고 홀린 듯 그림을 향해 몸을 돌렸다. 아니 검정 바지의 남자를 밀치며 한 걸음 앞으로 나갔다. 압도적이었다. 대형 스크린보다 큰 그림이 벽을 가득 채우고 있었다. 스치듯 본, 고개가 처진 아이는 엄마의 팔에 안겨 있었다. 어미는 죽은 아이를 안고 하늘을 향해 절규했다. 놀란 말이 날뛰었고, 부러진 칼을 들고 쓰러진 병사와 깨진 전등, 사람들의 비명이 화폭을 찢고 터져 나오는 것 같았다. 그 뒤로 소 한 마리가 보였다. 온통 비명과 절규의 한가운데서 어리둥절한 표정을 하고 있는 소 한 마리, 나는 그 소와 눈이 마주쳤다. 폭격의 한가운데서 차마 비명도 지르지 못한 채 어리둥절해 있는 소, 피카소의 대작 「게르니카」였다.

순간 무언가 흔들렸다. 오랫동안 사막처럼 황폐했던 마음

속에 정체를 알 수 없는 흔들림이 감지되었다. 마드리드에 와서도 열흘간 잠만 자게 했던, 나를 결박한 두꺼운 비늘 같은 것을 뚫고 어디선가 균열이 일고 몸이 흔들리기 시작했다. 당황한 나는 이마 한가운데 박힌 소의 눈을 맹렬히 바라보았다. 진동을 따라 몸의 곳곳으로 물기가 번지고 있었다. 어느 순간 막혔던 수로가 뚫리기라도 한 듯 몸속으로 물이 솟구치는 기분이었다. 어떤 자극에도 반응하지 않던 감각들이 한꺼번에 깨어나는 느낌, 모처럼 나는 흥분했다. 설혹 그것이 지독한 통증일지라도 무감각보다는 나을 것이므로.

친구의 방으로 돌아온 나는 게르니카로 가는 교통편과 숙소를 검색했다. 빌바오에서 버스나 전철을 타야 게르니카에 갈 수 있다고 했다. 다음 날 아침 떠나는 빌바오행 버스는 좌석이 딱 한 개 남아 있었고, 창가에 붉은 꽃이 핀 숙소도 게르니카 도심에 있다고 했다. 친구의 방이 빈다는 소식을 듣고 갑자기 한국을 떠나온 내게 전혀 예정에 없던 여행이었다.

아침부터 운이 나쁜 날이었다. 지하철역으로 가는 내리막길에서 전선이 발에 걸리는 바람에 심하게 넘어졌다. 순간적으로 한 손을 짚은 덕에 겨우 골절은 면했지만 상처는 심했다. 청바지의 양쪽 무릎에 구멍이 났고 흘러내린 피가 바지로 스며들어 딱딱하게 눌어붙었다. 시큰하던 통증이 점점 둔중해지고 있었다. 겨우 터미널까지 오긴 했지만 돌아가야 하나, 버스가 떠나기 직전까지 망설였다. 편의점에서 밴드를 사 붙이고서야 빌바오행 버스에 올랐지만 여행이 아니라 고행을 떠나는 기분이었다.

비가 오기 시작한 것은 마드리드를 떠난 지 두 시간이 지나서였다. 섬머타임이 끝나지 않은 도시는 아침 여덟시도 캄캄하기만 했다. 빌바오행 버스가 마드리드를 벗어난 지 삼십 분쯤 지나자 박명이 트기 시작했다. 누군가 뒤늦게 취소했는지 맨 앞자리에 앉게 된 나는 어쩔 수 없이 내내 바깥 풍경을 바라볼 수밖에 없었다. 전날 잠을 설쳤지만 버스에서 잠 못 드는 습관은 멀리 떠나왔어도 마찬가지였다. 차창으로 한두 방울 듣던 빗방울이 제법 흘러내리기 시작했다. 점점 황무지로 변해가는 차창 밖 풍경이 빗물에 젖어 색감이 더 선명해졌다. 마드리드를 벗어난 지 얼마 되지 않아 집이나 경작지의 흔적 하나 보이지 않는 드넓은 구릉이 펼쳐지기 시작했는데, 어딜 가나 빽빽이 논이나 밭, 아파트와 주택, 공장과 산이 빈틈없이 들어선 땅에서 온 내겐 낯설기 짝이 없는 풍경이었다. 사람의 흔적을 찾기 위해 두리번거렸지만 황무지엔 집 한 채 보이지 않았다. 구릉을 덮은 풀들이 바람결을 따라 일제히 몸을 눕히더니 빗방울을 흩뿌리기 시작했다. 마드리드에 온 지 열흘 동안 비 한 방울 구경 못했는데 처음 나선 길에 비가 내리고 있었다.

마드리드의 북쪽에 위치한 빌바오에 가까워질수록 구릉은

회백색 바위산으로 바뀌면서 골짜기는 깊어지고 봉우리들은 우뚝했다. 피레네산맥이 가까워지고 있는 모양이었다. 뾰족한 봉우리와 삼각형을 이룬 한국의 산세에 비해 성처럼 횡으로 길게 뻗어 있거나 뭉툭하게 각이 진 봉우리들이 차창 밖으로 계속되었다. 버스는 회갈색 바위들이 이어진 계곡 사이의 도로를 미끄러지듯 달렸다. 한국을 떠나올 때만 해도 이토록 낯선 곳을 가게 되리라곤 생각지도 않았다.

여자를 두번째 만난 것은 다음 날 정오 무렵이었다. 첫날 침대에 들어가 몸을 녹인 후 어두워질 무렵 방을 나와 저녁을 먹고 인근을 산책한 후 방에 돌아올 때까지, 호스텔의 주인 여자는커녕 누구도 만나지 못했다. 손님이 전혀 없는 것은 아닌 듯했다. 어쩌다 계단을 오르는 소리가 들리기도 했으나 더이상의 기척은 나지 않았다. 나 역시 방문을 열고 내다보거나 3층 귀퉁이에 있는 휴게실에 가지 않았으므로 다른 사람을 만날 기회는 없었다. 숙박업소가 아니라 빈집에 혼자 와 있는 기분이었다. 다음 날 느지막이 일어나 골목 안에 있는 빵집에서 아침과 점심을 겸해 크루아상과 커피를 먹었다. 고소한 빵과 향기로운 커피를 마시니 문전 박대 당한다는 기분이 조금 누그러졌다. 햇살까지 환하고 하늘엔 구름 한 점 보이지 않아 전날 종일 그치지 않았던 비가 거짓말인 듯했다. 강아지를 안고 와 20유로를 달라던 아이들은 마치 비 오는 날만 나타나는 꼬마도깨비일지도 모른다는 생각마저 들었다. 아니 친절은커녕 손님에게 화를 내던 주인 여자 역시 어쩌면 비 오는 날만 우울증이 도지는 마녀일지도 몰랐다. 햇살 하나로 모든 게 달라지고 있었다.

빵집 골목을 벗어나니 제법 널찍한 광장이 나왔다. 벽돌로 둥그렇게 단을 쌓아 만든 공터는 사람들과 온갖 물건들이 섞여 분주했다. 어제 지나쳤던 곳이었다. 전등도 없는 둥근 공터에서 아이들 서넛이 소리를 지르며 뛰어다니고 있었는데, 장터인 모양이었다. 텅 비어 있던 공터가 종류도 다양한 올리브 피클과 꽃, 수제 비누와 수제 치즈, 과일들로 빼곡히 채워져 있었다. 검은 콧수염을 기른 키 작은 중년 남자가 노란색 릴리와 분홍 장미, 작은 허브들을 키순으로 진열하는 중이었다. 민첩하면서도 갓난아기 다루듯 조심스러운 몸놀림이었다. 비 내리던 날, 차고 무뚝뚝하던 사람들의 얼굴이 햇살 아래서 진열된 물건들 사이를 오가느라 잔뜩 상기돼 있었다. 같은 사람들이란 게 믿을 수 없을 만큼 전날 밤과 전혀 다른 풍경이었다. 책을 읽던 청년이 내가 다가가자 집에서 키운 양젖으로 만든 치즈라며 한 조각을 권했다. 나는 그가 진열해놓은 핀초스 두 개를 샀다. 방금 전 먹은 크루아상 덕에 전혀 배가 고프지 않았지만 양젖으로 만들었다는 청년의 자부심을 외면할 수 없었다. 아니 나 역시 어느덧 은둔에서 풀려나 시골 장터에서 마치 장이라도 보러 온 사람처럼 비누와 치즈, 레몬

따위로 부지런히 눈길을 돌리고 있었다. 치즈는 맛이 풍부했다. 머리가 흰 육십대 후반의 여자가 갓 짜온 올리브유를 맛보라며 바게트를 권했다. 하는 수 없이 그녀가 내민 바게트한 조각을 올리브에 찍어 먹었다. 갓 짠 참기름처럼 고소했다. 마침 몰려온 아이들까지, 장터는 정신없이 북적였다.

아이들을 피해 몸을 돌리는 찰나 그녀가 나타났다. 장을 보러 온 듯했다. 전날 입었던 검정색 카디건을 걸친 여자는 노모인지 마르고 허리가 굽은 노파의 손을 잡고 있었다. 노파의손을 잡은 여자는 전날 이십 분이나 기다렸다며 내게 화를 내던 이와 전혀 다른 사람 같았다. 그런 여자를 기이하게 바라보고 있던 나와 여자의 눈이 마주쳤다. 손을 잡은 노파가 올리브 가게로 여자를 끌고 가 가게 주인과 다정한 포옹을 했다. 오랜만에 만난 친지처럼 가까워 보였다. 다음은 여자였다. 어디에 그런 표정이 숨어 있었던 걸까, 나는 놀라 여자에게서 눈을 뗄 수가 없었다. 구름 한 점 없는 그곳 날씨보다 더환한 미소를 지으며 여자는 올리브 가게 주인과 볼을 부비며포옹을 했다. 바스크어로 주고받는 대화가 몹시 다정해 보였다. 여자가 들고 있던 에코백에 올리브 오일 한 병을 넣고 돈을 지불했다. 걸치고 있는 검정색 카디건이 아니라면 어제의그 사람과 동일인이라는 게 믿어지지 않을 정도로 전혀 다른모습이었다. 나는 문어 핀초스 하나를 더 입에 넣으며 여자를훔쳐보았다. 그때, 갑자기 어디선가 폭죽 터지는 소리가 들렸다. 어느새 장터 뒤쪽으로 몰려간 아이들이 터트린 모양이었다. 폭죽 소리에 놀란 나는 손에 들고 있던 이쑤시개를 바닥에 떨어뜨렸다. 그때였다. 날카로운 비명소리가 들렸다. 고개를 돌려보니 노파가 올리브 오일 가판대인 탁자를 붙잡고 비명을 지르고 있었다. 탁자 위에 있던 오일 병이 바닥으로 떨어졌다. 순간 노파가 탁자 밑으로 기어들어갔다. 키가 작은 노파는 탁자 밑에 엎드려 솜이불처럼 몸을 말았다. 엎드린 노파의 치마 끝에 오일이 스며들었다. 노파는 두더지처럼 더 작게 몸을 말고 마치 땅속을 파고들기라도 할 것 같았다. 장터 사람들의 시선이 일제히 탁자 밑 노파에게로 쏠렸다. 여기저기서 탄식이 터졌다. 과일을 팔던 사내는 오렌지 한 봉지를 젊은 금발 여자에게 건네며 혀를 끌끌 찼다. 도무지 이해할 수 없는 상황이었다. 노파의 딸이 얼른 몸을 숙여 깨진 유리 조각을 주웠다. 가장자리의 병 두 개가 떨어진 것 같았다. 오일 가게 여자가 노파의 등을 토닥이며 진정시키고 있었다. 노파의 굽은 등이 소라 껍질처럼 더 단단하게 말려 있었다. 그제야 깨진 병을 다 주운 여자가 탁자 밑으로 들어가 노파를 안았다.

마마.

여자가 노파를 안고 등을 쓸어내렸다. 무슨 말인지 여자는 연신 노파의 등을 쓸며 중얼거렸다. 한 사내가 신문지를 한 뭉치 들고 와 바닥에 깔고 있었다. 오일이 신문지로 빠르게 스며들었다. 한 여자가 따뜻한 차를 가져와 모녀에게 어서 나오라고 손짓을 했다. 탁자 밑의 노파가 진정이 되었는지 더 이상 소리는 들리지 않았다. 여자가 노파와 같은 자세로 엎드려 노모를 포개 안았다. 여자의 검정 바지도 무릎 아래가 오일에 젖어 있었다. 탁자 밑 두 모녀의 자세가 기이했다. 신발을 팔던 중년 사내가 폭죽을 터트린 아이들에게 다가가 고함을 쳤다. 아이들이 순식간에 골목으로 사라졌다. 시장은 멈춤 버튼이 해제된 것처럼 다시 활기를 찾았다. 오 분이 넘도록 모녀는 탁자 아래에 그대로 있었다. 작은 유리 조각까지 다 치워지고, 신문지가 오일을 다 흡수하고 난 후에야 호스텔 여자가 노파를 일으켜 탁자 밑을 빠져나왔다. 노파의 얼굴은 창백하게 질려 있었고 여자는 노파의 등에서 손을 떼지 않았다. 여자가 노파를 부축해 시장을 빠져나갔다. 오일 가게 여자가 염려 말라는 듯 여자를 향해 손을 흔들었다. 주변의 가게 사람들이 기름에 젖은 신문지를 쓰레기통에 버리고 유리 파편이 남은 게 없는지 꼼꼼히 살폈다.

불쌍한 레이레.

못 박힌 듯 서서 모녀를 바라보고 있던 내게 들으라는 듯 올리브 가게 여자가 탄식을 내뱉었다. 어느새 장터에 모인 사람들은 호박과 파를 고르는 데 열중해 있었다.

여자를 다시 만난 곳은 핀초스 바였다. 몇 시간 동안 골목길만 걸어 다닌 끝이었다. 자로 잰 듯 나란히 세워진 집들 사이를 걷다 보니 문득 이상한 느낌에 사로잡혔다. 마치 내가 사는 신도시처럼 길이 모두 반듯반듯했다. 지나치게 정렬된 골목들, 무심히 걷던 나는 그제야 골목들은 폐허가 된 마을에 다시 세워진 거주지들이라는 걸 깨달았다. 거리 이름은 물론 번지수마다 타일에 똑같이 써놓은 골목들, 번지수를 적은 그 타일이야말로 박물관 안의 어떤 유물보다 이곳이 모두 한꺼번에 폐허가 되었던 곳이라는 걸 잘 보여주고 있었다. 나는 폭격의 흔적을 찾아 몇 시간 동안 골목을 걸었다. 그을음에 이끼까지 끼어 시커먼 건물과 요행히 살아남은 회랑, 부서진 흔적이 또렷한 교회당의 외벽, 히틀러 군대의 지휘 본부로 쓰였지만 지금은 폐공장 같은 건물과 주민들이 숨어 있었다는 이글루 같은 시멘트 굴 등이 종일 내가 찾아 헤맨 것들이었다. 폐허의 흔적들을 찾아서 무얼 하려는 걸까, 비가 그친 환한 햇살 아래에서 피카소의 「게르니카」를 타일로 복제한 벽화를 바라보며 나는 선뜻 대답이 떠오르지 않는 질문을 반복했다. 그리고 끝내 지쳐서 찾아간 식당에서 나는 그녀를 다시 만났다.

여섯시가 막 넘은 시각, 몇 군데 레스토랑을 두리번거렸지만 모두 문이 닫혀 있었다. 그곳 역시 점심은 두시부터이고, 아홉시나 돼야 저녁을 먹기 시작하는 마드리드와 비슷한 모양이었다. 레스토랑 옆 아파트 발코니엔 바스크의 분리 독립을 주장하는 현수막이 군데군데 걸려 있었다. 오랜 세월 자기들만의 공동체를 유지해온 사람들의 자부심과 배타성이 유난히 두드러져 보이는 곳이었다. 골목의 초입에 문을 연 핀초스 바가 보였다. 더 이상 선택의 여지가 없던 나는 텅 빈 핀초스 바에 들어갔다. 짙은 고동색 실내 정면에 바스크 깃발이 걸려 있고 반들거리는 나무 탁자엔 시간의 무늬가 잔뜩 묻어 있는 곳이었다. 다행히 종류도 다양한 핀초스가 이쑤시개의 열을 맞춰 가지런히 놓여 있었다. 무엇보다 재료들이 싱싱해 보였다. 나는 치즈와 앤초비, 연어와 문어, 하몽과 새우를 얹은 핀초스, 그리고 레드와인을 주문했다. 종일 걸어 다닌 탓에 참을성 없는 허기가 몰려왔다.

창가 테이블에 자리를 잡았다. 서빙하는 청년이 와인 한 잔과 여섯 개의 핀초스를 앞에 놓고 가면서 자꾸 힐끗거렸다. 혼자 오는 동양 여자가 드문 모양이었다. 나는 허겁지겁 바게트와 하몽을 한입에 넣었다. 마드리드의 대형 마트에서 직접 잘라 파는 하몽보다 풍미가 깊고 맛이 깔끔했다. 도토리가 많이 나는 고장이니 직접 키운 돼지로 만든 것인지도 몰랐다. 도토리가 수북이 떨어져 있던 바스크 민속박물관 뜰에서 나는 길쭉하고 통통한 연둣빛 도토리 두 개를 주워 재킷 주머니에 넣었다. 박물관과 의회 건물을 둘러보고 나온 터라 마을의 중요한 일이 있을 때마다 죽은 나무 아래에서 회의를 하던 사람들이 떠올라 연두색 도토리 알이 몹시 알싸했다.

연어에 올리브를 올린 핀초스를 한입 베어 먹고 와인을 한 모금 마시는 순간, 한 여자가 바로 들어왔다. 키가 크고 검은 뿔테 안경을 쓴 중년의 여자, 낯익은 얼굴이었다. 호스텔 주인이었다. 순간적으로 몸이 먼저 긴장했지만 나는 곧 과장되게 어깨를 폈다. 왜 이렇게 자꾸 부딪치게 되는 걸까, 이상하다는 생각이 들었지만 따지고 보면 작은 마을에선 당연한 일이기도 했다. 어릴 적 살던 바닷가의 면소재지에서도 하루에 몇 번씩이나 아는 친구들을 만나지 않았던가. 나는 고개를 살짝 숙인 채 여자를 지켜보기 시작했다.

여자는 검정 반팔 티셔츠 하나만 입고 있다. 티셔츠 위에 남방과 원피스까지, 배낭에 넣어온 옷을 전부 껴입고도 추위에 떠는 나에 비해 여자는 전혀 추운 기색이 없었다. 단골인지 여자가 냉장고에서 맥주 캔을 꺼내 와 나와 대각선 방향에 앉았다. 캔 뚜껑을 따는 순간 눈이 마주쳤다. 고개를 돌릴 틈도 없이 여자가 나를 보았다. 여자가 한 손을 들어 알은체를 했다. 전날, 내게 화를 냈던 사실을 잊어버리기라도 한 듯 덤덤한 표정이었다. 나도 하는 수 없이 가볍게 고개를 까닥했다. 아침 장터에서의 그 소란이 아니었다면 벌떡 일어나 나가버렸을지도 모를 일이었다. 반 남은 연어 핀초스를 마저 입안에 넣었다. 연어가 부드럽게 혀에 감기고 생올리브의 기름기가 입안 가득 번졌다. 종일 보았던 폐허의 이미지를 덮을 만큼 부드럽고 기름진 맛이었다. 찢기고 날 서 있던 것들이 기름기에 녹아 들어가는 기분이었다. 급히 와인을 한 모금 더 마셨다. 탄닌이 강한 와인이 기름기를 싹 걷어냈다. 비로소 익숙한 안도감이 몰려왔다. 여자가 냉장고에서 두 개째의 맥주 캔을 꺼내고 있었다.

갑자기 떠들썩한 소리와 함께 남자들 서너 명이 들어왔다. 본격적인 저녁 시간이 시작되는 모양이었다. 예닐곱 명쯤 되는 사람들이 들어와 내 맞은편 테이블에 앉더니 한 중년 사내가 내게 와 바스크 억양의 영어로 물었다.

중국 사람?

나는 단호히 고개를 저었다. 말을 걸지 말라는 신호였지만 못 알아들은 남자가 다시 또 물었다.

일본?

성가시기 짝이 없는 노릇이지만 다시 고개를 저었다. 그때였다. 여자가 갑자기 내 탁자 앞에 서 있었다. 그것도 맥주와 안주 접시까지 들고서.

저리 가.

여자가 사내를 쫓았다. 레이레, 사내가 여자를 껴안을 듯 알은체했지만 여자의 단호한 태도에 어깨를 으쓱하며 동료들에게로 돌아갔다. 홀이 다시 떠들썩해졌다.

앉아도 돼?

여자가 접시와 캔 맥주를 든 채 내게 물었다. 편치 않긴 그녀 역시 마찬가지였지만 이미 접시와 맥주를 들고 온 여자에

184

게 싫다고 할 수는 없어 고개를 끄덕였다. 여자가 아니면 힐끔힐끔 나를 쳐다보며 떠드는 사내들 중 하나가 또 올 것만 같았다. 여자가 맞은편 의자에 앉았다. 눈썹이 짙고 하관이 발달한 편이라 강인해 보이는 인상이었다. 조금만 표정이 굳어도 화난 듯 보일 만큼 선이 강한데다 딱딱한 바스크 억양 탓에 상대를 긴장하게 만들기 쉬웠다. 호스텔을 운영하기엔 어울리지 않는 얼굴이었다. 전날 빗물 묻은 체크인 기계 속으로 내 여권을 밀어 넣던 여자의 거친 손길이 떠올랐다. 아니 노모의 등을 쓸어안고 장터를 빠져나가던 내려앉은 등이 겹쳐졌다. 불쾌감과 연민, 극단의 감정을 동시에 불러일으키는 대상은 그러나 무엇보다 몹시 지쳐 보였다. 나 역시 누구보다 잘 아는 상태였다.

왜 혼자 여기까지 온 거야?

갑자기 여자가 물어왔다.

난감했다. 따뜻하고 아름다운 여행지가 많은 스페인에서 왜 하필이면 처음으로 떠나온 곳이 게르니카인지, 나 역시 자신에게 묻고 있었다.

몰라.

틀린 말도 아니어서 나는 고개를 저으며 멋쩍게 웃었다. 여자가 쓴웃음을 지었다. 냉장고로 가더니 맥주 캔을 두 개 더 가져왔다. 새 캔을 딴 여자가 종일 물 한 모금 못 마신 사람처럼 달게 맥주를 마셨다. 아쉬운 듯 빈 캔을 탁자에 소리 나게 내려놓았다. 여자가 턱을 괴었다. 왼손으로 턱을 괴고 오른손으론 왼쪽 팔을 감싸 안은 여자, 유난히 크고 긴 손이었다. 여자가 말없이 맥주 캔을 응시하고 있었다. 몹시 공허한 표정이었다. 여자가 어깨를 말아 움츠렸다. 나는 팔의 상단을 거의 커버한 여자의 커다란 두 손을 멍하니 바라보았다. 손이 갈퀴처럼 벌어져 억세게 자신을 껴안고 있는 모양이었다. 여자는 침묵에 싸여 미동도 않은 채 정물처럼 앉아 있었다. 적막하기 짝이 없어 보였다. 그 적막을 깰 수도 없어서 일어나지도 못한 채 나는 가만히 여자를 바라만 보았다. 침 삼키는 소리조차 낼 수 없었다. 얼마나 지났는지, 마침내 여자가 적막을 깨뜨리며 중얼거렸다.

병원에서 다섯 시간씩 청소를 하는데 일이 끝나면 여기서 맥주 마시는 게 가장 큰 즐거움이야.

여자가 팔을 풀어 다시 맥주 캔을 땄다. 오십대쯤 돼 보이는데 팔 근육이 탄탄했다.

호스텔은 어쩌고?

나는 이해가 되지 않아 즉각 물었다. 호스텔이 크진 않지만 일이 적지 않을 터였다. 2층과 3층에 방이 세 개씩 있으니 적어도 매일 방 청소와 타월 따위를 세탁하고 손님들 관리를 하려면 종일 호스텔에 붙어 있어도 모자랄 처지였다.

그래서 기계를 설치해놨잖아. 너 같은 손님들 때문에 갑자기 불려올 때도 적지 않지만.

여자가 잊지 않았다는 듯이 멋쩍게 웃었다. 강아지를 20유로에 사라던 아이들이 떠올랐다. 20유로를 주지 못한 것이 내내 마음에 걸려 있었다.

기계에 문제가 있었어.

나는 어제 못한 항의를 뒤늦게 했다.

알아, 나도. 가끔 그런 일들이 있어서 청소하다 말고 불려오곤 해. 작은 동네니 잠깐 집에 다녀오는 걸 봐주지만 어제는 일요일이라서 더 쉽지 않았어. 일을 도와주던 친구가 일주일 전 라만차의 고향 집에 다니러 갔는데 아직도 돌아오지 않고 있어. 그래도 난 그 다섯 시간의 자유를 포기할 수 없어.

여자의 표정이 문득 결연해졌다. 그래도 어제의 그녀를 이해해줄 마음은 아니었다.

어제는 미안했어. 감정이 절제되지 않았어. 엄마 때문에 삼십 분 전에 집에 다녀간 뒤였거든.

장터에서 탁자 밑으로 들어가 엎드렸던 노파의 불안한 눈동자가 떠올랐다. 모녀는 짙은 눈썹과 검은 눈동자, 날카로운 콧날이 몹시도 닮아 있었다. 여자가 그녀의 노모를 껴안고 집으로 돌아간 후 책을 보던 청년의 어머니가 아들에게 말했다.

불쌍한 레이레, 하필이면 그 끔찍한 날로 돌아가버리다니. 그날도 오늘처럼 장날이었어.

그러자 청년이 자신의 어머니를 껴안고 등을 토닥였다. 나는 그 모자를 바라보면서 탁자 밑에서 나온 노인의 흔들리던 눈동자를 떠올리고 있었다.

여자가 어느새 맥주를 다 마시고 다시 새 캔을 가지러 일어섰다. 나도 와인 한 잔을 더 주문했다. 남자 셋과 여자 둘, 손님들이 더 들어왔다. 모두 중년 이상의 나이들이었다. 아무래도 젊은 사람들이 가는 바가 따로 있는 모양이었다. 방금 들어온 사람들은 바텐더 테이블에 나란히 앉아 떠들썩하게 주문을 했다. 홀을 가볍게 떠다니던 음악 소리가 점점 커졌다. 여자가 맥주 두 캔을 더 들고 왔다. 여자는 안주도 먹지 않고 맥주만 마시고 있었다.

참 먼 곳에서도 왔군. 난 여기서 태어나 한 번도 이곳을 벗어나본 적이 없어.

여자가 혼자 중얼거렸다.

왜?

새로 가져온 와인 잔을 든 채 나는 여자를 바라보았다.

엄마가 한시도 나와 떨어지려 하지 않았어.

여자의 말에 참견하고 싶지 않았다. 아무래도 혼잣말을 하고 싶은 것 같았다. 여자가 나를 향해 캔을 들어 보였다. 건배를 하자는 제스처였다. 나는 하는 수 없이 와인 잔을 들었다.

살룻!

여자가 웃었다.

그때였다. 앞 테이블에 앉아 있던 한 사내가 갑자기 노래를 따라 부르기 시작했다. 스피커에서 나오는 곡은 기타 반주의 서정적인 멜로디였다. 곧 테이블에 앉아 있던 그의 일행들이 노래를 따라 불렀다. 후렴구가 반복되면서 노래는 더 힘이 들어갔고 어느새 바 안의 사람들이 모두 함께 부르고 있었다.

노 파사란, 노 파사란(no pasaran, no pasaran).

여자도 그들과 함께 노래를 불렀다. 어디선가 들어본 적이 있는 멜로디였다. 노 파사란, 바 안의 사람들이 술잔을 들고 다시 한 번 노래를 따라불렀다. 여자가 구글앱을 켜서 내게 보여주었다. 위키피디아였다.

스페인 내전 때 불렸던 노래로 돌로레스 이바루리란 바스크 여성 운동가의 연설에서 가져온 구절인데, 파시스트들은 이곳을 통과하지 못할 거라는 뜻이라 했다. 사실은 제1차 세계대전에서부터 시작된 슬로건인데 전 세계 여러 시위의 현장에서 불린다는 설명과 함께 동영상이 링크돼 있었다.

노 파사란, 노 파사란.

노래는 끝나지 않을 듯 반복되었다. 단순한 멜로디의 반복이 오히려 슬픔을 불러일으켰다.

우리 엄마 아까 봤지? 치매에 걸린 지 4년째야. 엄마는 1937년 4월에 있었던 폭격에서 가족 중 혼자 살아남았어. 열한 명의 가족 중에 모두 죽고 여덟 살 엄마만 살아남은 거야. 그런데 치매가 오니 순식간에 여덟 살의 그날로 돌아가더군. 엄마는 식탁 밑에 숨어서 놀다가 깜박 잠이 드는 바람에 살아남았다고 했어. 외할아버지는 빌바오에서 철광석을 캐던 노동자였는데 그곳에서 프랑코 군대와 싸우다 전사를 했지.

노 파사란, 노 파사란.

통과하지 못할 거라고 했는데, 그들은 통과해버렸어. 결국 슬픔의 노래가 돼버렸지. 바스크 사람들의 울음 같은 노래야.

노 파사란.

사람들의 노래는 더 커지지도 않으면서 반복되었다.

프랑코가 마드리드를 정복하고 나서 뭐라 했는지 알아?

우리는 통과했다!

여자는 제법 취한 모양이었다. 맥주는 이미 바닥이 나 있었다. 여자가 종업원을 불러 맥주를 더 주문했다. 뭐라 대답할 말을 찾지 못한 나는 여자를 바라보기만 했다. 그런데 당신은 왜 여기까지 왔지?

여자가 물었다. 검은 눈동자가 미동도 하지 않았다. 당황했다. 도대체 여기엔 왜 온 것인지, 여전히 명확한 대답은 떠오르지 않았다. 어제부터 오늘까지, 이틀 동안의 시간들이 혼란스럽기만 했다.

물론 살다보면 참혹했던 이곳이 위안이 되기도 하는 때가 있지.

여자가 시니컬하게 중얼거렸다.

그건 아니야, 아니 모르겠어.

나는 여자를 향해 고개를 주억거렸다. 그때였다. 여자가 몸을 휘청이더니 탁자 위로 상체를 툭 떨궜다.

　정신 차려, 레이레!

　나는 여자를 흔들었다. 정신을 잃은 것은 아닌 모양인지 여자가 나를 바라보며 배시시 웃었다. 나는 배낭을 메고 여자를 일으켰다. 몸을 제대로 가누지 못하는 여자를 부축해 바를 나왔다. 여자의 긴 그림자가 깃발처럼 흔들렸다.

　오, 풀문이야!

　여자가 4층짜리 건물들이 키를 맞춰 들어선 골목 사이에 걸린 보름달을 바라보았다. 티끌 하나 없이 맑은 밤하늘이었다. 빨랫줄을 매도 될 만큼 가까운 골목 사이로 커다란 달이 미끄러지듯 빠져나가고 있었다. 달이 빠져나가고 있는 곳의 끄트머리는 장터였다. 달빛이 훤한 장터는 아이들 하나 보이지 않고 기괴한 정적이 감돌고 있었다. 그때였다. 동쪽 하늘 어디선가 이 작은 마을로 스물네 대나 몰려왔다는 폭격기 소리가 들리는 것 같았다. 연이어 폭탄이 터지는 소리도 환청처럼 들려왔다. 레이레의 엄마, 여덟 살짜리 꼬마가 숨어 있던 탁자 위로 터지던 폭탄이었다. 아니 그것은 쓰러지기 직전 내게 전화를 걸어 내지른 그의 비명이기도 했다. 가진 건 바닥이 난 지 오래지만 여기저기서 끌어온 빚으로 정신없이 틀어막던 사업이 손수건 한 장 남지 않았던 그날 밤, 그는 전화를 걸어왔다.

　나, 무서워.

그가 끝내 울먹이며 남긴 마지막 말이었다. 그날 밤, 내게 오기 위해 머물던 고시원을 나서던 그는 휴게실에서 쓰러져 병원으로 실려 갔으나 끝내 깨어나지 못했다. 휴대폰 통화 내역 덕에 연락이 온 병원으로 달려갔을 땐 이미 그의 의식이 지상을 떠난 후였다. 인공호흡기에 의존해 겨우 유지되던 숨은 내가 도착한 지 30분도 되지 않아 끈을 놓아버렸다. 사업이 어려워지자 최악의 경우 내 월급에 대한 차압이라도 막아야 한다며 그가 이혼을 주장했다. 이미 충분히 지쳐버린 나는 그의 제안을 알리바이 삼아 친정집으로 도망쳤고, 그는 고시원으로 숨어든 지 6개월째였다.

장례식은 쓸쓸하기 짝이 없었다. 나는 그런 결과를 미리 예상하고 도망친 여자가 되어 적의에 찬 그의 가족들의 시선을 견뎌야 했다. 그의 가족들 역시 저마다의 죄책감으로 원망할 사람이 필요했다. 내가 그러했듯이.

함께 있었다면 막을 수 있지 않았을까. 그가 떠난 후부터 나를 짓누른 물음이었다. 적어도 그의 곁에 있었다면. 결국 폭탄과 총알이 쏟아질 걸 알면서도 노 파사란, 두려움의 노래라도 함께 불렀더라면…… 나는 갑자기 무릎을 꺾으며 주저앉았다. 무릎 속이, 아니 몸이 텅 빈 듯 무너져 내렸다. 더 이상 한 걸음도 내딛을 수가 없었다. 온몸의 뼈들이 한순간에 내려앉는 기분. 나는 바닥에 퍼질러 앉아 울기 시작했다. 가느다란 흐느낌으로 시작된 울음이 점점 거세졌다. 그를 보낸

지 1년이 지났지만 한 번도 제대로 울지 못했던 울음이었다. 어디에선가 솟구친 울음이 종일 걸었던 골목골목으로 번져나갔다. 여자가 옆에 나란히 앉아 나를 안았다. 레이레의 커다란 두 손이 내 등을 쓸어내렸다.

너는 울 곳이 필요했구나.

갈퀴 같은 그녀의 손가락들이 내 등의 뼈 하나하나를 쓰다듬었다.

압생트를
좋아하는
여자

14년 만의 방문이지만 변한 게 없었다. 기차역과 버스 정류장이 있는 로터리도 여전했고 나무 덧문이 달린 낮은 집들이 나란히 도열해 있는 골목 풍경도 그대로였다. 좀처럼 변하지 않는 유럽의 도시에선 새삼 이상할 것도 없는 일이지만 하루가 멀다 하고 새로운 빌딩과 아파트가 들어서는 곳에서 온 내겐 시간이 정지된 기분이 들게 했다. 달라진 게 있다면 14년 전에는 런던 시내 종이 지도와 지하철 노선도를 들고 그림을 그리면서 다녔는데, 지금은 구글맵이 공항에서 그녀의 집까지, 대중교통을 타고 가는 길을 완벽하게 안내해준다는 것뿐이었다.

"여전하구나!"

버스 정류장까지 마중 나온 그녀를 보며 내뱉은 첫인사였다. 앞머리를 일자로 자른 단발머리에 유행과는 전혀 상관없는 옷차림의 그녀는 14년 전과 변함이 없었다. 그녀는 짙은 감색 코트의 촘촘한 단추를 남김없이 채우고 벨트까지 단정히 묶은 채 검정색 판탈롱 바지를 입고 있었다. 물론 얼굴이 변하지 않은 것은 아니었다. 다음 날 아침 햇살에 보니 눈 끝엔 부챗살 같은 주름이 깊게 파여 있고, 입 주위도 팔자 주름이 더 선명해졌으며, 피부도 세월의 흐름만큼 윤기와 탄력을 잃어 명백히 노화가 진행 중인 오십대 중반 여자의 모습을 숨길 수는 없었다. 그럼에도 불구하고 그녀가 하나도 변하지 않았다는 느낌이 들었다.

"너도 마찬가지야."

나 역시 14년 전과 마찬가지로 청바지와 티셔츠 위에 각이라곤 한 군데도 잡히지 않은 헐렁한 겉옷을 걸쳐 입고, 머리역시 10년도 훨씬 넘게 고수해온 단발 웨이브 머리였다.

"그래, 우리 고집이 쉽게 변하겠니?"

진심이었다. 그녀가 세월의 흔적만 고스란히 남은 얼굴로 전혀 변하지 않은 스타일을 유지하고 있는 것과 마찬가지로 나 역시 여전히 청바지와 티셔츠를 벗지 못하고 있던 것이다. 아니 나이가 들어갈수록 작은 것 하나까지도 고집만 늘어가고 있었다. 사소한 옷차림에 불과해 보이지만 사실 그것은 삶에 대한 태도이기도 했다.

그녀의 집은 런던 시내에서 동북쪽으로 제법 떨어진 근교의 3층짜리 플랫(flat)이었다. 우리로 치면 다세대 주택쯤 돼 보였다. 터키 사람이나 아시아계가 많이 사는 그곳까지는 지하철이 가지 않아 기차를 타고 다시 버스를 갈아타야 했다. 입구의 철제 현관문과 크고 무거운 구리 열쇠를 두 번이나 돌려야 하는 키 시스템까지 변함이 없었다. 1층에 네 집이 있는데 그녀의 집은 가장 왼쪽이었다. 현관문을 열자마자 나는 놀라워 탄성을 지르고 말았다. 변함없는 외관과 달리 집 안은 많이 달라져 있었다.

"확 달라졌네."

좁고 어두운 복도와 거실도 없이 방만 두 개인 집에 피아노 두 대와 잡다한 물건들이 복도까지 가득 쌓여 사람 하나 겨우 누울 정도의 공간도 어렵게 확보했던 기억이 생생한데 흰색 페인트가 칠해진 복도엔 쌓인 짐도 하나 없이 환하고 밝았다. 깔끔한 실내가 새로 인테리어라도 한 집처럼 달라져 있었다.

"다 버리고 페인트만 좀 칠한 거야."

그녀가 민망한 듯 대답했다.

14년 전, 런던에 간다고 메일을 보냈을 때 그녀는 대뜸 자기 집에 와서 지내라고 했다. 애초에 나는 가족들이 있는 그녀의 집에 얹혀 지낼 생각이 없었다. 런던에서 지내는 동안 시내에서 만나 식사를 하거나 그녀의 집을 한번쯤 방문할 수는 있을 거라 생각했다. 그런데 그녀가 집에 와서 지내라니 고민이 되었지만 두 번이나 메일을 보내온 그녀의 호의를 거절하기도 어려웠다. 아니 한편으론 방이 여유 있다면 모처럼 그녀와 함께 지내고 싶기도 했다. 고등학교 때 고향에서 학교를 다니던 그녀가 어쩌다 서울에 올라오면 내 방에서 함께 잔이후 한 번도 그녀와 함께 지낸 적은 없었다. 결론을 내리지 못한 나는 평이 좋은 호텔 세 곳의 전화번호를 적어 왔지만 결국 그녀의 집에 머물 수밖에 없었다.

"호텔보다 더 불편하겠지만 그냥 여기서 같이 지내자."

집이 좁다고, 그녀가 지나치게 미안해하는 바람에 나는 더호텔로 갈 수 없었다. 부엌에 딸린 작은 방은 피아노와 책상까지 들어가 있어 캐리어를 들여놓으니 방이 가득 차버렸다. 순간 호텔로 갈까 하는 내 마음의 갈등을 읽기라도 한 듯 그녀가 결정을 내려버렸다.

"나는 괜찮은데 너희가 불편할까 봐."

나는 '너희'가 누구누구인지 정확히 알지 못하므로 자신 없는 목소리로 더듬거렸다. 그리고 불편한 마음을 들킨 게 미안해 다급히 미소를 지어 보이며 벽에 걸린 아이 사진을 쳐다보았다.

"유진이구나!"

내 목소리가 과장되게 튀어나왔다.

"응. 곧 올 거야."

그제야 굳어 있던 그녀의 얼굴이 누그러졌다. 아이와 둘이서만 살고 있을지도 모른다는 내 예상과 달리 그녀는 남편과 아들과 함께 살고 있었다.

"수진의 친구는 처음 만나요. 그것도 한국에서 온 친구라니 너무 기뻐요!"

저녁에 들어온 남자는 영국식 영어로 나를 반겼다. 조지라 불리는 남자는 작은 키에 둥글둥글한 얼굴을 한 중국계 싱가포르인이었다. 순하고 너그러워 보였다. 중국어 교사로 왔다가 비자가 만료된 불법체류자 신세여서 방문 피아노 레슨을 한다고 했다. 안방에도 피아노가 놓여 있었는데, 작은 집에 피아노가 두 대나 있는 게 몹시 인상적이었다.

5년 전 남자는 세상을 떠났고, 피아노도 한 대로 줄었으며 벼룩시장에서 촛대나 앤티크 커피그라인더 따위를 사 오던 남자의 물건들은 하나도 보이지 않았다. 찬찬히 보니 그리 좁은 집도 아니었다.

그녀의 남자가 갑자기 심장마비로 사망했다는 소식을 들었을 때 나는 크루아상이 떠올랐다. 그녀가 좋아한다는 이유로 늘 아침마다 빵이 나오는 시간에 맞춰 로터리에 있는 빵집에 가서 크루아상을 사다 주던 남자. 정작 그는 크루아상보다 영국식 토스트를 더 좋아한다고 했다. 그 후부터 크루아상을 먹을 때마다 나는 그 남자가 떠오르곤 했다. 고소한 빵 냄새 덕분이었는지 유난히 순하고 포근해 보이던 남자였다. 그녀가 그와 크루아상처럼 포근히 살아가면 좋겠다는 마음이었다. 나는 벽에 걸린 사진을 한참 들여다보았다. 그녀와 아들만 있었고 남자는 보이지 않았다. 모자의 사진을 찍고 있었을 남자는 부재로서 자신의 존재를 증명하고 있었다.

"인생이 도대체 왜 이러나 처음엔 화가 났는데 지금은 불쌍하기만 해."

그가 좋아하는 고기를 질색하여 사람에게까지 진절머리를 내던 그녀는 14년 전에 비해 많이 너그러워져 있었다. 뇌출혈로 쓰러진 지 사흘 만에 갑자기 떠난 사람에 대한 예의인지도 몰랐다.

"유진인 잘 지내지?"

아들과 떨어져 지낸 지 5년째라는 그녀는 아들 이야기가 나오자 바로 얼굴이 환해졌다.

그녀의 자랑이자 짐이었던 아들 유진. 타고난 절대 음감으로 바이올린을 시작한 아이는 어려서부터 사람들의 주목을 받기 시작했지만 가난한 그녀가 해줄 수 있는 것은 시립문화센터의 레슨에 빠지지 않고 데려다주는 것뿐이었다. 월반을 하여 초등학교를 일찍 졸업할 정도로 총명한 아들 덕에 그녀는 박사과정에 입학했으나 결국 아이를 돌보는 일에 전적으로 자신의 시간을 바칠 수밖에 없었다.

"저 애 때문에 내 인생이 이렇게 꼬여버렸어."

재능이 뛰어난 초등학생 아들을 앞에 두고 태연히 원망을 드러내던 그녀를 보며 유진이 한국말을 모르는 게 다행이라는 생각이 들었다. 유진은 '안녕하세요'와 자신의 이름 정도만 한국말로 할 수 있었다. 중국계 싱가포르 출신 아빠와 한국인 엄마 사이의 복잡한 혈통에 매이지 않겠다는 듯 아이는 영어만 사용했다.

"한국말 굳이 안 가르쳤어. 애가 한국 가서 살 것도 아니고…… 아니 내가 가르치고 싶지 않았어."

이름을 붙여준 것으로 한국이란 나라와의 인연 값을 충분히 지불했다는 표정이었다. 하긴 그녀는 태어나고 자란 한국에 지불할 부채 따윈 전혀 없었다. 문득 그녀가 어린 시절에 들은 욕설들이 떠올랐다.

"이 급살 맞을 년들, 콩밭에 물 안 주고 어디 가서 처자빠졌다냐?"

그녀의 조모가 늘 입에 달고 다니던 욕은 그저 일상어에 불과했다. 가뭄으로 말라가는 콩밭을 향한 탄식일 뿐이었다.

"이 육시랄 년들, 내 등골 빼먹으려고 태어난 년들, 가랭이를 찢어 죽일 년들!"

석공이던 그녀의 아버지는 대낮부터 술이 취하기 시작해 저녁이 되면 서쪽 하늘로 넘어가는 해보다 더 붉은 얼굴로 길 위를 구르고 논두렁에 빠져가면서 집에 돌아왔다. 그런 날이면 그는 집에 오자마자 제일 먼저 일곱 딸들을 향해 욕설을 뱉어냈다. 키 크고 마른 몸매에 병약한 그녀의 아버지는 평소엔 수줍고 얌전하기 짝이 없는 남자로 집에서도 큰소리 한번 내지 않았지만 술만 마시면 온갖 쌍욕을 쏟아내거나 흙이 잔뜩 묻은 몸으로 동네 길을 비틀거렸다. 그가 술을 마시지 않는 날이 얼마 되지 않는다는 게 늘 문제였다. 동네 사람들 말로는 알코올중독이라고 했다. 때론 취한 그를 동네 사내아이들이 뒤따르며 집적대다가 그가 돌아보면 서너 걸음 물러나는 척하다 다시 쫓아다니며 비틀거리는 그의 걸음을 흉내 내곤 했다. 언젠가는 그 아이들의 무리에서 그녀가 좋아하던 이장 집 아들 은호를 본 적도 있었다. 나는 차마 그녀에게 그 사실을 말하지 못했다. 그녀는 아버지가 술에 취할 때마다 집에 틀어박혀 아무리 불러내도 문밖으로 절대 나오지 않았다. 가끔 양은솥이 마당으로 던져지고 밥상 다리가 부러져도, 아니 그럴수록 그녀는 꼼짝하지 않았다.

"기를 쓰고 도망 온 곳에서 애한테까지 그곳 말을 가르치고 싶지 않았어."

그녀가 쓰게 웃었다.

"그래, 한국어 쓸 일도 없을 텐데 뭐."

나는 혹시라도 내가 자신을 비난한다고 생각할까 봐 허둥지둥 그녀에게 동조했다. 사실이 그랬다. 일생에 한 번이라도 한국에 갈 일이 있을까 싶은 아이가 어머니의 모국어를 배우지 않았다고 비난할 수는 없는 노릇이었다. 게다가 나는 그녀가 얼마나 한국을 벗어나고 싶어 했는지 누구보다 잘 알지 않던가.

"난 커서 꼭 외국에 가서 살 거야."

초등학생인 그녀는 작은 손가락에 연필을 야무지게 쥐고 그보다 더 야무진 입술을 달싹여 선언이라도 하듯 말하곤 했다. 산으로 둘러싸인 골짜기에서 외국이라곤 동네 이장 아저씨가 다녀왔다는 '월남'과 6·25 때 우리나라를 도와준 이래 혈맹이 됐다는 미국, 우리나라를 35년간이나 지배했다는 일본 정도가 기껏 내가 알고 있는 전부일 때였다. 그녀의 입에서 튀어나온 외국이라는 단어는 내게 특정한 지역이 아니라 단지 '여기가 아닌 다른 곳'으로만 이해되었다.

"꼭 영국으로 유학 갈 거야."

고등학교 졸업 직후 만난 그녀의 외국은 좀 더 구체적이 돼 있었다. 초등학교를 졸업하고 교사인 아버지를 따라 서울로 이사를 온 나는 그녀와 편지를 계속 주고받다가 서울의 친척 집에 온 그녀를 어쩌다 한번씩 만나곤 했다. 그녀는 대학 진학은 포기하고 공무원 시험이라도 봐야 할 것 같다면서도 영국으로 유학을 가겠다는 말을 늘 다짐처럼 덧붙였다. 지방에선 명문이라는 여고를 다니는 내내 미술반을 했지만 미대 입시는 일찌감치 포기한 뒤였다. 그림을 잘 그려 사생대회 때마다 상을 휩쓸던 그녀는 어려서부터 늘 공책에 그림을 그리곤 했다. 가끔 새 공책을 주면 첫 장부터 끝까지 만화를 그려서 돌려주기도 했다. 여자아이들은 자신을 주인공으로 순정 만화를 그려달라며 빈 공책을 그녀에게 주기도 했다. 그녀가 만든 만화책을 수업 시간에 책상 밑에 펼쳐놓고 돌려가며 읽다가 담임 선생에게 빼앗긴 적도 있었다. 젊은 여자 선생은 빼앗아간 노트를 다음 날 돌려주면서 그녀에게 칭찬을 아끼지 않았다. 그러나 동생들이 줄줄이 있는 그녀에게 미대는커녕 일반 대학에 진학하는 것도 엄두가 나지 않는 일이었다. 일곱이나 되는 딸들을 고등학교까지 보내는 것도 힘든 형편이었다.

"내 힘으로 꼭 영국에 가서 공부할 거야."

가끔 만날 때마다 그녀의 손에는 영어책이 들려 있었다. 중학교에 들어가 영어를 배우기 시작하면서 영어만은 누구보다 열심히 공부한 그녀는 고등학교 때 이미 웹스터 사전을 보고 영어 소설을 읽고 있었다. 공교롭게도 나는 영어 성적도 형편없으면서 어렵게 서울 소재의 사범 대학 영어교육학과에 턱걸이로 합격을 했다. 교사로서의 사명감보다는 안정적인 취업을 위한 얄팍한 계산이었으므로 나는 그녀의 손에 들려 있는 영어 원서를 흘깃거리며 심한 부끄러움에 사로잡혔다. 아니 영어를 잘 못한다는 걸 들킬까 봐 얼른 화제를 다른 데로 돌렸다.

"미팅 안 할래? 여자 한 명 모자라는데. 남자애들이 다섯 명인데 모두 법대 합격한 애들이래."

고등학교 졸업식 직후 만난 그녀에게 나는 교회 선배가 합

격을 축하한다며 주선한 미팅을 같이하자고 말했다. 그녀가
들고 있는 영어책에 대한 열등감 때문에 나온 말이었다.

"한국 대학 관심 없다고 했잖아."

피뢰침처럼 날카로운 그녀의 목소리를 듣고 나서야 나는
자신의 치졸함이 부끄러웠다. 손때가 잔뜩 묻은 영어책이야
말로 그녀의 자존심이자 안간힘이란 걸 헤어져 집으로 돌아
가는 그녀의 뒷모습을 물끄러미 바라보다가 겨우 깨달았다.

"네가 참 부러웠어."

9급 공무원이 되어 동사무소에서 주민등록등본을 떼어주
는 틈틈이 방송통신대학 영문학과에 다닌 그녀가 결국 영국
으로 가게 되었다는 말을 하면서 내게 고백했다. 그때 나는
대학을 졸업한 후 수원의 한 여자중학교에서 영어 교사를 하
고 있었다. 대학 생활 4년 동안 내가 무얼 가르칠 수 있는지
회의하면서도 교직 학점만은 착실히 이수해온 결과였다. 불
같은 열망이 없어도 삶이 따뜻한 이불속처럼 안온하게 유지
되리라 믿었던 시절이었다. 아니 너무 뜨거워도 살이 데이고,
너무 차가워도 몸이 얼어버리므로 적당한 온기를 지닌 이불
속 같은 평온이 계속 유지된다면 그 역시 괜찮은 인생이라 생
각했다. 기를 쓰고 어딘가로 가봐도 그곳 역시 이곳과 크게
다르지 않을 거라고 자위하면서 나는 영국으로 떠나는 그녀
를 배웅했다. 아니 서너 달 버틸 만한 퇴직금을 들고 낯선 곳
으로 떠나는 그녀가 대견하기보다는 안쓰러웠다. 돌이 잔뜩

든 배낭을 지고 먼 길을 떠나는 것만 같았다. 곧 배낭은 어깨를 내리누를 것이고, 견딜 수 없는 지점에 이르면 돌을 하나씩 버릴 수밖에 없을 것이다. 어쩌면 자신의 배낭에서 나온 돌부리에 발을 다칠지도 모를 일이었다. 그녀가 진심으로 안쓰러워 공항에서 찔끔 눈물을 흘렸고 돌아오는 버스 안에선 내가 머물고 있는 안전지대가 새삼 안심이 되고 고맙기까지 했다.

재능 있는 아들 때문에 자신의 삶이 꼬여버렸다는 탄식을 내뱉는 그녀를 보며 나는 그녀가 여전히 돌이 든 배낭을 메고 있다는 걸 깨달았다. 미처 도달하지 못한 거리 때문에 지치고 낯선 얼굴이었다.

"저렇게 재능이 뛰어난 아이가 네 욕망을 대신 채워주진 않니? 다른 엄마들처럼 대리만족하면 좀 편하게 살 수 있잖아."

나는 그녀의 남편이 사 온 고소한 크루아상을 뜯으며 그녀를 안타까워했다. 어리석은 질문이란 걸 모르지 않았지만 많은 사람들이 살아가는 방식이기도 했다.

"그럴 수 있었으면 뭐 하러 기를 쓰고 여기까지 왔겠니?"

그녀는 변함이 없었다. 순간 나는 도대체 그녀의 이 끈질긴 욕망의 정체가 무엇일까 새삼 궁금해지기 시작했다. 그녀는 아르바이트를 하는 틈틈이 공부를 해 석사 과정을 마쳤고 박사과정에선 영문학과 프랑스 문학의 비교문학을 전공한다고 했다. 유학생들이 손쉽게 학위를 얻는 방법인 영문학과 한국

문학의 비교문학도 아니고 프랑스 문학을 새로 배워야 하는 일이었다. 아무리 언어에 재능이 있다 해도 절대 쉬운 일은 아니었다. 하지만 아이가 바이올린을 시작하면서 뒷바라지하느라 논문은 들여다볼 새도 없다고 했다. 보통만 하면 좋으련만 절대 음감을 타고났다는 아이에 대한 레슨 선생들의 찬사를 모른 척할 수가 없다고. 또래보다 키도 작은 아이가 악기와 가방을 메고 버스와 기차를 갈아타고 먼 길을 다녀야 하므로 레슨엔 그녀가 꼭 따라가야 했다. 돈이 적게 들면서 좋은 선생을 찾아내거나 한국과는 비교도 할 수 없는 사회보장제도를 활용해 영국에서 태어난 아이에게 혜택이 돌아올 수 있는 각종 지원 서류를 작성해야 하는 것도 그녀의 임무 중 하나였다. 그래도 부족한 레슨비를 보충하는 유일한 방법은 아이의 실력을 키우는 것이었으므로 놀고 싶어 하는 아이를 연습시키는 것도 그녀의 몫이었다.

유진은 빈에서 대학원에 다니고 있다고 했다. 아니 일찌감치 결혼을 해 며느리까지 보았다고, 메신저로 소식을 전해 들었다. 한국에선 대개 입대할 나이인 이십대 초반에 그녀의 아들은 결혼을 했는데, 월반을 하여 다른 아이들에 비해 대학을 빨리 졸업한 덕이라고 했다. 미국에서 대학을 다니고 있지만 언젠간 한국으로 와서 군 복무를 해야 하는 아들을 생각하니 억울한 마음마저 들었다. 그녀의 아들과는 두 살 차이였다. 유진은 젊은 바이올리니스트로 실력을 인정받아 유럽 각지로 연주 여행도 다니는 모양이었다. 그녀는 가끔 아들의 연주 실황이 닮긴 동영상을 링크해 보내기도 했다.

오는 길이 힘이 들었는지 잠시 침대에 눕는다는 게 깜빡 잠이 들었던 모양이다. 그사이 그녀가 벌써 식탁을 차리고 있었다.

"너 홍합 좋아하지?"

그녀는 어느새 연어를 굽고 홍합국을 끓이고 잡채에 샐러드까지 차려놓았다. 새로 지은 밥엔 현미와 검은 쌀까지 섞여 있었다. 14년 전, 슈퍼마켓에서 홍합을 발견하고 소리를 지르며 반긴 후 국을 끓여 맛있게 먹었던 것까지 기억해낸 모양이었다. 국물이 있는 밥상이 반갑긴 했지만 아침으론 과한 상차림이었다.

"뭘 이리 많이 차렸어?"

아무래도 민폐인 것 같아 나는 마음이 편치 않았다.

"그 사람 떠난 후 손님이 온 건 네가 처음이야. 어쩌다 다녀가는 유진이 빼곤."

그의 남편이 세상을 떠난 게 5년 전인데 그동안 방문자가 없었다는 게 믿기지 않았다. 나는 놀라서 그녀의 얼굴을 가만히 살펴보았다. 헤어스타일은 그대로였지만 그녀의 얼굴은 살이 더 내려 광대뼈가 두드러졌고 얇은 눈꺼풀 때문에 쌍꺼풀이 한 겹 더 져 있었다. 눈이 더 깊어졌지만 그녀에게서 늘 전해지던 팽팽한 긴장감은 찾아보기 힘들었다.

그을린 자국을 발견한 것은 속이 메슥거려 화장실에 다녀오던 길이었다. 모처럼 한국 음식에 입맛이 당겨 지나치게 많이 먹은 탓인지도 몰랐다. 나는 화장실에 가서 먹은 것들을 게워냈다. 당면과 시금치 가닥이 미처 삭지 않은 채 변기로 쏟아져 나왔다. 한동안 잠잠하던 속이 다시 뒤틀린 모양이었다. 나는 변기를 붙들고 쓴물까지 다 토해내고 나서야 겨우 일어나 한참 동안 변기에 앉아 있었다.

"속이 안 좋니? 먹은 게 잘못된 거야?"

변기 물을 내리자마자 문밖에서 그녀의 목소리가 들려왔다.

"아냐, 괜찮아."

나는 최대한 심상한 목소리로 대꾸했다. 변기 물 내리는 소리에 섞여 바깥에선 겨우 알아들을 만한 목소리였다. 나는 그러고도 좀 더 앉아 있다가 다시 한 번 물을 내리고 입을 헹군 후 밖으로 나갔다. 변비라도 걸린 사람처럼 굴었다. 화장실 문을 닫고 다시 방으로 들어가다 걸음을 멈추었다. 그녀는 진저레몬차를 마시자며 주방에서 물을 끓이고 있었다. 방문을 밀고 들어서는데 책꽂이 뒤 틈새로 가려진 벽면이 보였다. 책꽂이로 가려진 부분이라 어두웠다. 하지만 딱 내 눈높이로 삐죽 튀어나온 듯 보이는 손바닥만 한 자국이 눈을 사로잡았다. 그을음이었다. 그 위로 칠한 흰 페인트 때문에 색이 바랬다고 하기엔 너무 짙은 얼룩이었다. 얼핏 보면 때가 잔뜩 낀 손으로 도장이라도 찍은 것 같지만 손자국이라 보기엔 형태가 둥글었다. 다시 봐도 불에 그을린 자국이 또렷했다. 덧칠한 페인트가 미처 닿지 못한 곳이었다.

"봤구나."

찻잔 두 개를 들고 나온 그녀가 내 등 뒤에서 중얼거렸다.

"불?"

나는 찻잔을 든 그녀를 놀란 눈으로 바라보았다. 그녀가 찻잔을 식탁에 놓고 다시 주방으로 가서 뜨거운 주전자를 가져왔다. 나는 그제야 식탁에 마주 앉아 그녀를 유심히 쳐다보았다. 방금 전의 메슥거림과 구토가 거짓말처럼 사라져버렸다. 그녀의 눈동자가 호수처럼 미세하게 흔들렸다.

"내가 그랬어."

그녀의 눈동자가 돌을 맞은 듯 크게 흔들렸다. 나는 그녀에게서 눈을 뗄 수 없어 함께 흔들렸다.

"페인트를 칠한다고 칠한 건데 거기를 미처 못했더라고. 책장으로 가리면 되겠다 싶었는데."

그녀의 목소리에 그을음이 낀 듯했다.

"힘도 들고 돈도 모자라서 다 못 칠했어."

천장에서 눈을 떼지 못하고 있는 내게 그녀가 고해 성사라도 하듯 말했다.

"지난주에 급하게 칠했어."

그제야 집 안에 배어 있는 페인트 냄새가 비후성비염으로 막힌 코끝으로 스며들었다. 갑자기 후회가 몰려왔다. 몇 번이나 망설이다 온 길이 다시 불편해지는 기분이었다.

세상을 떠났다는 그 남자의 소식이 못내 마음에 걸려온 길이었다. 나는 그녀의 시선을 피해 다시 한 번 방 안을 힐끔거렸다. 지난밤 미처 보지 못한 그림 하나가 눈에 띄었다. 침대 머리맡에 헤드처럼 붙어 있는 「압생트를 좋아하는 여인」이었다. 몇 년 전 갔던 러시아 상트페테르부르크의 에르미타주 미술관에서 본 피카소의 그림이었다.

"세상에서 제일 외로운 여자 같아."

함께 갔던 동료 교사에게 중얼거렸던 기억이 났다. 술잔 하나를 앞에 놓고 술집 테이블에 앉아 있는 여자는 한 손으로는 턱을 괴고 다른 쪽 긴 팔과 큰 손으로 자신의 반대편 어깨를 감싸 안고 있었다. 에르미타주의 벽을 꽉 채운 그림들 중에서 그 그림이 유독 눈에 들어와 사 온 복제화를 오랫동안 책상 앞에 붙여놓고 지냈다.

"청승맞아 보이니 좀 환하고 이쁜 그림 붙여놔."

집에 온 동료 교사가 벽에 스카치테이프로 붙인 사진을 떼어내는 걸 나는 못 이기는 척 놔두었다. 너무 오래돼 지루하던 참이었다. 그 그림을 그녀의 집에서 보니 기분이 묘했다. 전혀 다른 취향이라 생각했는데 어느 곳에서 그녀와 내가 만난 모양이었다.

"네가 안 왔으면 이마저도 안 한 채 그냥 지냈을 거야, 집이 엉망이었어." 그녀의 목소리에 거미줄이 잔뜩 쳐진 것 같았다. 그러고 보니 그녀의 집은 동굴처럼 보였다. 오랫동안 타인을 위해 불을 피우거나 기름 냄새를 풍겨본 적 없는 어두운 동굴 속에서 그녀는 웅크린 혈거인처럼 살아온 모양이었다.

남편의 사업 실패로 위장 이혼을 했던 나는 1년 만에 실제로 이혼을 했다. 남편은 그사이 다른 여자를 만나 그녀와 새로운 사업을 시작했다. 단지 사업 파트너일 뿐이라고 했지만 나는 그 속에 다시는 끼어들고 싶지 않았다. 고등학교 때 미국으로 간 아들은 대학에 들어가 다시 돌아올 생각이 없어 보였다. 다만 언제 군 복무를 하는 게 유리할지 계산 중이었다. 이혼 후 3년이 다 돼가는 사이 나는 기를 쓰고 평계를 만들어 동료들과 지인들을 초대해 밥과 술을 나누었다. 정적을 견딜 수 없어 마음에도 없는 사람들을 자꾸 불렀다. 그러나 그들이 돌아간 밤, 나는 혼자 작은 방에 쭈그리고 앉아 그들과 마신 술보다 더 많은 양의 술을 마시곤 했다. 취하지 않고는 아무것도 손에 잡히지 않는 허무를 도무지 견딜 수 없었다. 황폐한 나날이었다.

다트무어 지방의 사진을 처음 본 것은 누군가의 블로그에서였다. 우연히 징검다리를 타고 들어간 영국 유학생의 블로그에는 가을 여행을 다녀왔다는 다트무어의 사진이 여러 장

올라와 있었다. 황량했다. 사진 속에서 싸늘한 바람이라도 불어올 것처럼 메마른 풍경이 순간 마음을 사로잡았다. 꽃은커녕 한 뼘 이상 되는 나무조차 보이지 않는 매끈한 구릉에 바위와 키 작은 관목만 따개비처럼 붙어 있었다. 종기처럼 솟은 바위들뿐 푸른 식물들이라곤 도무지 눈에 띄지 않는 곳이었다. 아니 황량함은 마치 대양의 너울처럼 넓게 펼쳐진 구릉 때문이었는지도 몰랐다. 언덕의 굴곡이 완만하게, 그러나 끝이 보이지 않을 만큼 막막히 펼쳐져 있었다. 어딘가로 떠나야 한다는 절박함만 있을 뿐 어떤 구체적인 계획도 없이 하루 종일 인터넷만 뒤지고 있던 나는 그날 밤, 새벽 세시가 넘어가는 시각에 쫓기듯 런던행 비행기를 예약했다. 복잡한 예매 절차를 마치고 나니 비로소 안심이 되었다. 적어도 그곳에 더 머물러 있지 않아도 될 터였다.

왜 하필 이곳이었을까. 나는 무어의 드넓은 구릉을 보며 몇 번씩이나 되물었다. 그토록 힘겹고 지루한 시간을 날아서 온 곳이 하필이면 이렇게 꽃 한 송이도 없는 황무지란 말인가. 꽃이라기엔 너무 작은 히스꽃을 바라보며 혼자 중얼거렸다. 드넓게 펼쳐진 구릉엔 낮은 키와 가시로 무장한 히스꽃밖에 보이지 않았다. 깨알보다 더 클 것 같지도 않은 보라색 꽃은 꽃이라기도 무색할 만큼 초라하고 옹색했다. 고등학교 시절, 소설『폭풍의 언덕』을 읽으며 온갖 상상을 펼쳤던 히스가 바로 이 황무지의 작고 초라한 꽃이었다는 사실에 쓴웃음이 났다.

그러나 작은 히스도 무더기로 피어 있을 땐 짙은 보라색 보자기라도 덮어놓은 듯 황량한 무어를 빛나게 했다. 나는 히스가 무더기로 피어 있는 다트무어의 한가운데 있는 민박집에서 열흘을 머물렀다. 휴가철이 지난 비앤비에는 손님이 없어 침대 네 개가 놓인 방을 혼자 독차지한 채 환갑이 넘었다는 거구의 주인 여자와 나는 아침마다 함께 식사를 했다. 식탁에는 일주일 동안 하루도 빠지지 않고 계란프라이와 토스트 두 조각, 베이컨과 토마토, 그리고 뜨거운 홍차가 올라왔다. 신기하게도 일주일 내내 그 낯선 음식들을 먹고도 토하지 않았다.

균열은 구토로부터 시작되었다. 지난 1학기 중반, 오후 수업 두 시간을 마치고 나왔을 때였다. 갑자기 목구멍 위로 무언가 치밀었다. 아침부터 속이 메슥거리고 배가 아팠다. 전날 맥주를 꽤 마신 터라서 늘 그렇듯이 숙취 증상인 줄 알고 아침에 매실액을 물에 타 마셨다. 그러나 점심으로 먹은 북엇국도 효과가 없는지 속이 가라앉지 않았다. 오후의 마지막 수업이 끝나가는 무렵 나는 결국 화장실 변기를 부여잡고 어제 안주로 먹은 닭튀김까지 모두 토했다. 나머지는 모두 설사로 내보내고 나니 속이 텅 비어 다탁 하나도 놓이지 않은 선사의 방에 앉아 있는 것처럼 정갈한 기분까지 들었다. 하지만 그 메슥거림은 다음 날에도, 그다음 날에도 가시지 않았다. 약국에 가서 사흘치 약을 지어 먹고 메슥거림을 겨우 가라앉혔다. 그 후로도 자주 속이 좋지 않았지만 나는 만성 위염 환자들이 그렇듯이 큰 신경은 쓰지 않았다.

1학기 기말이 끝나갈 무렵이었다. 학교에선 인근의 병원과 자매결연을 맺어 교사들을 상대로 1년에 한 번씩 정기 검진을 했는데 옆자리의 수학 담당 김 선생이 자신도 속이 안 좋다며 내시경을 하자고 했다. 나는 이십대의 언젠가 속이 좋지 않아 의사의 말만 듣고 아무런 사전 지식 없이 내시경을 했다가 온몸이 뒤틀리는 고통을 경험한 적이 있어 그 후로 다시는 내시경을 하지 않았다. 하지만 혼자 하는 게 무섭다며 애원을 하는 김 선생의 엄살 때문에 하는 수 없이 수면 내시경 신청서에 사인했다.

"위암 2기입니다."

마취도 다 깨지 않은 상태에서 들은 말은 몽롱하기만 했다. 나도 모르는 사이에 생은 잔뜩 금이 가 있었다.

어디서부터 깨진 조각을 붙여야 할지 몰라 무작정 휴직을 먼저 했다. 어차피 방학이니 방학이나 지나고 휴직하라는 김 선생의 충고에도 아랑곳없이 1년 휴직계를 냈다.

"박 선생, 도대체 제정신이야? 그 몸으로 어딜 간다고 그래?"

학교를 휴직하고 집에 틀어박혀버린 나를 사나흘에 한 번씩 찾아오던 김 선생은 영국으로 떠난다는 내게 화를 냈다.

"병든 몸을 함부로 하는 것도 오만이야!"

김 선생의 눈에서 눈물이 반짝 빛났다.

"여기 이렇게 있는 한 암세포에서 한 발자국도 벗어날 수 없을 것 같아. 수술도 하기 전에 쓰러지고 말 거야."

나는 20여 일이 남은 수술 날짜에 붉은 동그라미가 쳐진 달력을 쳐다보았다. 암세포가 장막 바깥까지 침윤된 상태지만 다행히 다른 장기로 전이는 되지 않은 것 같다고 했다. 하지만 개복을 해봐야 정확한 진단이 나온다고 했다. 수술 후에는 항암 치료도 해야 한다며 의사는 수술 전 적당한 운동과 충분한 휴식을 권유했다. 빈틈없이 들어찬 대학 병원 스케줄에서 최대한 빠른 날짜로 잡아준 것이 20일 후였다. 나는 20일간의 집행 유예를 어떻게 보내야 할지 몰라 무작정 비행기 표를 끊었다. 그나마 혼자인 덕에 돌봐야 할 가족도 없었고 부모님이 돌아가신 후 형제들마저 소원해져 홀가분한 게 다행이었다. 아들에겐 수술실에 들어가면서 편지를 남길 생각이었다.

"이건 그냥 도망가는 거야."

김 선생은 공항까지 따라와서도 끝내 화난 표정을 풀지 않았다.

"도망이라도 갈 수 있으니 다행이지 뭐."

도망이든 무엇이든 한시바삐 그곳을 벗어나고만 싶었다. 한 번도 제대로 싸워보지 않은 사람이 위기를 맞이하는 가장 흔한 방법인지도 몰랐다.

늦게까지 잔 모양이었다. 휴대폰을 보니 정오가 넘어 있었다. 그녀는 오전에 도서관에 책을 반납하러 나갔다 온다고 했다. 라틴어를 공부하기 시작했는데 더듬거리며 라틴어로 된 성경을 읽는 게 이즈음의 가장 큰 낙이라고 했다. 낯선 언어에 대한 호기심이 변치 않은 게 반가웠지만 한편으론 그녀에게 낯선 언어란 무엇인지 궁금하기 짝이 없었다.

"생각해보니 내게 외국어란 늘 비루한 현재를 견디게 해주는 당의정 같은 거였어. 그게 아무것도 해주지 못한다는 걸 알지만 그것도 없으면 뭘로 견뎠을까 싶더라."

지난밤 라틴어 공부를 한다는 그녀에게 나는 물었고 그녀는 대답했다. 안개가 낀 듯 가라앉은 그녀의 말을 들으며 나는 당혹스러웠다. 나의 당의정은 도대체 무엇일까, 선뜻 떠오르지 않았다.

현관 열쇠를 놓고 간다던 그녀는 내 잠을 깨울까 봐 발소리도 죽이고 나간 모양이었다. 지난밤, 중정에서 들려오는 고양이 소리에 밤을 꼬박 새우고 새벽 다섯시가 넘어서야 겨우 잠이 들었다. 9월 초순이지만 냉기가 뼛속까지 스며드는 영국의 날씨 탓에 이불을 두 개나 덮어도 온몸이 뻐근했다. 누워서 무심히 벽을 바라보았다. 아귀가 딱 맞지 않는 좁은 창문 밖으로 햇빛이 얼비쳤다. 나는 일어나 유리문을 가린 짙은 녹색의 나무 덧문을 밀어냈다. 건물 한가운데에 중정이 있었고 그곳엔 포도나무를 비롯한 키 작은 자작나무 몇 그루와 장미 넝쿨이 뒤섞여 있었다. 입주자들의 집에서 나온 것인 듯 화분도 몇 개 보였다. 잎이 말라가는 제라늄 네 개와 라벤더 화분 두 개였다. 켜켜이 먼지가 앉은 낡은 창틀 밖으로 보이는 남루한 풍경이었다.

그때였다. 현관에서 투박한 나무 문 여는 소리가 들려왔다. 어둠을 밀어내기라도 할 듯 천천히 현관문을 열고 그녀가 들어왔다.

"일어났구나, 야채죽 끓여놨는데 어서 먹자."

그녀가 엄마처럼 굴면서 서둘러 상을 차렸다.

지난밤 나는 결국 이실직고를 하고 말았다. 구토를 하고 나온 나를 그녀가 내내 쳐다보고 있었다. 의혹이 가득한 눈길이었다.

"너, 무슨 일 있지?"

그녀의 한마디에 나는 관절이 꺾인 듯 주저앉았다. 일주일이 넘도록 혼자 황무지를 떠돈 외로움 탓인지도 몰랐다. 나는 누군가 툭 건드리기만 해도 무너질 듯 위태로웠다.

"와인이나 한잔할까?"

혼자 황무지를 떠돌던 내내 유혹을 견뎌낸 술을 그녀와 꼭 한잔 나누고 싶었다. 그녀가 재빨리 쟁반에 와인 잔 두 개와 치즈 한 덩이를 가져왔다. 탁자에 느닷없는 술상이 차려졌다.

"생각해보니 너랑은 술 한잔 마신 기억이 없구나. 하긴 내가 처음 술 마시기 시작한 곳이 여기니 당연한 일이지만. 모처럼 한국말로 술주정이나 하자."

그녀가 능숙하게 와인의 코르크 마개를 땄다. 놀라운 일이었다. 알코올중독으로 끝내 세상을 떠난 아버지 때문에 그녀는 자기 평생 절대로 술을 마시는 일은 없을 거라고, 신에 대한 맹세보다 더 단호하게 말하곤 했었다. 그런 그녀가 빠른 속도로 와인을 마시기 시작했다.

"여기 와서 배운 것 중에 와인이 제일이야."

그녀의 와인 잔이 채워지기가 무섭게 비어갔다. 나는 그제야 그녀가 변하지 않은 건 그저 겉모습에 불과했다는 걸 깨달았다. 그녀는 그새 많이 달라져 있었다. 그것도 그녀의 가장 단호한 금기였던 술이라니. 내겐 아직도 생생한 술 취한 그녀의 아버지가 그녀에겐 이미 지워진 존재인 걸까. 단숨에 와인 반병을 비워내는 그녀를 보며 나는 의문에 사로잡혔다. 내 앞에 놓인 잔은 그대로였다. 그녀가 내 앞의 잔을 눈짓으로 가리키며 다시 의심스러운 표정을 지었다. 나는 그제야 겨우 와인 잔에 가만히 입을 대었다. 한 모금의 와인이 스폰지를 적시는 물처럼 몸속으로 스며들었다. 나는 다시 잔을 들었다. 풍부한 탄닌이 혀끝부터 입안 가득 번져갔다. 동네 슈퍼마켓에 가득 진열된 와인 병들을 볼 때마다 참을 수 없는 유혹이 일었다. 서울에선 큰맘 먹어야 살 수 있던 브랜드도 여기선 반 이하의 값이었다. 때론 물값보다 싼 와인도 있었다.

"왜 안 마시니? 술 좋아했잖아. 고등학교 졸업도 하기 전에 학사주점에 날 데리고 가 너 혼자 취했었잖아."

나는 잔을 들고 흔들었다. 와인의 향이 몸속으로 스며들었다. 그러나 더 이상 마시기 시작하면 걷잡을 수 없게 될 거라는 정도의 분별력은 아직 잃지 않고 있었다.

"암세포와 알코올 중에 어느 놈이 더 셀까?"

나는 남은 와인으로 입술을 적시며 그녀를 빤히 바라보며 말했다. 조금씩 풀어지던 그녀의 시선이 순간 의혹으로 멈춰 섰다. 그 눈길이 부담스러워 하는 수 없이 한 모금을 더 마셨다. 면역력을 잃은 몸속으로 들어간 와인이 빠르게 흡수되었다.

"무슨 말이야?"

그녀가 당혹스런 표정으로 흔들리는 내 시선을 붙잡았다.

"내 인생에 이런 복병이 숨어 있을 줄 몰랐어."

나는 그제야 보름 전에 의사로부터 들은 병명과 한국으로 돌아가서 해야 할 수술에 대해 이야기했다. 남의 일처럼 덤덤했다. 그런데 그녀가 갑자기 내 옆자리로 오더니 나를 안았다. 내가 원한 그림은 아니었지만 뿌리칠 수도 없었다.

"너는 피해 갈 줄 알았는데……"

갑자기 눈물이 터졌다. 이상하게도 그동안 눈물 한 방울 흘리지 않고 잘 견뎌왔는데 그녀에게 안겨 나는 울음을 울기 시작했다. 그녀가 내 등을 토닥였다. 나는 그녀의 마른 품에 안겨 그동안 억지로 막고 있던 울음을 한 방울 남김없이 쏟아냈다. 두통이 몰려왔다. 나는 소파로 가 누웠다. 그녀가 다시 따라와 느닷없이 내 머리카락을 헤집으며 경혈 자리를 꾹꾹 눌러댔다. 할아버지가 한의사였다는 조지에게 배운 것이라 했다. 그를 사랑하지 않는다는 사실이 견딜 수 없어 유진이 네 살 때 아이와 함께 집을 나가 무작정 스웨덴까지 갔다가 갈 데가 없어 다시 돌아왔다는 그녀는 그 후 그를 친구로만 대하기로 마음먹었다고 했다. 다른 사람을 사랑하게 되면 언제든 떠나기로 약속했는데 둘 다 새로운 연인이 생기지 않아 그냥 동거인으로 지내고 있다는, 14년 전 그녀의 고백이 떠올랐다.

"너를 만나고 싶었나 봐. 그 땅을 떠나면 암세포에서도 도망칠 수 있을 거라 생각한 건 그저 핑계였던 것 같아."

생각해보면 다트무어의 황무지도 결국은 런던에 있는 그녀를 만나고 싶은 구실이었는지도 몰랐다.

"나를 만난다고 뭐가 달라지니?"

그녀가 긴 손가락으로 빗질을 하듯 내 머리카락을 쓸어 넘겼다.

"모르겠어. 이 상황이 억울한데 억울하다고 쉽게 말할 수도 없었어. 우습지만 내 안에 아주 오래된 죄책감 비슷한 게 있는데 그게 바로 너야. 너를 볼 때마다 알량한 내 처지에 너무 많은 걸 누리고 있다는 죄책감이 들었어. 그걸 보상받고 싶었나 봐. 한꺼번에 이자까지 다 쳐서 빼앗긴 이 억울함을 누구보다 너한테 보여주고 싶었나 봐. 우습지?"

머릿속이 텅 빈 기분이었다. 나는 이제 내 몸속에서 살고 있는 암세포를 인정할 수 있게 된 걸까.

"사는 게 그렇게 공평한 수학이라면 얼마나 좋겠니?"

그녀가 쓴웃음을 지었다. 어느새 물기가 밴 음성이었다.

"어느 날 밤, 혼자 와인을 마시며 저 부엌을 보고 있는데 갑자기 죽은 조지가 거기 있는 것 같더라. 등을 돌린 채 닭요리를 하고 있는데 그 등이 너무 안쓰럽게 보였어. 그 사람은 고기를 좋아하고 난 야채만 먹어서 우리는 밥도 거의 같이 먹은 적이 없었어. 그가 떠나고 나니 그게 그렇게 미안하더라고. 이 좁은 집에서 그 사람과 난 밥 한 끼도 제대로 같이 먹은 적 없이 살았으니 그 사람은 얼마나 외로웠을까. 아니 왜 난 그토록 인색하게 살았을까, 문득 그 생각이 드니 갑자기 견딜 수 없이 내 자신이 미웠어. 아니 기를 쓰고 도망쳐온 곳에서 이 꼴로 살고 있는 자신을 더 견딜 수 없었는지도 몰라. 그때 그랬어, 갑자기 벽에 걸린 옷에 라이터를 켰어."

다행히 옆집에서 소화기를 들고 달려와 진화한 덕에 방의 일부만 태우고 불은 꺼졌지만 그녀는 결국 정신과 입원과 지속적인 우울증 상담도 받는 중이었다. 그렇지 않으면 구속이 되었을지도 모를 일이었다.

그녀가 김 가루와 깨소금까지 뿌린 야채죽 두 그릇을 가져왔다. 참기름 냄새가 고소했다. 빵을 먹을 때는 아무렇지 않았는데 한국 음식을 보는 순간 그동안 그것들이 얼마나 그리웠는지를 깨닫곤 했다. 나는 암세포를 달래듯 죽 한 숟가락을 떠 넣었다. 어제 그토록 요동치던 속이 유순히 받아냈다.

"아침에 저 정원을 보면서 문득 깨달았어. 그렇게 황무지를 찾아 헤맸는데 결국 그건 내 안에 있었어."

나는 황무지에 물이라도 주듯 야채죽을 천천히 떠먹었다.

"네 어법대로면 나 역시 황무지구나."

그녀도 야채죽을 달게 먹었다. 어느새 쉰 중반의 험난한 고갯길을 넘고 있는 그녀와 나의 모습이 기이하기만 했다.

"우리가 저 여자를 닮은 것 같다."

나는 침대 위에 붙어 있는 그림 「압생트를 좋아하는 여자」를 쳐다보았다.

"아무래도 그런 것 같구나."

그녀가 낮은 목소리로 중얼거렸다. 멀쩡한 데 하나 없이 온몸에 실금이 잔뜩 나 있는 기분이었다. 그녀 역시 마찬가지였다. 온몸을 그을린 채 세상의 끝에 서 있는 여자. 나는 이제야 그녀를 찾아온 이유를 알 것도 같았다.

붉은 길

아무래도 이상하다. 걸어온 길을 되짚어가는 중인데 아쉬람의 철문이 왜 나오지 않는 걸까. 나는 흰 페인트가 벗겨져 녹이 슨 철문을 찾아 계속 걷는다. 마음이 급해지니 발걸음이 빨라진다. 걸음을 내딛을 때마다 붉은 흙이 먼지처럼 운동화 위로 풀썩, 번진다. 코코아 가루처럼 입자가 곱고 붉은 흙이다. 누군가 일일이 가는 체로 친 것만 같은 흙이 연노랑색 운동화에 배어 붉은 봉제선이 선명하게 드러난다. 고개를 들어 눈앞의 길을 바라본다. 초원의 한가운데로 붉은 길이 일직선으로 길게 뻗어 있다. 이토록 긴 길이었던가. 점점 자신의 감각을 믿을 수 없다. 녹이 슨 문을 나와 오른쪽으로 십오 분 남짓 걸어갔다가 스프링클러가 돌아가는 삼거리에서 돌아오는 길이었다. 동네 구경도 할 겸 좀 더 걷고 싶었지만 오른쪽에서 세 명의 남자들이 오는 바람에 바로 돌아왔다. 갔던 길을 따라 그대로 돌아오는 길인데 시간은 두 배가 지난 것 같고 길은 점점 낯설어지고 있었다. 시간과 거리 감각이 나도 모르는 사이에 어긋나버린 채 붉은 길을 빠른 걸음으로 걷는다. 풍경은 더욱 낯설어진다. 10미터쯤 가다가 다시 걸음을 멈추고 주위를 둘러본다. 텅 빈 초원이다. 멀리 야자나무 사이로 남인도의 붉은 해가 지고 있다. 한국보다 더 서쪽에 위치한 탓인지 해가 지는 시간이 길고 노을도 짙고 붉다. 사방을 둘러보아도 숙소인 스와미 아쉬람은 어느 쪽에 있는지 짐작도 가지 않는다.

건물이 하나도 없는 풍경이 낯설기만 하다. 한국에선 들판은 물론 깊은 숲에 들어가도 하다못해 휴게실이나 산장이라도 보이지 않던가. 이곳은 삼면이 성근 숲으로 둘러싸여 있고 그 안에 드넓은 초원이 펼쳐져 있다. 초원에는 나무 한 그루 서 있지 않아 도무지 방향을 구분하기 힘들다. 건물이, 아니 지형지물이 없는 곳이라는 게 얼마나 방향 감각을 교란시키는지, 그동안 내가 얼마나 많은 건물들과 사물들에 둘러싸여 지냈는지 새삼 깨닫는다.

하늘을 보면 해가 지는 방향이 서쪽인 것은 분명하나 문제는 아쉬람이 동서남북, 어느 방향에 있는지 알지 못한다는 사실이다. 인도에 도착한 지 이틀째, 첫날은 새벽에 도착해 종일 자고 나니 이미 오후여서 짐을 풀고 아쉬람 마당만 겨우 산책했다. 이틀째인 오늘, 피부를 태워버릴 것 같은 남인도의 태양이 누그러진 틈을 타 느지막이 산책에 나선 길이었다.

녹슨 문을 나서자 갑자기 붉은 흙길이 펼쳐졌다. 한국의 황토보다 훨씬 붉은 흙이다. 흡사 코코아 가루라도 뿌려놓은 듯 입자 고운 붉은 길에 홀려 나는 바닥만 바라보며 무작정 걸었다. 걷다 보니 숲속에서 굉음을 일으키며 오토바이가 달려왔다. 한눈에 이국의 여자라는 걸 알아본 오토바이를 탄 남자들은 휘파람을 불어댔고 나는 잔뜩 긴장한 채 바닥만 보고 걸었다. 새벽 세시에 공항에 도착해 바로 아쉬람으로 차를 타고 온 탓에 처음 만난 인도의 풍경이었다.

오토바이 탄 남자들이 사라지자 사람이라곤 그림자 하나도 보이지 않았다. 공항에서 차로 한 시간도 넘게 떨어진 시골이라 그런지 행인이 거의 없다. 오토바이를 타고 지나가던 남자들이 그리워질 만큼 갑자기 초원은 적막해진다. 어두워져가는 초원에서 아무래도 나는 길을 잃은 모양이다.

마이소르에 가고 싶어. 적막한 길 한가운데에서 네 목소리가 자객의 칼처럼 불쑥 떠오른다. 너는 술만 마시면 입버릇처럼 마이소르에 가고 싶다고 말했다. 언젠가 텔레비전에서 잠깐 본 적이 있는 곳이었다. 한때 마이소르왕국의 수도였는데, 특히 요가원이 많아서 한국의 요가인들도 많이 가는 곳이라고 했다. 거기에 뭐가 있는데? 그럴 때마다 나는 네 어깨에 죽비라도 내리치는 심정으로 물었다. 사람…… 네 앞의 나는 유령이라도 된다는 듯 너는 말했다.

그런 날이면 나는 집에 돌아와 밤새 마이소르를 검색했다. 구글과 포털의 블로그에 실린 여행기는 물론 다양한 지도를 샅샅이 검색했다. 영국의 식민지 시절에 세워진 유럽풍 궁전과 성당들은 물론 형형색색의 향신료들에 매료돼 밤을 새운 적도 있었다. 심지어는 구글 어스까지 다운받아 도시의 길들을 검색했다. 소와 염소가 지나는 길에서 네가 말한 그 '사람'이 가 있다는 요가원이 보이지 않을까 하며. 그렇게 밤을 새운 새벽이면 푸른색의 창밖 세상이 마이소르인 듯한 착각이 일었다. 그곳에서 너와 함께 1년쯤 살아도 좋겠다는 엉뚱한 꿈을 꾸기도 했다.

벌써 다섯번째 코끝을 만지고 있었다. 초조하면 나오는 습관이었다. 너무 방심한 게 문제였을까, 나는 갑자기 붉은 길 위에 멈춰 서서 주위를 돌아본다. 삼면이 숲으로 둘러싸인 넓은 초지를 가로지르는 붉은 길의 한가운데 서 있다는 사실이 실감나지 않는다. 마이소르에 가려면 도착하는 공항이라고만 알고 있던 뱅갈루루, 그것도 이 낯선 시골까지 오게 될 줄은 생각도 해본 적이 없었다.

마이소르의 숙소를 검색하던 중 나는 누군가 올린 이곳의 아쉬람 사진을 보고 갑자기 행선지를 변경했다. 마이소르에

서 두 시간 거리에 있다는 뱅갈루루. 도심에서 사오십 분 떨어진 스와미 아쉬람을 포스팅한 사람에게 메시지를 보내 홈페이지를 알아냈고, 메일을 보내 예약을 했다. 몹시 조용한 곳이라는 게 마음에 들었다. 아니 무엇보다도 마이소르행 버스가 많다고 했다. 단 하나의 방이 비어 있다는 아쉬람 측의 답장이 오자마자 나는 뱅갈루루행 티켓을 끊었다.

습관처럼 마이소르만 검색한 탓에 나는 뱅갈루루에 대해 아는 것이 없었다. 방학 전에 처리해야 할 온갖 잡무들 때문에 떠나오기 직전엔 가이드북 하나 살 시간도 없었다. 인천공항에서 겨우 인도 여행 커뮤니티를 검색해 환전과 교통 정보를 얻었다. 아쉬람 측에서 보낸 택시 기사가 픽업을 오지 않았다면 나는 이 시골 마을까지 찾아오는 것도 쉽지 않았을 것이다.

너무 방심한 탓이었다. 도착 이틀째지만 나는 아쉬람의 전화번호도 가지고 있지 않았다. 아니 전화번호가 적힌 메모지는 여권 케이스에, 여권은 아쉬람 방 안의 캐리어 속에 있었다. 휴대폰을 갖고 있지만 미처 인도 유심칩으로 바꾸지 않아 아쉬람은 물론 매니저인 라훌의 전화번호 하나 입력돼 있지 않았다. 아쉬람의 전화번호를 알려면 서울을 떠나오기 전에 주고받은 메일을 열어봐야 하는데 와이파이가 터질 리 없는 인도의 초원 한구석에서 내가 가진 스마트폰은 무용지물일 뿐이었다. 코가 점점 말라가며 내 손은 더 자주 코끝에 머문다. 길을 잃었다고 도움을 요청할 곳이 하나도 없었다. 파주의 작은 아파트에서 혼자 사는 어머니에게 전화를 걸어본들 아무 도움도 되지 못하고 걱정만 안겨줄 것이다. 어머니에겐 단지 인도에 다녀오겠다고만 했다. 생각해보니 내가 뱅갈루루로 떠나온 사실을 아는 사람조차 전혀 없었다.

끝내 아쉬람을 찾지 못하면 어떻게 하지? 그땐 너에게 전화를 걸어도 되지 않을까. 내가 이곳에서 전화할 수 있는 유일한 사람은 너였다. 내 집 책장에 꽂혀 있는 너의 책, 『인도신화』를 보내달라며 너는 주소와 전화번호를 보내왔고, 나는 그 번호와 주소를 휴대폰에 입력해두었다. 길을 잃어 두려운 상황 속에서도 너에게 전화할 구실이 생겼다는 게 반갑기만 하다. 나 길을 잃었어, 어두워지는데 여기가 어딘지 모르겠어. 울며 전화라도 건다면 너는 무슨 말을 할까. 걱정하지 말라며, 다급히 인도의 경찰서에 전화라도 해줄까? 아쉬람의 전화번호를 알아내 나를 찾아달라고 전화를 할지도 모른다. 아니 무슨 수를 써서라도 이곳으로 와주지 않을까. 두 시간 떨어진 곳이니 너는 새벽이 되기 전에 이곳에 도착할 수도 있을 것이다. 아니면 내가 무사하다는 연락이 올 때까지 너는 밤을 꼬박 새우며 기다릴까. 이곳에서 전화를 걸면 너에게 가닿기는 할까. 길을 잃은 처지에 엉뚱한 상념에 잠겨 있다니, 나는 그제야 머리를 흔들며 주위를 둘러본다. 사방을 둘러보아도 아쉬람은 보이지 않는다. 더 어두워지기 전에 아쉬람으로 돌아가지 못한다면, 그 이후는 상상조차 하기 싫었다. 딱딱한 매트리스가 깔린 나무 침대와 높은 서까래에 커다란 실링팬이 매달린 아쉬람의 내 방이 맹렬히 그리워지기 시작한다.

스와미 아쉬람은 흙과 나무로 지은 숙소였다. 힌두교의 수행자를 이르는 스와미란 말처럼 정갈하고 조용한 방 열 개가 있는 아쉬람은 인도인들의 주거 지역과는 떨어져 있었다. 젊은 인도 건축가가 지은 작은 빌리지로, 울타리 안에는 그의 설계 사무실과 채마밭, 명상을 위한 홀과 식당, 그리고 흙집 몇 채가 들어서 있었다. 견고하면서도 시원한 건물과 깔끔한 이부자리가 마음에 들었다. 방마다 작은 책상이 있고 커다란 거울이 있는 욕실도 정갈하여 호텔 부럽지 않은 곳이었다. 고객은 주로 겨울을 따뜻한 남인도에서 보내려고 온 유럽인들이 많았는데, 동양인은 나 혼자였다. 예약한 스웨덴인이 취소하는 바람에 방이 하나 비게 되었다고, 매니저인 라훌은 내게 '유 아 럭키'라며 큰 선심이라도 쓰듯 말했다. 무엇보다 풍부하게 쏟아지는 햇빛 아래서 유럽의 북쪽에서 온 숙박객들은 마당 한가운데 놓인 의자에 앉아 상의를 벗거나 최소한의 옷차림으로 일광욕을 즐겼다. 구름 한 점 없는 햇빛만으로도 그들이 인도에 온 이유가 충분해 보였다. 햇빛이 모자라지 않은 곳에서 온 나는 더위를 피해 뒤늦게 산책을 나선 것이 문제였다. 도대체 여기는 왜 온 것일까, 잃어버린 길 위에서 나는 자신에게 묻기 시작했다. 구차하기 짝이 없는 여행이었다. 이미 잘라진 실타래를 들고 서 있는 자신의 모습이 비루하기만 했다. 그럼에도 불구하고 잘린 실타래를 이어보려는 이 어리석음을 무엇이라 부를 수 있을 것인가. 네가 가위로 자르고 떠난 실타래를 한 올 한 올 바느질로 잇는 기분으로 나는 비행기표를 사고 아쉬람을 예약했다. 내 삶 속에서 단 한 번도 없었던, 낯설고도 기이한 열정이었다.

나의 여행이 잘못되었다는 걸 깨닫는 덴 하루도 걸리지 않았다. 첫날 아침에 일어나 주방으로 가니 더미라는 인도 여인이 휴게실 바닥을 쓸고 있었다. 청소와 빨래를 해주는 사람이라 했다. 내가 지불한 기부금 안에 그녀의 수고비가 포함돼 있으리라는 얄팍한 계산을 하며 나는 그녀가 내미는, 깨끗이 세탁된 이불과 베개 커버를 당당히 받아들었다. 풀을 먹인 초록색 체크무늬 이불이었다. 네 방 침대를 덮고 있던 이불과 같은 것이었다. 인도에서 사 온 거라고 했어. 순면의 감촉이 좋다는 내 말에 너는 무심했지만 굳이 감추지도 않았다. 분명 마이소르에 있다는 '그 사람'이 사다준 것일 터였다. 전날 밤 너를 안고 모처럼 깊이 잠든 내 몸을 덮었던 이불이었다. 갑자기 하얀 목화솜에 가시라도 무성히 박힌 듯, 연한 피부가 쓰라렸다. 풀 먹여 빳빳한 이불을 들고 와 책상 위에 팽개치듯 놓은 후 나는 침대에 누웠다. 긴 한숨에 까만 눈을 반짝이고 있던 작은 도마뱀이 화들짝 놀라 서까래 위로 분주히 이동했다. 도대체 무엇을 찾으러 여기까지 온 것일까. 마이소르도 아닌, 이 낯선 곳에서 나는 무얼 하고 있는 걸까. 우기엔 문을 닫고 건기의 석 달만 문을 연다는 아쉬람의 천장에서 실링팬이 맹렬히 돌고 있었다.

어느 날 문득 너는 사라졌다. 갑자기 연락이 끊기고 한동안은 나 역시 아이들의 중간고사 기간이었으므로 다른 생각을 할 겨를이 없었다. 중간고사 채점까지 끝내고서야 나는 네게서 연락이 끊긴 지 오래되었다는 사실을 깨달았다. 일주일쯤 연락 없던 적도 꽤 있던 일이라 나는 학원 일이 바쁜 모양이라고 생각했다. 그러나 보름이 되었다는 걸 알아차린 날엔 급기야 네게 전화를 걸었다. 대부분 메시지로 연락을 대신하던 터라 전화를 거는 일은 거의 없었다. 조금은 긴장된 너의 목소리를 기대하고 누른 전화기에선 갑자기 없는 번호라는 응답이 나왔다. 이상했다. 나는 입력된 이름이 아닌 번호를 하나씩 정확히 터치해 다시 전화를 걸었다. 똑같은 안내 음성이 다 끝나고 나서야 나는 네가 한국을 떠났다는 사실을 알아차렸다. 아니 취하기만 하면 술버릇처럼 되뇌던 마이소르로 떠났다는 걸.

왜 눈치채지 못했을까, 네가 사라질 수도 있다는 걸 나는 왜 생각조차 해보지 않았던 걸까. 마이소르에 가고 싶어, 너의 그 말을 나는 왜 '마이소르엔 절대 가지 않을 거야'로 착각한 것일까.

그녀가 어느 날 갑자기 떠났다고 했다. 네가 다니던 요가원의 강사였던 그녀가 마이소르의 요가원으로 떠났다는 걸 너는 그녀가 떠난 지 한 주 뒤에나 알게 되었다고 했다. 이젠 아무도 믿지 못할 것 같아. 네가 술에 취해 마이소르로 떠난 그녀의 이야기를 하던 날은 네 생일 파티가 끝난 후 찌그러진 맥주 캔과 폭죽에서 나온 얇은 종이 뭉치와 빈 상자만 남은 생일 케이크의 끈적이는 크림들이 뒤섞인 네 방에서였다. 5년 동안 만났던 사람이라고 했다.

끝까지 가봐야 하는 걸까. 나는 길의 중간쯤에 서서 숲 사이로 난 길의 끝을 바라본다. 어쨌든 가보는 수밖에 방법이 없다. 어쩌면 이 길의 끝에 기적처럼 아쉬람이 나타날지도 모른다는 기대가 끝이 보이지 않는 길 덕분에 불쑥 솟는다. 어둠이 발끝에 바짝 다가와 있었다. 급기야 나는 달리기 시작한다. 갑자기 휘파람 소리가 들려온다. 돌아보니 초원 왼쪽 숲근처에 서 있는 몇 명의 남자들이 눈에 띈다. 그들 외엔 휘파람을 불 만한 사람들은 보이지 않는다. 알아들을 수 없는 단음의 소리도 들린다. 아마도 여자를 부르거나 희롱할 때 쓰는 다양한 호칭 중 하나이리라. 재빨리 그들을 쳐다본다. 예닐곱 명의 인도 남자들과 빨강과 흰색의 차 두 대, 그리고 오토바이가 서 있다. 야유회의 파장인지 짐 정리를 하는 듯했다. 나는 그들과 시선을 마주치지 않으려 가능한 한 빠른 걸음으로 길의 끝을 향해 달린다. 검은 피부에 눈이 깊은 인도 남자들은 도무지 속을 알 수 없었다. 나는 잔뜩 몸을 사린다.

인도에 오기 전부터 생긴 경계심이었다. 서울을 떠나오기 직전 인도 여대생 집단 성폭행 사건이 외신을 타고 전해졌다. 연일 떠들썩하게 포털과 SNS를 도배했다. 인도의 젊은 남자 여섯 명이 남자 친구와 함께 버스를 탄 여대생을 집단 성폭행했다는, 끔찍한 소식이었다. 중상을 입은 그녀가 싱가포르의 병원까지 이송되었다는 뉴스를 들으며 나는 서울을 출발했다. 의사가 되고 싶었던 여학생은 참혹하게 부서진 몸으로 타국의 병원에서 누워 있었다. 처음 뉴스를 듣는 순간부터 나는 불안에 휩싸였다. 어디서든 일어날 수 있는 일이었지만 하필 네가 있는 곳이었다. 그날 밤, 네가 탄 버스가 어둠 속으로 질주하는 악몽에 시달렸다.

오늘 아침, 메일을 확인하기 위해 한국의 포털사이트에 접속했다가 그 학생이 싱가포르의 한 병원에서 끝내 숨졌다는 소식을 보았다. 명치끝이 콱 막혔다. 거리로 나온 인도 여성들이 강간범들을 극형에 처하라고 외치고 있었다. 시위대의 사진을 오래 들여다보았다. 분노보다 절망이 먼저 읽힌 사진이었다. 인도 남자들이 내게 경계의 대상이 돼버린 이유였다.

길의 끝에 이르러 네이티브 빌리지(native village)라고 쓴 작은 나무 표지판을 보고서야 나는 완전히 다른 길로 왔다는 사실을 깨달았다. 처음 내가 떠나온 아쉬람 옆길은 나무 표지판도 없었을뿐더러 무엇보다 숲이 한쪽에만 있었는데 그곳은 양쪽 다 숲이었다. 나는 망설일 새도 없이 되돌아 나왔다. 서쪽 하늘엔 이미 해가 지고 잔광만 마지막 목숨처럼 남아 있었고, 동쪽에선 하얀 낮달이 조금씩 노래지고 있었다. 그동안 걸은 거리가 제법 된 모양이다. 건조한 기후 탓인지 온몸이 버석거리는 기분이다.

서걱거리기 시작한다는 느낌을 받은 것은 네가 떠나기 한 달 전이었다. 너는 마주 앉은 카페에서 내 눈을 슬쩍슬쩍 비껴서 바깥을 쳐다보거나 가끔 시선이 마주쳐도 백열등처럼 환히 켜지던 미소를 짓지 않았다. 의무감처럼 저녁을 먹고 나온 버스 정류장에서 너는 몹시 지루한 표정으로 내가 탈 버스의 위치를 계속 검색했다. 서울의 외곽 도시에 사는 나를 위해 너는 늘 함께 버스를 기다려주었다. 칠 분 후에 버스가 도착한다는 표시가 전광판에 떴지만 실시간 위치 검색 어플을 켜놓은 너는 휴대폰 화면만 쳐다보고 있었다. 그런 너를 보다 못해 마침 도착한, 한 정거장을 걸어야 하는 버스에 올라타버렸다. 마트에 들렀다 가야겠어. 행여 네가 미안해할까 봐 나는 친절한 변명까지 남긴 채 버스를 탔다. 그제야 네가 환히 웃으며 손을 흔들었다. 나와 함께 있었던 그날의 네 시간 동안 가장 환한 표정이었다. 돌아오는 버스 안으로 모래바람이 불었다.

뒤돌아 오는 길에 다시 남자들이 보인다. 짐을 다 꾸린 듯 곧 떠날 태세들이다. 차 한 대가 막 움직이고 있다. 서너 명의 사내들이 탄 빨간 차가 내가 걷고 있는 길을 향해 출발한다. 물끄러미 빨간 차를 바라보던 나는 갑자기 그들에게 다가간다. 더 이상 망설일 여유가 없었다. 그들마저 가버리면 사람을 만날 기회는 없을 것 같았다. 내가 다가가자 그들이 오히려 놀라는 표정이다. 나의 절박함을 알 리 없는 사람들. 자신들이 떠나고 나면 이 어두운 초원에 이국의 여자가 혼자 남으리라는 사실을 눈치채지 못한 이들이 호기심 어린 시선으로 나를 쳐다본다. 자신들에게 말을 거는 것이 얼마나 큰 용기가 필요한지 모르는 남자들의 눈이 번들거린다. 혼자 남는 것보다 번들거리는 시선을 감당하는 게 더 낫다는 생각으로 나는 그들에게 직진한다. 그들은 이 초원에서 내게 길을 가르쳐줄 수 있는 마지막 사람들인 것이다.

너에게로 가는 길은 가시나무로 덮인 초원에서 길을 잃는 것과 다르지 않았다. 타고난 곱슬머리가 자유분방하게 흐트러진 네가 송곳니를 드러내며 웃을 때마다 나는 무방비 상태로 바라보고 있는 자신을 발견했다. 환했다. 지상의 모든 어둠을 걷어낼 수 있을 만큼, 네 미소는 봄 햇살처럼 환했다. 언젠가 사진 찍는 선배를 따라가 보았던 복수초가 떠올랐다. 향일성(向日性)이어서 햇빛이 없으면 피지 않는 꽃이라고 했

다. 노란 피가 흐를 것 같던 꽃잎의 잎맥까지 햇빛에 훤히 드
러나던 복수초, 환한 세상이 간절히 그리웠던 나를 흔든 건
그러나 복수초가 피어난 회갈색 겨울의 언 땅이었다.

그날 너는 소리를 지르고 있었다. 학원 옆 에어컨 실외기들
을 모아놓은 후미진 곳에서 누군가와 통화를 하면서 성대가
찢어지도록 소리를 질렀다.

아빠, 돈은 이번 주 안에 보낸다니까. 제발 술 좀 그만 마시
라고!

등을 반쯤 숙인 채 무언가를 절제하려 애썼지만 내부의 압
력을 견디지 못한 듯 터져 나온 소리 같았다. 오른손에 들고
있던 담배가 동시에 네 발밑으로 던져졌고 곧 짓이겨졌다. 반
쯤 남은 담배였다. 그 순간이었다. 그곳이 학원 근처라는 게
갑자기 생각이라도 난 듯 너는 뒤를 돌아보았고, 내 눈과 마
주쳤다. 핏줄이 터져 토끼처럼 새빨갛게 변한 네 눈과 내 입
술에 칠한 립스틱의 색이 똑같았다. 나를 발견한 네 시선이
고장난 저울처럼 흔들렸다. 피할 데 없는 사막 한가운데에서
만난 노루 새끼들처럼 나는 너의 맨몸과 그렇게 맞닥뜨렸다.

너의 영어회화 클래스에 처음 간 날이었다. 요가 좋아하세
요? 강사인 너는 영어로 내게 물었다. 처음 온 나를 불러 세
울 땐 흔히 자기소개를 하라는 요구려니 하고 몇 개의 상투적
인 자기소개 문장을 생각하던 나는 갑자기 당황했다. 요가라
니, 유난히 몸이 뻣뻣하여 요가는커녕 어려서부터 체조도 싫

어했다. 아니 걷는 것 외엔 어떤 운동도 하지 않는 나는 네 몸을 살피기 시작했다. 뼈가 가늘고 키가 컸지만 요가에 어울리는 몸은 아니었다. 사실 나도 잘 못해요. 요가를 좋아할 뿐. 너는 싱겁게 혼자 대답한 후 간단한 자기소개를 했다. 중학교 때 미국으로 이민을 가서 대학을 마치고 한국으로 다시 왔다고 했다. 무엇보다 미국이란 사회의 정서에 자신을 맞추어 살 수 없었다고 했다. 세상의 그늘이라곤 한 번도 밟아보지 않은 듯 환한 사람의 입에서 나온 말이 의외였다.

내 방향 감각을 너무 믿은 것이 문제였는지도 모른다. 나는 평소 지리 감각만은 자신이 있었다. 어떤 낯선 곳을 가도 금방 동서남북을 구분했고, 모르는 길도 일단 방향을 파악해서 가다 보면 곧 길이 나왔다. 전 남편은 여행을 갈 때마다 운전을 내게 맡기고 자신은 옆자리에서 긴 잠에 빠지곤 했다. 누군가 어떻게 길을 잘 아냐고 감탄할 때마다 대답했다. 길을 아는 게 아니라 방향을 잘 아는 거야. 방향을 따라가다 보면 길은 저절로 나오거든.

자신감이 지나쳤다. 그 자신감이 처음 온 인도에서도 부주의하게 길을 나서게 했고 결국 길을 잃게 만든 모양이었다. 붉은 흙에 취해 방향 감각이 교란된 것인지도 모른다. 길 안쪽으론 코코아 파우더 같은 분말이 우기의 비를 맞고 그대로 말라버려 밟으면 마른 표피가 바스라지곤 했다. 나는 사람들의 발자국이 닿지 않은 곳만 골라 밟았다. 비 오는 날, 아이들이 물웅덩이만 골라 밟듯 나는 흙길에 취해 바닥만 보며 걸었다.

덴마크 남자가 알려준 뱀 집들이 초원 둘레로 군데군데 눈에 띄었다. 인도행이 다섯번째라는 남자는 숙소를 나서는 내게 날이 어두워지면 초원엔 뱀이 많이 나온다고 주의를 주었다. 쐐기풀만 무성한 초원 가장자리엔 주먹 하나가 드나들 만큼 큰 구멍들이 나 있는, 아기 무덤 같은 흙더미들이 줄지어 있었다. 매끈한 구멍이 서너 개 혹은 네다섯 개씩 뚫린 뱀 집을 살피며 걸었다. 황토방처럼 단단하고 아늑해 보였다. 텅 빈 초원은 밤이면 뱀들의 활동 무대가 되는 모양이었다. 구멍 크기로 보아 제법 큰 뱀인 모양이었다. 어쩌면 코브라일지도 몰랐다. 붉은 흙과 쐐기풀을 가로질러 먹이를 구해야 하는 더운 나라의 뱀들, 그들이 나오기 전에 나는 빨리 숙소로 돌아가야 했다. 공포감이 성큼성큼 몰려왔다.

아버지에게 화를 내는 너를 보지 않았다면 네 앞에 머무는 일은 없었을 것이다. 소리 지르는 너를 보며, 술에 취해 엄마 손에 질질 끌려오던 아버지를 떠올리지 않았다면…… 매일 저녁, 술에 취해 마을 개천이나 논둑에 처박혀 있거나 동네 잔칫집의 마무리를 인사불성이 되도록 만취한 아버지의 행패로 파장을 내고야 말 때마다 엄마는 아버지의 옷자락을 질질 끌고 마을 한가운데를 지나며 세상의 모든 욕을 다 퍼부었다.

그때마다 하루 두 번 지나는 기차를 타고 그들이 없는 세상으로 도망치고 싶었던 어린 내가 떠오르지 않았다면 나는 너를 그냥 지나쳤을 것이다.

당신, 경찰관이에요? 급기야 나는 연갈색 제복을 입은 중년 남자에게 다가간다. 인도에 와서 경찰관을 본 기억은 없으나 제복의 색상이 군인 같지는 않아 경찰이냐고 물었다. 남자들의 시선이 일제히 내게 쏠린다. 떠나던 자동차도 멈춰 서서 나를 바라본다. 그렇소. 제복 입은 남자가 억센 인도 억양의 영어로 대답한다. 스와미 아쉬람을 알아요? 얕보이지 않으려고 난 그의 눈을 똑바로 쳐다본다. 하지만 당황한 표정까지 감추진 못하고 있다는 걸 나는 충분히 알고 있다. 스와미 아쉬람? 경찰이 일행을 보며 되묻는다. 모두 고개를 저으며 모르겠다는 표정이다. 당연히 이 동네 사람들일 거라 생각한 내 짐작이 틀린 모양이었다. 그래도 경찰이 아닌가, 그가 입은 제복을 믿어야 한다고 생각하면서도 한편으론 제복 입은 사람들이 오히려 더 위험할 수도 있다는 경계심이 갈등한다. 하지만 더 이상 선택의 여지는 없었다. 나를 스와미 아쉬람에 데려다줘요. 명령하듯 나는 그에게 힘주어 말한다. 오케이. 그가 막 출발하려던 오토바이를 또 한 명의 경찰복을 입은 남자에게 건넨 후 내게 차에 타라고 했다. 그사이 빨간색 차는 떠나고 흰색 차가 문을 활짝 연 채 나와 경찰을 기다리고 있다. 나는 당황한다. 그가 경찰 오토바이에 태워서 아쉬람까지 데려다주는 상상을 하고 있었는데 갑자기 차에 타라니, 나는 차 문 앞에서 망설인다. 이 차에 올라도 되는 걸까, 남자들을 어떻게 믿고 이 낯선 차를 탄단 말인가. 차문 앞에서 선뜻 오르지 못하는 나를 보고 경찰복을 입은 남자가 다시 한 번 나를 부른다. 그리고 안심하라는 듯 자신이 먼저 앞자리에 오른다. 경찰을 따라 두 명의 남자가 뒷좌석 오른쪽에 자리 잡고 왼쪽 뒷좌석 하나를 비워둔 채 내게 무언의 채근을 한다. 어쩔 수 없이 나도 차에 오른다. 남자들에게 완전히 포위당한 형국으로 차가 급발진이라도 하듯 출발한다.

너의 집 앞에서 돌아간 것이 너의 집 벨을 누른 횟수의 세 배는 되었다. 어릴 적부터 한 번도 교칙을 위반하거나 자동차 범칙금마저 내본 적이 없는 내가 너의 집 벨을 누르는 것은 지구의 자전축이 바뀌는 것 만큼이나 어려운 일이었다.

육 개월 동안 드문드문 나갔던 학원 수업의 마지막 날, 수강생들은 모두 돌아가고 뒤풀이 계산을 마친 내가 지하 계단의 중간쯤에 이르렀을 때 너는 벽에 기대어 내게 물었다. 입 맞춰도 돼요? 갑작스런 질문에 당황한 나는 멍하니 너를 바라보고만 있었다. 타인들이 모르는 너의 그늘 한 곳을 알고 있을 뿐 내가 너에게 특별한 사람이라는 생각은 들지 않았던 터라 나는 당황했다. 아니 무서웠다. 너는 열 살이나 어린, 여자였다. 내 대답이 나올 기미가 안 보였던지 너는 갑자기 나를 안았다. 온몸이 뻣뻣해진 채 서 있는 내게 다가온 입술, 속수무책의 기습이었다.

　오십여 미터를 가던 차가 갑자기 초원 한가운데에서 멈춘다. 간신히 진정을 하고 앉아 있던 나는 가슴이 덜컥 내려앉는다. 좁은 차 안에 네 명의 남자와 함께 앉아 독한 향신료 냄새를 견디며 온몸이 긴장돼 있던 참이었다. 어디서 왔니? 경찰복을 입은 남자가 물었다. 코리아. 부디 이들 중 누구도 한국 사람들과 나쁜 기억이 없길 바라며 대답했다. 그런데 스와미 아쉬람을 알기는 하는 거야? 나는 옆자리 남자의 어깨가 행여 내게 닿을까 온몸을 움츠린 채 경찰에게 다시 묻는다. 어디에 있는지 모른다는 경찰의 대답이 돌아온다. 불현듯 온갖 나쁜 상상들이 몰려온다. 나를 어디로 데려가려는 걸까. 어두워진 초원에서 어디로도 가지 못한 채 뱀들에 둘러싸일 것이 두려워 위험을 무릅쓰고 탄 차 안에서 나는 그보다 더한 공포감을 겨우겨우 진정시키고 있었다. 신문에서 본 집단 성폭행 사건의 피해자 얼굴이 계속 떠올랐다. 이들이 마음만 먹으면 충분히 일어날 수 있는 일이었다.

　차가 멈추고 보니 먼저 출발한 차가 바로 앞에 서 있다. 남자들이 차 문을 열고 나간다. 두 대의 차에서 나온 남자들이 알아들을 수 없는 말들을 나눈다. 한 남자가 앞 차의 트렁크를 열고 생수통 하나를 꺼내 내가 탄 차의 트렁크로 옮긴다.

일 초가 급한 내 초조함에 비해 움직임이 지나치게 느리고 사소하다. 방금 전에 헤어진 두 차가 굳이 초원 한가운데에서 다시 만나야 할 이유도 없어 보인다. 조수석에 앉아 있던 경찰마저 밖으로 나간다. 갑자기 남자들 서넛이 초원 오른쪽으로 가더니 소변을 보기 시작한다. 나는 거의 숨이 멎을 것만 같다. 저들은 도대체 무얼 하려는 걸까. 방금 전에 떠난 사람들이 왜 갑자기 소변을 보는 걸까. 나는 급기야 패닉에 빠진다.

나는 아직도 알지 못한다. 너를 향해 내 안의 모든 장애물을 걷어버리게 한 것은 도대체 무엇이었을까. 지금도 그것의 정체를 몰라 당황스럽기만 하다. 미안해, 난 당신의 엄격함이 숨 막힐 것 같았어. 이혼 법정을 나온 전 남편은 드디어 해방이라는 듯 마지막 말을 남기고 카메라 가방을 멘 채 남미로 떠났다. 프리랜서로 일하는 여행 잡지의 아르헨티나 특집이라 했다. 어떤 격식에도 매이지 않으려 하는 그의 자유로움이 내겐 사치로만 보였다. 그렇게 꼭 해명을 해야 해요? 세상엔 설명할 수 없는 게 얼마나 많은데…… 너를 안은 후 밤새 한숨도 못 잔 채 깨어 있던 나에게 너는 말했다. 너의 말이 맞았다. 세상엔 설명할 수 없는 일들이 있다는 걸 받아들일 수밖에 없었다.

남자들이 하나둘 차에 오른다. 빨간색 앞차가 먼저 떠나고 내가 탄 흰 차도 출발한다. 앞차에 탔던 남자 중 누군가 내가 탄 차로 갈아탔을지도 모른다는 의심이 들었지만 난 그들의 얼굴을 구분할 만큼 여유가 있지 않다. 그들이 차에서 내려 나눈 이야기가 궁금해서 견딜 수가 없다. 손을 너무 꽉 쥐어 오른손의 손톱이 손바닥을 파고든다. 나는 마흔 살이 넘은 여자예요. 그들에게 울며 고백이라도 하고 싶다. 일찍 결혼하는 그들에게 사십대는 이미 할머니일 것이다. 나는 휴대폰을 꺼내 갑자기 번호를 검색한다. 너의 번호였다. 국가번호 91과 82030…… 숫자를 하나씩 터치해 다시 확인한다. 정말 너에게 이 신호가 가 닿을까. 급한 순간이 오면 통화 버튼을 누르리라, 다짐한다.

푸른 어둠이 드리운 초원이지만 차가 지나는 길이 낯설지 않다. 내가 처음 산책을 나와 지나갔던 곳이다. 아마도 나는 길을 잘못 든 모양이었다. 비스듬히 휘어진 길로 접어들면서 직진하는 길이라고 착각을 한 것 같았다. 똑바로 직진하는 또 하나의 길이 그제야 분명히 보였다. 바닥의 붉은 흙만 보고 걸은 탓이다.

차는 다시 스프링클러가 있던 삼거리를 지난다. 오른쪽에서 오던 남자들이 무서워 돌아섰던 곳이다. 나는 잠시라도 이상한 낌새가 보이면 뛰어내려야 한다는 생각에 차 문의 고리 가까이에 손을 대고 있다. 차가 삼거리에서 우회전을 한 후 좁은 길을 달린다. 날은 이미 캄캄해지고 바나나 잎이 바람에 흔들린다. 나는 이제 모든 나쁜 결과를 각오하며 밭을 둘러친 담장을 바라본다. 잠깐 걸어온 길을 돌아가는데 차로 이토록 오랫동안 갈 리가 없지 않은가. 남의 일인 줄만 알았던 사고가 나에게도 일어나는 걸까. 나는 땀이 밴 손으로 너의 전화번호를 다시 한 번 확인한다.

마이소르에 왔어요.

너는 떠난 지 한 달 만에 메시지를 보내왔다. 마치 언젠가는 마이소르로 갈 거라는 걸 내게 이야기라도 한 사람 같았다. 아니 그 메시지를 받고서야 비로소 네가 언젠가는 마이소르로 떠날 것이라고 나 역시 짐작하고 있었다는 걸 인정할 수밖에 없었다. 마이소르에 가고 싶어요, 너는 술을 마실 때마다 내게 말했다. 나를 속인 건 네가 아니라 나 자신이었다.

너에게 『인도 신화』를 보낸 날, 나는 소포에 함께 넣지 못한 편지 대신 휴대폰에 글자를 썼다. 힘들다, 단 세 글자였다. 전송 버튼을 누르지 못한 메시지가 한 달째 내 폰 속에 저장돼 있었다. 한국을 떠나기 전날, 나는 보내지 못한 문자를 몇 시간이나 들여다보다 결국 전원을 꺼버렸다.

차가 멈추었다. 어둠 속에서 또 다른 사내들 한 무리가 웅성거리고 있는 것이 보인다. 오는 동안 그들끼리 무슨 말인가를 떠들어대더니 차가 멈춘 것이다. 드디어 어딘가로 끌려온 것인가. 낯선 건물 앞에서 서성이는 남자들을 보며 나는 모든 걸 포기했다. 이곳이 나의 마지막이라면 어쩔 수 없다는 체념이 몰려왔다. 다만 험한 꼴을 덜 당하기만 바랄 뿐이다. 앞좌석의 경찰이 나에게 내리라고 했다. 휴대폰을 더 꽉 움켜쥔다. 순간, 네게 전화를 걸고 싶은 강렬한 욕망이 치솟는다. 얼마나 좋은 기회인가, 나는 전화기의 홈 버튼을 누른다. 차에서 내리는 내게 서 있던 사내들의 시선이 일제히 몰린다. 여기가 스와미 아쉬람이야. 경찰이 사내들 뒤의 커다란 철문을 가리키며 말했다. 처음 보는 건물이다. 나는 이곳이 아니라고 세차게 고개를 흔든다. 옆에 있던 낯선 인도인이 아쉬람이라는 말을 반복하며 대문에 걸린 자물쇠를 손짓한다. 그제야 나는 그들이 나를 납치하거나 해치려는 게 아니었다는 걸 깨닫는다. 급격히 긴장이 풀리며 안도감이 몰려온다. 함부로 그들을 의심한 게 미안하기 짝이 없다. 하지만 이곳은 내가 머무는 스와미 아쉬람이 아니었다. 여기가 아닌데, 나는 경찰에게 고개를 흔든다. 그가 옆에 서 있던 남자에게 무언가를 묻는다. 남자가 손가락으로 철문 너머를 멀리 가리킨다. 경찰이 알았다는 듯 고개를 끄덕이더니 갑자기 내게 오토바이에 타라는 손짓을 한다. 갑작스런 상황에 당황했지만 더 이상 그를 안 믿을 도리가 없어 오토바이 뒷자리에 오른다. 경찰이 오토바이의 시동을 걸더니 곧장 출발한다. 얼마 가지 않아 눈에 익은 아쉬람의 뜰과 불 켜진 건물이 성근 울타리 너머로 보인다. 여기야, 여기! 나는 마치 내가 그곳을 찾아내기라도 한 듯

소리친다. 아쉬람 휴게실에서 차라도 마시는지 불빛 아래 몇
사람의 옆모습이 환히 보인다. 한 시간 가까이 온갖 험한 상
상에 시달리며 긴장해 있던 근육들이 통증을 불러온다. 오케
이, 경찰도 안심한 듯 가벼운 말투다. 드디어 처음 산책을 나
섰던 녹슨 문이 나온다. 그곳은 아쉬람의 후문이었고, 그들이
나를 내려주었던 곳은 정문이었다. 도착한 지 하루밖에 안 된
나는 식당만 겨우 가봤을 뿐 정문이 따로 있다는 것도 알지
못했다. 알지 못하는 것을 부재한다고 믿은 탓이다. 여기 내
려줘. 나는 건물 앞까지 데려다주려는 경찰의 오토바이를 후
문 앞에서 멈추게 한다.

정말 고마워!

나는 그가 자신들을 의심했다는 걸 알아채지 못하기만 빌
었다.

천만에, 그게 내 일이인데 뭘! 그런데 넌 여기서 뭘 하는 거
지?

경찰이 의아한 표정으로 묻는다.

나? 글쎄,

나는 그의 갑작스런 질문에 당황한다.

여긴 왜 온 거야?

경찰이 나를 비웃기라도 하듯 한마디를 남기고 돌아선다.
곧 주저앉을 듯 다리의 힘이 풀린다.

네가 떠났다는 것을 알면서도 나는 확인이 필요했다. 너의

집 벨을 누른 후 나온 사람은 대학생으로 보이는 낯선 남자였다. 제가 이사 온 지 한 달이 됐는데요. 남자의 말에 의혹이 묻어 있었다. 살림살이도 거의 다 놓고 갔어요. 남자가 문을 활짝 열어 보인 방 안엔 네가 쓰던 나무 책상과 의자, 2인용 소파가 그대로 있었다. 너와 나란히 앉아 입을 맞추고, 몸이 부서질 듯 안았던 회색 소파 왼쪽 등받이엔 다음 날 아침 식사 후 네가 쏟았던 커피 자국이 그대로 남아 있었다. 모든 것은 그대로였고 너만 부재중이었다. 남자에게 고맙다는 인사도 미처 못 한 채 급히 비상계단으로 숨어들었다. 어두운 계단에서 담배 냄새가 짙게 났다. 담배 냄새를 싫어하는 나를 위해 네가 담배를 피울 때마다 앉았던 계단이었다. 나는 어두운 계단을 끝까지 걸어서 내려왔다. 모두 몇 개나 될까, 이 계단은. 나는 1층의 마지막 계단을 내려오며 문득 내가 지나온 계단의 수가 궁금해졌다. 한 시간이 넘는 거리를 걸어서 집으로 돌아온 그날 밤, 네게서 메시지가 도착했다. 마이소르에 왔어요. 이별의 말이었다.

나는 밤의 초원 쪽으로 발걸음을 옮긴다. 붉은 흙의 감촉이 낮보다 더 부드럽다. 어느새 달빛이 환하다. 일그러진 곳 하나 없는 걸 보니 보름달인 모양이다. 주로 산 위에서 떠오르는 한국과 달리 남인도의 달은 낮부터 떠 있다가 어둠이 짙어질수록 노란빛을 뿜어냈다. 붉은 길을 따라 발을 옮긴다. 달빛 속에 음험한 어둠이 숨어 있다는 걸 알지만 나는 더 이상 이 땅이 낯설지 않다. 초원은 은빛 그물이라도 내린 듯 환히 빛나고 있다. 어쩌다가 길을 잃었던 걸까. 다시 생각해도 이해가 되지 않는다. 나는 운동화를 벗는다. 양말까지 벗으니 밀가루밭이라도 걷는 기분이다. 흙집 안에서 남인도의 뱀들이 기지개를 켜고 있을지도 모른다. 하지만 나는 더 이상 두렵지 않다. 적어도 다시 길을 잃을 염려는 없지 않을까. 아니 애초에 정해진 길이란 건 없었다. 사람이 지나가면 그곳이 길이 되지 않던가.

그제야 나는 아직도 손에 힘이 들어가 있다는 사실을 깨닫는다. 여전히 꼭 쥐고 있는 휴대폰 때문이었다. 너의 번호를 검색한다. 이곳에서 두세 시간이면 간다는 마이소르, 전화번호를 지운다. 91로 시작하는 낯선 번호, 나는 숫자를 하나씩 지운다. 급기야 네 연락처 전체를 삭제한다. '힘들다'고 보낸 문자도 함께 지워진다. 비로소 온몸을 뻣뻣하게 만들었던 긴장이 손끝과 발끝으로 빠져나간다. 몸 안의 모든 피가 손가락 끝과 발가락 끝으로 빠져나가는 기분이다. 남인도의 초원으로 무자비한 달빛이 쏟아진다.

울음, 그리고 나와 너에게로 가는 길

정홍수(문학평론가)

1

1994년에 시작된 작가의 이력이 27년째를 맞고 있다. 그간 김이정은 두 권의 소설집과 세 권의 장편소설을 상재했다. 김이정이 소설가로 출발한 지난 90년대 중반이 한국 문학의 작가 탄생이나 작품 생산에서 유례없는 폭발을 보여준 하나의 변곡점이었고, 이후 많은 작가의 이름들이 변덕스럽기까지 한 부상(浮上)과 망각의 너울 아래 휩싸였던 점을 감안하면, 과작의 느릿하지만 조용하고 꾸준한 작품 행보가 새삼 두드러져 보인다. 그런 가운데 2015년에 출간된 장편소설 『유령의 시간』(실천문학)은 분단과 이산의 한국 현대사에 휘말린 무력한 개인과 가족사의 상처를 긴 시간의 저편에서 길어 올리고 현재화하는 묵직한 소설적 성취를 보여주면서 소설가 김이정의 이름을 새롭고도 강하게 각인시켰다. 이 작품은 대산문학상 수상으로 이어진 평단의 상찬과는 별개로, 조금은 개인적이고 실존적인 고독과 상실의 이야기로 좁혀져가는 듯 보였던 김이정 소설의 뿌리에 존재하는 더 넓고 깊은 시간과 이야기의 지평을 확인하는 계기가 되어주었다.

소설집으로는 세번째에 해당하는 이번 『네 눈물을 믿지 마』와 앞선 소설집 『그 남자의 방』(이룸, 2010) 사이에는 10년의 세월이 있다. 그런데 『그 남자의 방』에 수록된 「검은 강」과 「장마」, 그리고 이번 소설집의 「프리페이드 라이프」 「믿지 마, 네 눈물은 누군가의 투신일지도 몰라」 「압생트를 좋아하는 여자」 등에서 반복적으로 변주되며 나오는 '파산'의 모티브는 '작가의 말'과 같은 곁텍스트의 발언들을 참조할 때 작가의 실제 시련이었던 것으로 보이며, 『유령의 시간』이나 이번 소설집의 작품들이 씌어졌던 상황의 어떠함을 짐작게 한다. 10년의 시간은 작가 김이정보다는, 한 사람의 생활인으로서 김이정에게 닥쳐온 헤어나기 힘든 늪이 아니었나 싶다. 그런 만큼 다음과 같은 허구의 세목에 새겨진 사실성의 편린, 소설 외부의 현실을 떠나 이번 작품집을 중립적인 진공의 텍스트로 읽는 일은 가능하지도, 온당하지도 않은 일인 듯하다.

소설을 쓰는 게 사치스럽게 느껴졌다.

그러나 목뼈와 허리가 내려앉고 팔과 손에는 통증이 가시지 않았지만 빚은 좀처럼 줄어들지 않았다. 엄마와 아이와의 생활비를 버는 것만으로도 벅찼다. (……) 팔순 노모는 백화점 화장실에서 휴지를 잔뜩 뜯어서 가방에 넣어 오고, 아들은 식당 주방에서 설거지로 손이 퉁퉁 불어서 돌아왔다. 연체고지서가 쌓여가고 얼굴은 점점 굳어졌다.

그날 082번 버스의 룸미러에 비친 내 얼굴은 피로와 지친 기색만 역력할 뿐 자부심이라곤 그 어디서도 찾아볼 수 없었다. 낭떠러지를 건너는 자의 긴장감조차 보이지 않았다. 살아 있는 사람의 얼굴이라기엔 어떤 욕망도 남아 있지 않았다.(「프리페이드 라이프」, 31쪽)

이럴 때 사실의 진정성(authenticity)은 소설의 수사학과 문법을 '사치스럽게' 만드는 것 같기도 하다. 그러나 동시에 소설의 문법과 수사학을 통해 변용되어 우리에게 도착한 '작품'에는 그 실제 현실을 넘어서고 다르게 비추는(때로는 현실을 새롭게 구성하는) 제3의 차원이 열리게 마련이며, 여기에 '사치'를 모르는 소설의 존재 의의가 있다는 점은 당연하면서도 새삼 강조될 필요가 있을지도 모른다.

「프리페이드 라이프」에서 밥벌이 글쓰기 노동의 장소로 매일 도서관에 '출근'하던 소설 화자 '나'는 버스의 룸미러에서

'데드마스크' 같은 자신의 얼굴과 마주친 뒤 충동적으로 인도 여행을 감행한다. '나'가 콜카타 공항에 내리자마자 구입한 '프리페이드(prepaid) 택시 바우처'는 일종의 선불 택시 요금 제도로, 저렴하고 바가지를 쓸 위험이 없다는 이유로 인도 여행 커뮤니티에서 추천받은 것이었다. 그런데 범상한 여행의 세목에 그쳤을 수도 있는 '프리페이드 택시 바우처'의 삽화는 이야기가 진행되면서 소설의 주제적 선율을 형성하며 마침내 는 좋은 소설만이 줄 수 있는 울림의 순간에 이른다. 그 울림 에는 소설의 인물을 둘러싸고 있는 구체적이고 실존적인 한 기(寒氣)로부터 우리에게 건너오는 "꽃불"(33쪽)의 온기가 있다. 바라나시의 강변에서 매일 이루어지는 시신의 장례 의 식을 지켜보던 화자는 여행의 마지막 날 화장장 '버닝 가트' 의 남은 숯을 줍거나 '꽃불'을 팔아 가난한 집안의 생계를 돕 는 불가촉천민 아이 앞에서 중얼거리듯 한국말로 자문한다. "아무래도 내 생은 미리 받은 선불을 다 써버렸나 봐. 프리페 이드 택시처럼 나를 아주 낯선 곳에 내려놓고 가버렸어."(34 쪽) 작가는 우리 독자 역시도 소설의 처음에는 예상 못했던 아주 낯선 곳에 내려놓는다.

우리가 인생에서 미리 받아 안고 출발하는 것은 무엇일까. 그것을 '운명'이라 불러볼 수도 있겠고, '삶의 가능성'이라고 말해볼 수도 있을 테다. 아니면 우리를 영원히 안온하게 감 싸는 '고향'일 수도 있다. 그러나 여기서 잠시 소설을 '선험적 고향 상실의 형식'이라고 부른 한 문예이론가의 통찰에 기 댄다면, 우리가 미리 받았다고 생각한 '그것'은 단 한 번도 우리에게 속한 적이 없는 것일 수도 있다. 고대 서사시의 조화로운 지평에서 떨어져 나오면서 소설이 앓게 된 '멜랑콜리'는 사실은 '가져본 적 없는 것'의 '선험적 상실'에서 비롯된 것일 수도 있다.* 그렇다면 '다 써버린 선불 인생'의 탄식은 어쩌면 소설의 내적 형식에서 울려 나오는 '멜랑콜리'의 이야기일 수 있으며, 「프리페이드 라이프」에서 전격적으로 감행된 여행의 여로는 '길은 시작되었는데 여행은 끝났다'는 소설의 근원적 아이러니를 향한 출발일 수 있다. 그것이 시간의 파괴적인 힘에 맞서 소설이 실패의 순간들, 인생이 거절한 것들의 목록을 창조적 기억의 힘으로 변형시키고 이해하는 방식이라고 한다면, 막막한 길 떠남의 이야기로 가득 찬 김이정의 이번 소설집은 그 자체로 '소설'을 향한 여로라고 해도 무방할 듯하다. 그리고 그 여로의 끝에는 대개 소설의 역설적 충만을 증거하는 풍경들이 고독과 절제의 언어로 조용하게 남겨진다. 삶이

---

* 게오르크 루카치, 『소설의 이론』, 반성완 옮김, 심설당. 사실, 구체적 대상이나 경험과 무관한 '선험적' 차원의 '상실'은, 별다른 이론적 논의의 도움 없이도 우리 인간이 받아 안고 있는 근원적 우수나 해소되지 않는 본원적 결핍의 자리에서 직관적으로 이해 가능한 것이기도 하다. 그리고 그와 같은 '멜랑콜리'가 인간의 단절과 소외를 가속화한 근대 세계, 근대인의 일상에서 더 강곽한 형태로 드러나고 있다는 데도 쉽게 동의할 수 있으리라. 루카치는 소설을 '신이 사라진 시대의 서사시' '부르주아 시대의 서사시'라 부르며, 그것의 내적 형식을 근대의 역사철학적 조건과 관련해서 집중적으로 논의한다.

거절한 또 다른 시작을 예비하는 듯이. 「프리페이드 라이프」는 이렇게 끝나고 있다.

꽃불 두 개가 검은 강 위로 나란히 흔들리며 떠가고 있었다. 어느새 여기저기 모여든 배에서 떠내려 보낸 꽃불로 강물은 붉은 꽃밭 같았다. 오른편 가트에선 여전히 화장장의 장작불이 축제의 불꽃처럼 타오르고 있었고, 왼편에선 뿌자를 위한 노란 조명들이 강물 위로 쏟아져 내렸다. 바라나시의 마지막 밤이었다.(36~37쪽)

2

'길 떠남의 이야기'라고 했거니와, 김이정의 이번 소설집은 어느 날 갑자기 집을 떠나 인도 바라나시(「프리페이드 라이프」), 포르투갈 리스본(「죄 없는 사람들의 도시」), 스페인 게르니카(「노 파사란」), 남인도 뱅갈루루(「붉은 길」), 영국 다트무어와 런던 교외(「압생트를 좋아하는 여자」) 등지를 헤매는 인물들의 이야기로 되어 있다(베트남전 한국군의 양민 학살을 다룬 「하미 연꽃」과 「퐁니」, 경제적 파산으로 인해 가족으로부터도 고립되는 인물의 내면을 그린 「믿지 마, 네 눈물은 누군가의 투신일지도 몰라」만이 조금은 '예외적'인 구도를 가지고 있다). 그 막막한 여로에서 인물들은 거듭 묻는다. '나는 왜 여기 있는가' '나는 무얼 찾아 이곳으로 왔는가' '도대체 왜?' 그들은 간절히 묻고 있지만, 대답은 주어지지 않는다. 그러나 이것은 김이정 소설 인물들의 특별한 곤경이기도 하지만, 소설이란 장르가 오랫동안 부딪쳐온 문제이기도 하다. 찾기 위해 길을 떠나지만 찾아지지 않는다는 것이야말로 소설이 거듭해서 돌아오는 이야기의 재료이자 형식이기 때문이다. 소설이 살아가야 하는 세상에서 (찾아야 할) 본질적인 것은 시들거나 타락할 수밖에 없는데, 여기서 시간은 모든 것을 파괴하는 무자비한 힘으로 군림한다. 패배가 예정된 길이지만, 그러나 여기에 소설의 영광이 없는 것은 아니다. 김이정 소설이 하나하나 그 패배의 목록을 기억하고 묘사하며 질문을 만들어나갈 때, 그것은 의식과 기억의 힘으로 시간의 힘(구체적으로는 생로병사, 불운과 불공평, 사랑의 굴절과 시듦, 역사의 폭력, 경제적 시련 등등으로 나타나겠지만)에 맞선 투쟁을 포기하지 않았다는 증거이며, 그때 삶은 사후적(事後的)이고 일시적일지라도 의미로 충만했던 시간을 섬광처럼 내보여줄 수 있다. 그때 그 의미의 충만이 말로 표현할 수 없는 형태로 도착한다는 것이야말로 소설의 아이러니이자 김이정을 거듭 소설 쓰기로 불러들이는 원천이 아닐까. 끊임없이 갱신되는 현재의 이야기를 통해서 말이다. 김이정의 '여로형 소설'은 이 점에서 전범적이라 할 만한데, 우리를 좀 더 데우고 공명시키는 것은 거기에 김이정 스스로가 거듭 불러내는 어떤 '운

명'의 모습이 완강히 자리잡고 있다는 점일지도 모른다. 그
것은 집요하다 싶을 정도로 되풀이되고 변주되는 원점의 풍
경으로 나타나는데, 소설의 본질적이고 내적인 형식에 충실
한 가운데 김이정 소설이 보여주는 고유한 테마와 스타일의
힘이 이 어름에 있을 법하다. 이와 관련해서는 마침 작가 스
스로 작품 속에 하나의 강렬한 이미지를 인유해놓고 있기도
하다.

> 술잔 하나를 앞에 놓고 술집 테이블에 앉아 있는 여자는 한 손
> 으로는 턱을 괴고 다른 쪽 긴 팔과 큰 손으로 자신의 반대편 어깨
> 를 감싸 안고 있었다. 에르미타주의 벽을 꽉 채운 그림들 중에서
> 그 그림이 유독 눈에 들어와 사 온 복제화를 오랫동안 책상 앞에
> 붙여놓고 지냈다.(「압생트를 좋아하는 여자」, 213쪽)

피카소의 그림 「압생트를 좋아하는 여인」(1901) 이야기다.
소설의 여성 화자 '나'가 암 수술을 앞두고 도망치듯 감행한
영국 여행에서 런던 교외에 살고 있는 친구 '수진'의 집에서
도 발견하게 되는 이 그림은 기이하고 과장되게 그려진 긴 팔
과 큰 손 때문에도 여인의 막막한 고독을 강렬하게 표현한다.
그런데 잔뜩 웅크린 채 스스로의 한기와 외로움을 감싸고 있
는 듯한 그 기이한 두 팔과 손은(한쪽 손은 턱을 괴며 얼굴을
크게 감싸고 있다) 김이정 소설의 맥락에서라면 한 사람의 몸

에 있되 또 다른 타자의 존재에 속하는 것처럼 느껴진다고 말하고 싶어진다. 그러니까 자기 안에서 찾고 만나야만 하는 타자의 형상. 혹은 한 존재에서 자라나온 쌍생아적 두 얼굴 말이다. '나'는 비교적 안정된 생활의 궤도 위에 있다가 이혼과 병마의 급습으로 무너지기 시작한 것으로 되어 있고, 삶에 대한 수진의 치열성에 얼마간의 부채 의식을 가지고도 있었다고 고백하지만, '영어' 하나를 붙잡고("생각해보니 내게 외국어란 늘 비루한 현재를 견디게 해주는 당의정 같은 거였어", 「압생트를 좋아하는 여자」, 219쪽) 낯선 이국으로 떠나 황무지의 삶을 독하게 견디고 있는 수진은 곧 '나'의 쌍생아가 아니었던가. 그렇지 않았다면 수진의 좁은 집, 책꽂이로 가려진 작은 틈새에서 '나'가 손바닥만 한 그을음을 발견하는 일은 가능하지도 않았을 것이다.

아니 왜 난 그토록 인색하게 살았을까, 문득 그 생각이 드니 갑자기 견딜 수 없이 내 자신이 미웠어. 아니 기를 쓰고 도망쳐온 곳에서 이 꼴로 살고 있는 자신을 더 견딜 수 없었는지도 몰라. 그때 그랬어, 갑자기 벽에 걸린 옷에 라이터를 켰어.(「압생트를 좋아하는 여자」, 224쪽)

수진이 지른 그 불은 그러니까, '나'가 스스로의 삶을 향해 던지고 싶었던 자기 항변의 몸짓이기도 했으리라. 기실 이

번 소설집 전체에서 울려 나오는 가장 큰 물음 하나를 꼽으면 '왜?'일 텐데, 대지진 때 신에게 감사의 기도를 드리기 위해 켜놓은 촛불이 대재앙의 화마로 변해 리스본 사람들을 집어삼킬 때 터져 나온 절규가 바로 그것이었다. "왜 지은 죄 없는 내게 이런 가혹한 벌을 내리는가. (……) 도대체 왜?"(「죄 없는 사람들의 도시」, 105쪽) 그 물음은 또한 어느 날 갑자기 악마로 돌변한 한국군의 총탄에 무참히 죽어가던 베트남의 아이들과 여인들의 것이기도 했다.(「하미 연꽃」, 「퐁니」) 그 절규는 또한 평생 결벽증적일 정도로 욕망을 절제하고 경건하게 살아온 어머니의 느닷없는 죽음 앞에서 소설 화자 '나'가 내지른 신에 대한 참을 수 없는 분노의 항변이기도 했다.(「죄 없는 사람들의 도시」) 말하자면 "공정함이야말로 어디서도 존재한 적이 없는 환상"(「죄 없는 사람들의 도시」, 89쪽)이었고, "사는 게 공평한 수학"과는 무관하다는(「압생트를 좋아하는 여자」, 224쪽) 사실의 확인이야말로 '나'와 '수진'이 끝없이 맞닥뜨린 '황무지'의 풍경이고, 세상의 가혹한 진실이었던 셈이다. 리스본에서 '나'가 집요하게 붕괴의 흔적들을 찾아 헤매고(「죄 없는 사람들의 도시」), 다트무어에서 또 다른 '나'가 황무지를 떠돌며(「압생트를 좋아하는 여자」), 게르니카에서 또 한 명의 '나'가 스물네 대의 폭격기가 작은 마을의 평화를 급습한 잔혹한 역사의 기억을 더듬고(「노 파사란」), 남인도에서 또 다른 '나'가 붉은 흙길의 초원에서 길을 잃고 헤매는(「붉은 길」) 사태가 벌어지는 것은 정확히 이 대답 없는 질문 때문이었으리라. 「압생트를 좋아하는 여자」는 이 질문을 마주하며 감싸는 김이정 소설의 종결의 풍경과 관련해서도 계시적이다.

(나는―인용자) 멀쩡한 데 하나 없이 온몸에 실금이 잔뜩 나 있는 기분이었다. 그녀 역시 마찬가지였다. 온몸을 그을린 채 세상의 끝에 서 있는 여자. 나는 이제야 그녀를 찾아온 이유를 알 것도 같았다.(225쪽)

소설은 여기서 끝나고 있거니와, '나'와 수진은 '온몸을 그을린 채 세상의 끝에 서 있는 여자'라는 모습으로 하나가 된다. 이때 그을리고 실금이 잔뜩 나 있는 몸이란 무엇인가. 그것은 이 소설에서라면 "꽃은커녕 한 뼘 이상 되는 나무조차 보이지 않는 매끈한 구릉에 바위와 키 작은 관목만 따개비처럼 붙어 있"(215쪽)는 다트무어의 황무지에 대응되는 것이자 서민들 주거지인 수진의 집 중정(中庭)의 남루한 모습에 방불하다고 해야 할 테다. 말하자면 세상의 풍경 그 자체이거나 일부이다. 혹은 소설집의 다른 소설로 눈을 돌리면, 시신을 태운 장작더미에서 숯을 주워 가난한 생계를 이어가는 바라나시의 삶의 풍경이며(「프리페이드 라이프」), 대지진의 기억을 잊지 않기 위해 폐허의 성당을 보존하거나 광장 바닥을 물결무늬로 새겨놓고 살아가는 리스본 사람들의 삶의 풍경이며(「죄 없는 사람들의 도시」), 폭탄이 쏟아졌던 광장의 기억을 품고도 같은 자리에서 장터를 열어 다시 생활을 일구고 있는 게르니카 사람들의 삶의 풍경이며(「노 파사란」), 참혹한 학살의 자리에 세워진 가해자들의 위령비에 '핏빛 연꽃'을 그려 넣어야만 살아갈 수 있는 베트남 하미 마을 사람들의 삶의 풍경일(「하미 연꽃」) 것이다. 그러니까 '그을림'과 '실금'은 '나'만의 것일 수도 없고, '수진'만의 것일 수도 없다. 급성백혈병으로 다리가 '불에 그을린 각목'처럼 변해버린 '그녀'만의 것일 수도 없다.(「죄 없는 자들의 도시」) 그러나 그 풍경의 연대(連帶)는 그냥 도착하거나 쉽게 발견되지 않는다. '나'와 '너', 그리고 풍경의 이어짐은 소설의 종결에서 겨우 희미하게 '암시'될 뿐이다.

'너'에게로 가는 '나'의 여로가 김이정 소설에서 '나' 안의 타자를 찾는 일이 되는 이유가 여기에 있는 듯하다. 동시에 대개의 소설이 '나-너/그녀'의 분신 모티브를 운명적으로 품고 있는 이유도 이에 말미암지 않았을까. 리스본 대지진이라는 자연 재난의 진행 과정과 '그녀'(어머니)의 병듦과 죽음을 나란히 놓고 있는 「죄 없는 자들의 도시」에서 소설 화자의 항변이 '도대체 왜?'라는 형태로 잔혹하고 무심한 신을 향하는 것은 일견 자연스럽다. 그러나 그 신의 자리가 원래부터 비어 있는 것이라고 한다면, 그 질문과 항변이 최종적으로 향하는 곳은 '나' 자신일 수밖에 없다. 김이정 소설이 세상의 불합리와 폭력을 외면하지는 않되 이야기의 중심을 끊임없이 '나'

안에서 찾고 있는 구도로 돌아가는 것도 그래서일 테다. 그리고 그때 김이정 소설에서는 패배하는 듯 보이고 수동적이며 물러서 있는 듯 보이지만 내성(內省)의 경건함 안에서 고독을 견뎌온 인물들의 시간이 뒤늦게, 조용히 부상한다. 아마도 「죄 없는 자들의 도시」에서 묵묵히 죽음의 길을 받아들이는 '그녀'는 그 대표적 존재일 것이다. 결혼 생활 7년 만에 불쑥 찾아든 남편의 외도(첫사랑과의 만남)와 떠남에 대해서도 '그녀'는 "운명이 어긋났을 뿐"(86쪽)이라며 일절 원망을 드러내지 않는다. 아들의 대학 진학 뒤 혼자 지내던 '그녀'가 급성백혈병 진단을 받은 뒤 보여준 결벽증적 행동에는 삶의 자기책임 혹은 자신의 운명에 대한 무서울 정도의 기율이 있다. 주변 누구에게도 알리지 않고 혼자 입원한 병원에서 유일하게 곁에 두고자 한 '돋보기안경, 성경, 묵주'의 세 가지 필수품은 그 기율의 어떠함을 상징적으로 보여준다. '그녀'는 항암과 골수이식 등 마지막 치료에 열심히 임하는데, "무언가를 뜨겁게 사랑해본 적이 없어. 이 치료가 내 삶에 대한 뜨거움이라면 마지막으로 한번 해보고 싶"(98쪽)다고 말한다. 그런데 그렇게 마지막 뜨거움의 열망이 남아 있었던 것처럼, 이 무욕과 체념, 수동의 인간이 잘 보이지 않는 쪽으로 등을 대고 있었던 것이 불합리하고 폭력적인 세상에 대한 강렬한 부정이었다는 사실을 놓치지 않아야 하리라. 병원에서 온갖 약에 의존할 수밖에 없게 되면서 자조하듯 내뱉은 말이기는 하지만, 그녀는 자신의 비밀을 누설한다. "뭐든 지독하게 싫어 하지 마라. 그러면 꼭 이렇게 한꺼번에 복수하듯이 되돌아오는 모양이야."(93쪽) 육식을 거부하고 자가 치료를 실천해온 정결한 삶의 방식은 생명 있는 것에 대한 연민으로부터 비롯된 것인 동시에 '그렇지 못한' 세상에 대한 강렬한 부정의 몸짓이기도 했던 것이다. 자신의 안으로 파고들어 세상과의 전선에서 물러선 듯 보이는 인물들에게서 뜨거움과 부정의 계기를 발견하는 순간, 우리는 김이정 소설의 또 다른 얼굴과 마주하게 되거니와 그 발견을 위해서도 그 인물들 자신이며 타자인 김이정 소설의 짝패들, 분신들의 '왜?'라는 여로는 불가피했다고 할 수도 있을 것이다.

3

재난이든 폭력이든 세상의 부조리든 한 개인에게는 언제나 전면적인 것이다. 게르니카의 대학살 때 열한 명의 가족 중 홀로 살아남은 아이는 치매를 앓고 있는 노년의 시간에도 여전히 그날의 공포를 끔찍한 환청으로 되살고 있다. 「노 파사란」에서 소설 화자 '나'가 묵게 된 호스텔의 여주인 레이레의 어머니 이야기다(믿고 따랐던 한국군에게 몰살당하는 베트남 아녀자들의 차마 따라 읽기 힘든 이야기가 「하미 연꽃」과 「퐁니」에도 나온다). '나'는 레이레의 슬픈 이야기를 들은 뒤 보름달이 뜬 게르니카의 광장에서 그날 이 작은 마을로 날아왔던 스물네 대의 폭격기 소리를 환청으로 듣는다. 그런데 그 환청은 돌연 남편의 전화 속 비명으로 바뀐다. "나, 무서워." (191쪽) 그가 울먹이며 남긴 마지막 말이었다. 그날 밤 남편은 파산으로 혼자 숨어 살던 고시원을 나서다 쓰러지고 끝내 깨어나지 못했다. '나'를 만나기 위한 길이었다.

 함께 있었다면 막을 수 있지 않았을까. 그가 떠난 후부터 나를 짓누른 물음이었다. 적어도 그의 곁에 있었다면. 결국 폭탄과 총알이 쏟아질 걸 알면서도 노 파사란, 두려움의 노래라도 함께 불렀더라면……(192쪽)

1937년 스페인 게르니카의 한 소녀의 절규와 바뀐 세기의 한국 서울의 어느 고시원에서 터져 나온 한 사내의 비명은 어떻게 공명하고 만나는 것일까. 리스본 떼주 강변의 절망은? 베트남 하미 마을의 비명은? 김이정 소설은 인간 고통의 사회적 역사적 지평을 성실하게 기억하면서도 어쩌면 그 무력감에서라면 언제든 개인을 압도하고 좌절시키는 이름 붙이기 힘든 고통의 범속한 자리들도 함께 일깨우려 한다. 그래서는 있을 수 있는 고통의 위계를 제거하고 울음이라는 공통의 기반을 마련하려 한다. 과장 없는 서사, 단정하고 담백한 문체,

절제와 여백의 시적 울림은 김이정의 소설에 드문 기품을 부여하며, 때로는 터져 나오고 때로는 터져 나오기 직전에 끝나는 그 울음의 이야기들 안에서 나와 너에게로 가는 길을 조용히 찾아보게 만든다.

　　가느다란 흐느낌으로 시작된 울음이 점점 거세졌다. 그를 보낸 지 1년이 지났지만 한 번도 제대로 울지 못했던 울음이었다. 어디에선가 솟구친 울음이 종일 걸었던 골목골목으로 번져나갔다. 여자가 옆에 나란히 앉아 나를 안았다. 레이레의 커다란 두 손이 내 등을 쓸어내렸다.

　　너는 울 곳이 필요했구나.

　　갈퀴 같은 그녀의 손가락들이 내 등의 뼈 하나하나를 쓰다듬었다.(192～193쪽)

　　이 울음들을 신뢰하지 않기는 힘들다. 혼자만의 것으로 알고 있던 고통의 특권과 울타리가 무너져 내리는 순간이기 때문이다.

　　카페 입구에서 안심콜 출입자 등록을 마치고 손 소독을 한
후 커피를 주문한다. 마스크를 낀 채 드문드문 앉아 있는 사
람들은 혼자 노트북을 보거나 동행과 조심스럽게 대화를 하
고 있다. 창밖을 향해 난 긴 탁자에 혼자 앉아 태블릿을 보던
젊은 여자가 2미터 떨어진 의자에 내가 앉자 바로 짐을 챙겨
나간다. 지난해 겨울에 시작된 코로나19의 팬데믹은 아직도
끝나지 않았다. 그 사이 봄꽃들은 자가격리된 채 피었다 졌
고, 이상 기온으로 인한 폭우로 축사를 겨우 탈출한 소 떼들
은 산 위의 절까지 올라가 십우도를 완성했으며, 붉은 단풍들
은 보아주는 이 없이 썩어갔고, 다시 온 겨울은 내내 확진자
수의 폭발과 진정을 지루하게 반복하다 봄기운에 자리를 내

주었다. 다시 매화와 벚꽃이 어김없이 피었다. 기괴한 시대의 기이한 풍경이다.

　이리저리 헤맨 발자국들만 선명하다. 때론 비틀거리면서, 때론 분노에 차서, 때론 비명을 지르며, 때론 무언가에 취해서 헤맨 발자국들이 소설 곳곳에 어지럽게 찍혀 있다. 이미 내 심장을 벗어나 흔적만 남은 발자국들, 그럼에도 불구하고 몸 어딘가에서 통증이 인다. 이젠 내 몸을 벗어나 물끄러미 바라볼 수 있는 거리가 되었지만 여전히 통증이 가시지 않은 걸 보니 어느 것 하나 내 몸을 거치지 않은 것은 없는 모양이다. 그동안 내가 살아온 흔적이므로 외면할 수도 부정할 수도 없는 노릇이다.

　자신을 향해 있던 시선이 조금씩 외부를 향하고 있다는 걸 깨닫는다. 그 외부라는 게 대부분 붕괴되고 파괴되고 쓰러진 폐허와 폭력과 재난의 흔적들이지만, 아니 그런 까닭에 더 일체감을 느끼는지도 모르지만 조금씩 세상으로 향한 걸음을 내딛는 기분이다. 어느 곳이 더 바람직한 문학의 영토인지 나는 알지 못한다. 아니 이런 이분법이야말로 문학을 협소한 곳에 가두는 굴레일 것이다. 다만 그곳이 어디든, 인간이 있는 곳이라는 것만은 확실하다. 더할 수 없이 연약하고 비천하고 잔인하지만 또한 한없이 강하고 고귀하고 아름다운 존재 역시 인간이므로.

이런저런 핑계로 헤매고 떠돌 때마다 내 몫을 넘치게 대신해준 엄마 이인희 여사에게 고마움을 전한다. 평생 옆에서 나의 기쁨과 슬픔을 함께 해준 고마움은 갚을 길이 없지만 사랑의 말은 전할 수 있어 다행이다.

이 소설들을 쓰는 동안 다녔던 토지문화관과 연희문학창작촌, 객주문학관의 태실 같은 방들이 떠오른다. 그 방들이 아니었다면 글은커녕 숨이 먼저 막혔을지도 모른다.

어려운 문학 환경에서도 기꺼이 책을 내주고 해설까지 맡아주신 강출판사의 정홍수 평론가와 편집부 임고운 님께도 감사드린다. 봄꽃 환한 날에 책을 낼 수 있어서 기쁘다.

KF94 마스크를 쓴 채 동네 카페에서

김이정

수록 작품 발표 지면

프리페이드 라이프 _『문학과 행동』 2015년 가을호

하미 연꽃 _『대산문화』 2017년 봄호

죄 없는 사람들의 도시 _『문예바다』 2016년 여름호

믿지 마, 네 눈물은 누군가의 투신일지도 몰라 _『문장웹진』 2014년 5월호

퐁니 _『웹진 비유』 2018년 5월호

노 파사란 _『작가들』 2019년 봄호

압생트를 좋아하는 여자 _미발표작

붉은 길 _『문예바다』 2014년 가을호

네 눈물을 믿지 마

ⓒ 김이정

| 1판 1쇄 발행 | | 2021년 5월 7일 |
| 1판 4쇄 발행 | | 2022년 7월 21일 |

지은이		김이정
펴낸이		정홍수
편집		김현숙 임고운
펴낸곳		(주)도서출판 강
출판등록		2000년 8월 9일(제2000-185호)

주소		서울시 마포구 동교로 17안길 21(우 04002)
전화		02-325-9566
팩시밀리		02-325-8486
전자우편		gangpub@hanmail.net

값 14,000원
ISBN 978-89-8218-277-8　　03810

* 이 도서는 2021년도 한국문화예술위원회 아르코문학창작기금지원사업에 선정되어 발간되었습니다.

* 이 책의 판권은 지은이와 도서출판 강에 있습니다.
  이 책 내용의 전부 또는 일부를 재사용하려면 반드시 양측의 서면 동의를 받아야 합니다.
* 잘못 만들어진 책은 구입처에서 교환해드립니다.

* 표지와 본문 일부에 'Mapo꽃섬체'가 사용되었습니다.